Fluo Feltrinelli

Milena Michiko Flašar
Single con criceto

Traduzione di Monica Pesetti

Titolo dell'opera originale
OBEN ERDE, UNTEN HIMMEL

Traduzione dal tedesco di
MONICA PESETTI

Prima edizione in "Fluo" febbraio 2025

Stampa Grafica Veneta S.p.A. di Trebaseleghe - PD

ISBN 978-88-07-03643-9

La poesia di Miyazawa Kenji citata in esergo e a p. 188 è tratta da Pierantonio Zanotti, *Introduzione alla storia della poesia giapponese. Dall'Ottocento al Duemila*, Marsilio, Venezia 2020.

Single con criceto

Per Akira

南に死にそうな人あれば
行ってこわがらなくてもいいといい

Se a Sud c'è una persona prossima alla morte
Andare e dirle di non aver paura.

Miyazawa Kenji, *Ame ni mo makezu*

Inverno, primavera...

Stavo bene da sola. E a conti fatti questo non è cambiato. Continuo a non essere una persona che ha bisogno di avere molta gente intorno. A differenza di prima, tuttavia, ho bisogno di averne intorno almeno un po', e la consapevolezza che è così ha dato una nuova direzione alla mia vita. Una volta somigliava a una strada a senso unico su cui viaggiavo solo io. Zero traffico nella direzione opposta. Zero code. Bene o male, andavo avanti. Ma mi divertiva, andare avanti? La risposta è: decisamente no.

Non che fossi particolarmente scorbutica. I miei stati d'animo, sia il buonumore sia il malumore, si bilanciavano. Trovavo soltanto che divertirsi fosse per le persone con una predisposizione naturale. Si interessavano al cammino che avevano davanti e lo condividevano con i loro simili. Insieme formavano gruppi, che a loro volta formavano gruppetti. Dove era necessario, facevo lo stesso anch'io. Non ero un lupo solitario né avevo in mente una ribellione alla "io contro il mondo". Volevo semplicemente essere lasciata in pace.

Già ai tempi della scuola, investivo pochissime energie per farmi degli amici, e anche se, essendo perfettamente nella media, non avevo problemi a inserirmi nella classe con le sue cricche, non instauravo un rapporto più stretto con nessuno dei miei compagni. Forse era colpa della mia flemma. Coltivare i contatti, e prima ancora stabilirli, mi sembrava troppo faticoso. Conoscere qualcuno mi sfiniva. Tutti i discorsi che bisognava fare per arrivare a una base comune! Tutti i malintesi e i ginepraì che ne derivavano! Perché darsi tanta pena? Era già abbastanza arduo essere me stessa. Così la pensava la brufolosa sedicenne che ero e, quando sono cresciuta, ho trovato comodo continuare a pensarla in questo modo.

Vivi e lascia vivere era il mio motto. L'intimità era troppo per me. Raramente confidavo qualcosa che mi toccava da vicino o ero curiosa dei segreti altrui. Non mi interessava saperli. Il rapporto ideale – non importava con chi – a mio parere era quello in cui non ci si aspettava troppo l'uno dall'altro. Due parole di tanto in tanto. Sul freddo. E su come si sentiva già l'odore della neve, anche se non era ancora caduta. Di più non mi veniva in mente. Appena il discorso scivolava sul personale mi si stringeva la gola. Un tono confidenziale mi provocava la tachicardia. Mi piacevano le cose semplici e senza impegno. Per questo motivo al lavoro – ero aiuto cameriera – mi consideravano distaccata, e io non provavo nemmeno a correggere l'immagine che avevano di me. E comunque durante le pause, che trascorrevo nella sala comune, stavo per conto mio. All'inizio le mie colleghe si erano dimostrate disponibili. Ogni volta che si presentava l'occasione mi coinvolgevano nelle loro chiacchiere. A poco a poco però – accorgendosi che mi erano indifferenti – si stancarono di sprecare fiato per me, e ben presto mi guadagnai il ruolo della solitaria. Per me va bene, pensai io, che nel frattempo avevo venticinque anni. A patto che tra noi regnasse la pace, non eravamo obbligate a recitare la commedia del "siamo sulla stessa barca". A fine turno (e quanto lo aspettavo, il momento in cui chiudevo l'armadietto) ero la prima a togliersi l'uniforme rosa ed ero la prima a uscire nel parcheggio. Fuori del ristorante, un tipico *famiresu* in stile diner americano, una luce calda cadeva sull'asfalto. Osservavo i bambini sui seggioloni e i genitori che li imboccavano. L'aria sapeva di olio per friggere e carne grigliata. L'odore impregnava anche i miei capelli. Mi arrivava in faccia a ogni passo, e io camminavo più veloce per sfuggirgli. Ma bastava il tempo di arrivare alla stazione, da dove tornavo direttamente a casa, ed era svanito.

All'incirca era questa la vita che facevo, e non era la peggiore. Per quanto mi riguardava, sarebbe potuta continuare così per sempre. Non mi mancava niente. Anzi. Quando in treno chiudevo gli occhi, dentro di me si diffondeva una piacevole oscurità. Un altro giorno era passato, e io non ero stata di peso a nessuno. Vassoio dopo vassoio, avevo servito i tavoli numerati. Avevo salutato e sorriso come da regolamento. A forza di sorridere mi facevano male i muscoli del viso. Ma non era un problema! Qualcosa doveva farti male, altrimenti eri morto, giusto? Lo diceva un mio ex insegnante di educazione fisica, che ricordavo come un vero aguzzino. Non ci andava leggero, con noi ragazze. La scusa "Ho il ciclo" gli rimbalzava addosso come una palla, e chi si lamentava per le fitte alla milza veniva punita con un giro di corsa supplementare intorno al campo di terra battuta. Ripensavo al suo fischietto. Era quasi tutt'uno con lui, e se lo toglieva di bocca solo per sbraitare sputacchiando piccole gocce di saliva. "Spirito di squadra, Takada! Porca miseria! Fai parte di un gruppo, lo capisci o no?" Queste parole mi frullavano in testa più spesso di quanto avrei voluto. Si mescolavano ai rumori che si facevano strada fino a me, il sibilo delle porte della metropolitana quando si aprivano e si chiudevano, lo sferragliare monotono delle ruote sui binari, e prima che me ne accorgessi mi ero appisolata. L'oscurità dentro di me diventava sempre più fitta. Al tempo stesso, percepivo con estrema chiarezza anche il minimo movimento dei miei vicini di posto. A volte capitava che ci sfiorassimo, ma senza volerlo, e non era il tipo di contatto che ci faceva sentire in dovere di scusarci. Quasi tutti, constatavo, avevano gli occhi chiusi come me. E come me si erano appisolati all'improvviso. Parecchi russavano. Eravamo un treno di gente che dormiva. Salivamo e scendevamo. *Shhh!*, lessi su un cartello. Esortava i passeggeri a disattivare la suoneria dei cellulari. Rispettavo scrupolosamente la regola di non disturbare parlando al telefono a voce troppo alta, o meglio, nel mio caso si rispettava da sé, dato che non conoscevo nessuno che avrei voluto chiamare a quell'ora.

Dopo sei anni in città avevo salvato in rubrica una manciata di conoscenze occasionali, tra le quali l'estetista che mi faceva regolarmente la manicure. Per via del suo mestiere era una gran chiacchierona, ma sapeva tenere la bocca chiusa quando si trovava davanti una persona poco estroversa. Allora sprofondava in un silenzio che non aveva nulla di imbarazzante. Lei mi limava le unghie senza parlare, e senza parlare io la osservavo limarmi le unghie. Ciononostante, con il passare del tempo avevo l'impressione che ci fossimo avvicinate. La vedeva così anche lei? Una volta disse: "Le unghie di ogni mia cliente abituale sono uniche. Saprei distinguerle a occhi chiusi". In quel momento la invidiai un po' per la sua sicurezza. Si riferiva al proprio lavoro come a una vocazione, cosa che ritenevo esagerata – in fondo non era un medico o simili – e che tuttavia mi faceva riflettere su quanto poco fiera e ambiziosa fossi io. Avevo dei desideri? Senza dubbio la fatina che mi avesse fatto quella domanda sarebbe rimasta delusa. Volevo solo arrivare a casa, e il più rapidamente possibile, ma a parte quello, non l'avrei seccata con nessun'altra richiesta.

***

Al capolinea mi comprai un *bentō*. Ultimamente se ne trovavano in vendita alcuni per single, il che era assurdo. Il *bentō* era già pensato per uno. Quasi sicuramente si trattava di una strategia di marketing. Che bisognasse qualificarsi alla cassa?

Salve, sono single. In quel caso si riceveva un buono sconto? In effetti, tra le persone che osservavo, non erano poche quelle che prendevano in automatico il *bentō* per single, che costava cento yen in meno rispetto a quello normale, e il loro esempio mi incoraggiò a fare lo stesso. Non si sentivano a disagio a dichiararsi uomini celibi e donne nubili. E perché mai avrebbero dovuto? Lo sapevano tutti che le possibilità di trovare il partner giusto erano prossime allo zero. Un problema che avevano sia i ventenni sia i cinquantenni. Dunque, potevo mettermi serenamente in fila.

Per il mio criceto, che mi aspettava a casa, mi impegnai un po' di più. Nel reparto verdura scelsi delle carote belle fresche e croccanti. Poi presi anche una birra dalla vetrina frigo. Una bastava. Alla luce violenta dei neon guardai i prodotti esposti. *Party Cracker*, era scritto su un pacchetto. *Family Pack. XXL Size.* In confronto le versioni in miniatura, etichettate per single, sembravano i gemelli morti prima della nascita. Eppure, ancora una volta, erano le più richieste. Probabilmente i molti che vidi optare per quelle lo facevano solo perché erano a dieta. Andavano alla cassa tenendosi a braccetto, lui con la confezione grande, lei con quella piccola, e me li immaginavo ingozzarsi di patatine passando da una serie all'altra su Netflix. Volevo essere così? Sì e no. Le coppie che venivano al *famiresu* davano un'impressione di felicità, ma erano le più difficili da soddisfare. Mancava sempre qualcosa. Con quelli che venivano da soli era diverso. Loro erano riconoscenti qualunque cosa gli mettessi davanti. Perfino quando l'ultimo posto libero rimasto era nel settore fumatori! Ringraziavano e trangugiavano il loro riso. Il pensionato, per esempio. Compariva puntuale ogni lunedì e mercoledì a pranzo all'apertura del buffet. Per caso si lamentava se la frutta non era ancora impiattata? Invece alcuni padri di famiglia si comportavano come predatori quando si trattava di provvedere all'uva per la prole. Vivere da soli doveva necessariamente portare a una certa mancanza di pretese.

I miei passi risuonavano nelle strade che si stavano svuotando. Il quartiere in cui abitavo era relativamente tranquillo. Ci vivevano soprattutto pendolari, che dopo il lavoro tornavano nei loro cubicoli. Si trascinavano stanchi e curvi, e tranne la proverbiale eccezione, il musicista con la chitarra sulle spalle che si esibiva nei locali o la *hostess* in tiro che a quell'ora si avviava verso il suo bar, tutti quelli che incrociavo sembravano amalgamati in una massa grigia. Gli edifici piuttosto bassi, in parte malandati, esercitavano una pressione aggiuntiva. Come schiacciata sotto un peso diffuso, la massa strisciava verso casa. In ogni modo la festa era altrove, il mondo glitterato, le cui luci rischiaravano il cielo oltre la collina, era un luogo lontano e fiabesco quanto la miniera dei sette nani. Inutile guardarsi intorno in cerca di divertimenti. C'erano un *sentō* e accanto un chiosco di *yakitori*, un piccolo alimentari e un negozio di telefonia. Fine. Non esattamente il posto adatto a chi aveva poco più di vent'anni e tutta la vita davanti, ma la vita era anche una questione di soldi. A portarmi lì era stato l'affitto conveniente. Non avevo racimolato il budget necessario per preoccupazioni di lusso come "C'è un parco in zona? Una buona pizzeria? Magari eventi culturali? Concerti e spettacoli?". Certo, ogni tanto mi davano una mano i miei genitori. Però non volevo approfittare di quell'aiuto più dello stretto necessario. Mi feriva molto quando dicevano che sarei dipesa per sempre da loro. E proprio per liberarmi da quella morsa premurosa mi ero trasferita in città dalla campagna.

In famiglia, il fatto che avessi mollato l'università dopo appena un semestre era un argomento delicato. Lo evitavamo. Allo stesso tempo risbucava fuori da un'altra parte, come un occhio di grasso nel brodo. A quel punto era inevitabile che mi venissero i sensi di colpa. E se avessi stretto i denti e mi fossi laureata? E se dopo una carriera ragionevolmente breve avessi presentato ai miei il loro futuro genero? Secondo argomento delicato. Non lo toccavamo. E dato che non lo toccavamo, le nostre telefonate, le poche che ci facevamo, avevano assunto una sfumatura vagamente rigida, forzata. Era come se, girandoci intorno, girassimo in tondo anche noi, e ne veniva fuori una danza delle ombre, durante la quale ci protendevamo l'uno verso l'altro, senza mai riuscire a ridurre la distanza che si era aperta tra noi con il passare degli anni.

Era sempre mia madre a chiamare, e dal momento che non usavo praticamente mai il cellulare e il più delle volte lo tenevo silenzioso, quando vibrava sapevo subito che era lei.

"Novità?" domandava in tono vivace. "Racconta!"

"Ehm."

Cercava di compensare la mia laconicità riferendomi ogni minimo dettaglio della sua vita quotidiana. Zia Fumiko era passata a trovarla e come al suo solito – "Cosa? Davvero?" intercalavo – aveva attaccato briga. Nello specifico si trattava della nonna. "La tua cara zia è dell'avviso che dovremmo metterla in un ospizio. Come se fosse lei quella che si sacrifica! Chi le pulisce il sedere? Io! E mi lamento forse? No! Allora di che si impiccia?"

Senza fermarsi un attimo, mia madre andava avanti a raccontare questo e quello, e quando si interrompeva anche solo per una frazione di secondo, respirava rumorosamente, così non capivo mai se sbuffava o se tirava su col naso. La seconda opzione mi sembrava improbabile. Mia madre non era un tipo sentimentale. Speravo fortemente che riempisse la pausa, e infatti per fortuna ricominciava subito a parlare.

"Abbassa la voce, per favore!" Quello era mio padre. Stava guardando il telegiornale.

Le nostre telefonate si svolgevano più o meno in questo modo, e di tanto in tanto mi sfiorava il pensiero che il mio cellulare servisse solo per dare ai miei genitori un'illusione di sicurezza. Mi rendeva raggiungibile. Oltretutto, da quando aveva scoperto le chat, mia madre mi mandava in continuazione emoji prive di senso. Un gattino che saluta con la zampa! All'una di notte! *C'mon!* Cosa ci dovevo fare? Invece di ricambiare, replicavo con un punto interrogativo, che però rimaneva senza risposta.

***

Già da lontano vidi che nel mio appartamento la luce era accesa. E non perché mi fossi dimenticata di spegnerla. Avevo installato un temporizzatore. Poco prima che rincasassi, si accendeva la lampada da tavolo per annunciare il mio arrivo. Piuttosto ridicolo. Me ne rendevo conto. Ma Punsuke era la persona più importante per me. D'accordo, forse *persona* non era il termine corretto. Lo avevo semplicemente dotato di caratteristiche umane e, poiché lui sembrava non avere niente in contrario, lo trattavo come un mio pari.

Il motivo che mi aveva spinta ad acquistarlo era indicativo di per sé. Non volevo ammetterlo, ma negli ultimi tempi una parte di me aveva sopportato a fatica la continua solitudine. Essere padrona di me stessa era una cosa. Ben diversa, invece, era la paura di dimenticare qualcosa di basilare se non avessi avuto al mio fianco almeno un animale domestico. Esserci per qualcuno. Occuparmi di lui. L'innegabile evidenza, ossia che le noci e i semi che gli porgevo sparivano nelle sue guance, in un certo senso mi dimostrava che ero viva anch'io. Quando lo toglievo dalla gabbia, mi meravigliavo sempre che il suo fragile corpo fosse così caldo. Il pelo folto mascherava quanto era piccolo. Non pesava più di un uovo crudo, quindi dovevo stare molto attenta mentre lo posavo nell'incavo del braccio, dove si drizzava sulle zampette posteriori tremando e annusando. "Ghiri ghiri," mi scappava detto. Le sue vibrisse mi facevano il solletico. E ciò che avevo tralasciato di fare per tutta la giornata, ridere di cuore, sgorgava da sé.

Grazie a Punsuke e alla sua presenza, il mio appartamento era diventato di gran lunga più confortevole. Dipendesse dall'odore della lettiera che mi accoglieva appena entravo nell'ingresso o dalla responsabilità di dargli acqua fresca e filtrata che mi assumevo mattina e sera, fatto sta che l'atmosfera si era notevolmente rallegrata, e quello che prima era stato soltanto il posto dove dormiva una *freeter*, adesso aveva il carattere di un'abitazione condivisa. Solo l'arredamento lasciava ancora alquanto a desiderare.

Non avevo un gusto particolarmente sviluppato per cose come i soprammobili, e se sul tavolo, che per me poteva benissimo essere una cassetta riadattata, c'era un vaso di fiori o non c'era nulla, a dirla tutta non faceva alcuna differenza. Di conseguenza non possedevo quasi nessun ninnolo. La mensola dei libri era abbellita da duc action figure di altri tempi conservate dalla cameretta di quando ero bambina e, benché fosse una mensola per i libri, eccetto un manuale di orientamento universitario (*Come affronto il primo semestre?*) e un volume di Shakespeare (le *Opere complete*, però), conteneva una pila di riviste di moda e lifestyle che avevo rimediato gratis a un mercatino delle pulci. Il mio rapporto con i mobili era altrettanto frugale. Un tavolo e un cuscino da pavimento erano tutto ciò di cui avevo bisogno, e il *futon*, arrotolato solo per le grandi pulizie di fine anno, occupava la maggior parte della stanza, che faceva sia da soggiorno sia da camera da letto. La cucina sprigionava il massimo della confortevolezza. I miei genitori mi avevano costretta ad accettare tutti gli utensili del caso, pentole e padelle, ma anche piatti, bicchieri e posate, e nonostante restassero chiusi nei pensili a coprirsi di polvere senza mostrare altri segni di utilizzo, rappresentavano ugualmente l'essenza di una vita che consisteva nello scorrere del tempo.

Le tende le tenevo quasi sempre chiuse per ripararmi dagli sguardi. La finestra a tutta altezza del soggiorno affacciava sulla strada, e chiunque fosse passato di lì avrebbe afferrato con un colpo d'occhio l'intera situazione. Una prospettiva inquietante. Quando avevo appena traslocato – non molto tempo dopo essere riuscita a procurarmi il minimo indispensabile –, avevo sorpreso i Fuji, i vicini dell'appartamento di fronte, a spiare dentro casa mia. Stavo uscendo dal bagno, e dato che il corridoio era buio e la porta mi nascondeva ancora per metà, io avevo visto loro ma loro non avevano visto me.

"C'è qualcosa?" La signora Fuji aveva spinto da parte il marito per schiacciare il naso contro il vetro con la sua stessa spudorata curiosità.

"Non c'è niente."

"Come, niente?"

"Se ti dico niente."

Le loro voci si sentivano distintamente. Per via dei problemi di udito dovuti all'età, comunicavano tra loro al volume di una radiotrasmittente a tutto spiano – "Qui terra!", "Qui luna!" –, perciò di fatto urlavano, elemento che conferiva maggiore enfasi al messaggio. In che senso "niente"? La composizione formata da tavolo, cuscino sul pavimento e *futon* per loro era così deludente da essere qualificata come "niente"? O, ponendo la domanda in altri termini: cosa avevano sperato di trovare? La curiosità iniziale aveva ceduto il posto a una palese perplessità. Se ne erano andati stringendosi nelle spalle, e solo allora, avvertendo un'oppressione al petto, mi ero accorta di aver trattenuto il fiato.

Forse avrei dovuto farmi vedere? L'usanza di presentarsi ai vicini dopo un trasloco era una legge non scritta che non avevo rispettato. Forse erano offesi perché non avevo ritenuto necessario attenermi al protocollo? Oh, be', pazienza! Avevo deciso di lasciare che le cose facessero il loro corso. Prima o poi ci saremmo incontrati! Per il momento mi bastava ascoltarli fare a gara a chi gridava di più davanti alla televisione. Non che ci tenessi a origliare. Senza volerlo, ogni sera era come se assistessi ai loro battibecchi per aggiudicarsi il telecomando. Quanto a isolamento acustico, la parete sottile era un disastro. Io al contrario, pensavo con un certo compiacimento, non davo loro alcun motivo di sentirsi disturbati da me e dai rumori che producevo.

***

Con il senno di poi, in realtà era ovvio che la vita che facevo e che non consideravo la peggiore non potesse continuare così per sempre. Nella misura in cui il mio appartamento era diventato più confortevole con l'acquisto di un criceto, il mio equilibrio interiore aveva iniziato a vacillare. Mi capitava sempre più spesso, soprattutto quando pioveva, di collegarmi a uno dei siti di incontri a cui mi ero registrata un paio di anni prima e dove, con mio grande stupore, i miei account non solo erano ancora attivi, ma mi avevano anche fruttato qualche richiesta. Alcuni messaggi – *Ehi, ma quanto sei carina!* – erano vecchi di mesi. Uno invece, di un certo Kōtarō067, era stato scritto di recente: *È un peccato*, diceva, *che a quanto pare non sei più in cerca. Il tuo profilo mi ha colpito di brutto. Fatti sentire se hai bisogno di cambiare aria e ti viene voglia di un appuntamento. Mi piacerebbe conoscerti.* Già la lunghezza distingueva il messaggio dagli altri. Oltre a questo, era il tono a renderlo diverso. Era confidenziale, quello sì, e mi provocò il batticuore d'obbligo, ma chissà come la sincerità che ne traspariva aveva toccato un punto debole dentro di me. Kōtarō067 voleva conoscermi. *Conoscere me.* Wow! Era disposto ad accettare l'impegno che richiedeva conoscere una persona. Il passato mi aveva insegnato che una cosa del genere succedeva estremamente di rado.

Lo ammetto, non potevo attingere a un vasto bagaglio di esperienza. Fino ad allora i miei appuntamenti si contavano su quattro dita e mezzo di una mano, e in pratica il mezzo non valeva perché ero talmente ubriaca che dopo non ricordavo più nemmeno che faccia avesse il tizio. Una cosa però era stata identica nei quattro appuntamenti e mezzo: nessuno si era neppure sognato di fare conoscenza. Appena chiarita la questione del gruppo sanguigno ("Ah, tu sei 0", "Oh, tu sei A") e spuntate un altro paio di voci sulla lista delle banalità, tipo hobby e colore preferito, eravamo andati a fare sesso in un *love hotel*. Naturalmente ci eravamo divisi il conto per un'ora di penosa nudità reciproca, perché l'uomo moderno, mi aveva spiegato uno di loro, non era maschilista. Rispettava e ammirava l'indipendenza della donna. Buon per lui!

Senza i drink che tuttavia poi mi aveva generosamente offerto, probabilmente sarei scappata da quella stanza ammuffita prima che scadesse l'ora. Ma per andare dove? Mi terrorizzava il momento subito dopo, quando avremmo raccolto i nostri vestiti dal pavimento. Rivestirsi davanti a qualcuno che sapevi non avresti mai rincontrato era più imbarazzante che spogliarsi davanti a lui. Tossicchiavi. Ti contorcevi. Pensavi alle parole adatte per salutare. Non avevi fatto strani suoni fino a un attimo prima? Suoni che non immaginavi neanche potessero essere dentro di te? Allora perché era così difficile dire un semplice "ciao"? Quattro volte e mezzo avevo detto "ciao", e più quel momento mi aveva terrorizzata, più in fretta ero rientrata in modalità solitaria. Mentre uscivo dall'albergo riprendevo il mio atteggiamento abituale e il relativo modello di movimento: farmi piccola, non attirare l'attenzione, evitare il contatto visivo. Ero tornata al mio stato di aggregazione originario, come ghiaccio che aveva iniziato a sciogliersi soltanto in superficie.

Ma con Kōtarō067 era tutto diverso.

Fin dall'inizio della nostra conoscenza, mise in chiaro che non era interessato soltanto a una cosa. Quello che gli era piaciuto del mio profilo era stata la sua "mancanza di attrattiva".

"Spero non ti sia offesa," si affrettò ad aggiungere. "Al giorno d'oggi tutti cercano di mostrare il loro lato migliore. Guarda come sono fico! Ho un mucchio di amici con cui il fine settimana vivo mille avventure! Il tuo profilo invece mi ha convinto proprio perché non ostenta niente. È semplice e autentico, perciò non mette in soggezione. Brava!"

Aveva ragione. Mentre creavo i miei account avevo rinunciato a ogni abbellimento, e le informazioni che avevo caricato insieme alla foto del passaporto non erano di quelle che accendevano la fantasia. Età, sesso, segno zodiacale.

"Questo lo chiamo stile. Voglio dire, come te ce n'è una su cento! L'uno percento che non finge di essere quello che non è. Tu non sei nessuno. E lo accetti. Hai il fegato di mostrare il dito a tutti noi che ci crediamo supereroi."

Assimilai le sue parole, incredula. Mi prendeva in giro? Lui però mi fissava negli occhi, e il suo sguardo non mi abbandonò neanche quando iniziai ad agitarmi per l'imbarazzo. Nessuno mi aveva mai guardata così.

Iniziò un capitolo a me sconosciuto. Mentre prima mi ero costruita intorno un muro che doveva proteggermi dall'eventualità di soffrire, adesso lo lasciai cadere e diventai un esserino indifeso che si scioglieva tutto e aveva le farfalle nello stomaco.

Che a svolazzare dentro di me fossero farfalle lo sapevo dai tempi delle medie. In seconda mi ero innamorata di un ragazzo di nome Tomo, e anche se non facevo molto per attirare la sua attenzione, lui sembrava consapevole del mio innamoramento. Addirittura lo ricambiava. Una volta mi regalò un bignè. Era un bignè confezionato del *konbini*, ma com'era buono! L'impasto rigonfio racchiudeva un ripieno cremoso, e io lo mangiai masticando lentamente, morso dopo morso, come se così qualcosa di Tomo potesse diventare parte di me. Un'altra volta mi prestò l'ombrello. Un acquazzone aveva allagato il cortile della scuola, stavo valutando se mi conveniva aspettare oppure mettermi a correre e inzupparmi, quando lui mi offrì il suo ombrello. Lo presi, turbata. Il manico di plastica era umido e sudaticcio. "Grazie," riuscii a dire infine, lui diventò rosso e corse via sotto la pioggia. Scambiavamo a malapena qualche parola. Nonostante ciò, avvertivo un legame tra noi. Era delicato e duttile insieme. Ci univa un'intesa silenziosa, e non dovevamo tenerci per mano o sbaciucchiarci perché a uno dei due si trasmettesse la vicinanza dell'altro. A posteriori – purtroppo solo a posteriori – compresi la pura e semplice felicità che aveva rappresentato rivederci ogni mattina agli armadietti delle scarpe. Potevo essere certa di incontrarlo lì, e quando gli passavo accanto percepivo il suo odore, un misto di sapone e ammorbidente.

Alla fine delle vacanze estive, il nostro insegnante ci comunicò che Tomo si era trasferito negli Stati Uniti con la famiglia. Per me quella notizia fu uno shock. Di colpo le farfalle nello stomaco smisero di svolazzare. Una dopo l'altra ripiegarono le ali. Per un po' avvertii ancora il nostro legame che si tendeva come un elastico sopra il Pacifico, ma inevitabilmente con il tempo iniziò a sfibrarsi e a logorarsi. A un certo punto – non ricordo di preciso quando – ne rimase solo un filo sottilissimo, che infine si spezzò.

***

Dal momento che non la chiamavamo così, la mia relazione con Kōtarō067 aveva la stessa dolce indeterminatezza di quella con Tomo. Non le davamo un nome, e di conseguenza non ponevamo condizioni. Chi aveva tempo e voglia di un appuntamento si faceva vivo, e non ci guastavamo il buonumore con complicate discussioni sui sentimenti che provavamo l'uno per l'altra. In ogni modo, presto si era stabilita una routine. Di solito ci incontravamo in centro e per prima cosa andavamo in una sala giochi. Come studenti che marinavano la scuola, sparavamo all'impazzata o tentavamo di pescare i pupazzetti con la gru. Kōtarō067 si era prefissato l'ambizioso obiettivo di regalarmi un topolino di peluche, e benché da un lato fossi convinta che sarebbe stato più economico se me ne avesse comprato uno, dall'altro mi lusingava la foga con cui schiacciava i pulsanti che lampeggiavano e muoveva la leva. Era più o meno come con le costellazioni che voleva assolutamente farmi vedere. Da appassionato di astronomia le conosceva benissimo, e io mi sforzavo di seguire il suo dito che si spostava indicando una stella dopo l'altra. Ma nel groviglio di linee che ne derivava non ero capace di riconoscere nessuna figura. "Non fa niente," rideva lui accarezzandomi la testa. "Con un po' di esercizio ci riuscirai!"

Il fatto che parlasse del futuro mi rendeva fiduciosa. Davanti a noi si aprivano giorni e settimane e mesi durante i quali i nostri sentimenti inespressi si sarebbero ulteriormente rafforzati, e all'ennesima moneta inserita si sarebbe lasciato pescare anche il topolino di peluche! Con calma! Senza fretta! Prima che la luce di una stella raggiungesse la terra, la stella si era spenta, e ci erano voluti milioni di anni solo perché diventasse una stella. Dormivamo insieme in stanze che ora mi sembravano tutto fuorché ammuffite, e dopo non ci rivestivamo subito, restavamo a chiacchierare a voce bassa sulle lenzuola sgualcite. Stavo sognando? Ogni tanto mi davo un pizzicotto sulla guancia per convincermi del contrario. Non stavo sognando. Quella era la realtà. Visti dal letto, i miei vestiti sparpagliati sul pavimento somigliavano a una larva dalla quale ero uscita adulta.

Circa tre mesi passarono così, e quando Kōtarō067 di punto in bianco smise di farsi sentire e di rispondere ai miei messaggi, all'inizio pensai che non gli funzionasse il cellulare. Considerai a lungo se telefonargli oppure no. Avevamo sempre comunicato via chat, perciò mi costò un certo sforzo digitare il suo numero. "L'utente da lei chiamato non è al momento raggiungibile," disse una sonora voce femminile. Cosa significava? Non c'era campo? Provai sul sito di incontri. *Sei ancora vivo?*, scrissi, attenta a buttarla sullo scherzo, per non sembrare troppo ansiosa. Nel frattempo, infatti, mi ero convinta che gli fosse successo qualcosa e attribuivo il suo ostinato silenzio a una concatenazione di eventi tragici. Gli avevano rubato il telefono, quindi era andato alla polizia per denunciare il furto, e lungo la strada – proprio mentre andava alla polizia! – una macchina lo aveva investito.

A proposito, dove abitava? Sul fiume S., aveva accennato di sfuggita, e io non avevo insistito, perché in fondo erano cose private. Cose private. Ah! Ecco il risultato. E se avesse avuto bisogno di aiuto? Nella mia mente lo vidi disteso in un letto d'ospedale, braccia e gambe fasciate. Il suo cellulare suonava. Suonava spesso. Lui allungava invano la mano, la benda gessata gli impediva di prenderlo. Lo mancava di poco, come con il topolino di peluche, ma dipendeva anche dagli analgesici che gli venivano somministrati. Gli provocavano sonnolenza e riducevano la sua capacità di reazione. Non dormire, gli gridavo. Resta sveglio. Ma lui era già entrato in coma. Kōtarō067 – non c'era un altro modo per dirlo – era ridotto a un vegetale.

L'ovvia considerazione che avesse perso interesse per me, invece, la respingevo fermamente. Un simile cambiamento di umore lo avrei notato. Frugai nella memoria in cerca di eventuali segnali di noia che potessero essermi sfuggiti. I miei estatici resoconti di Punsuke con le guanciotte gonfie di cibo potevano sicuramente essere catalogati come "irritanti", ma lui aveva sbadigliato? Aveva tamburellato con le dita? Né l'una né l'altra! E la proposta di festeggiare il Natale insieme era stata sua, non mia. Avevo accettato con troppo poco entusiasmo? Avrei dovuto fare i salti di gioia? Forse il mio scialbo "Sarebbe carino" gli aveva lasciato l'amaro in bocca. Ma se avevo un sorriso che andava da un orecchio all'altro! Mi venne in mente il termine "ghosting". A quanto pareva erano in aumento i casi in cui una persona spariva senza preavviso, mollando il partner dalla sera alla mattina. Dopo la totale interruzione dei rapporti, chi veniva "ghostato" si ritrovava a fare i conti con un fantasma, con l'ologramma di qualcuno che, svanendo nel nulla, si sottraeva a ogni forma di contatto. Una cosa agghiacciante! Al pensiero che potesse essere successo a me, mi si rizzarono i peli sulla nuca, e in confronto la versione del vegetale mi sembrò quasi più tollerabile.

L'idea di chiedere sue notizie in sala giochi mi venne una sera dopo il lavoro. Stando alle sue stesse parole, Kōtarō067 era amico di un ragazzo dello staff. Non me lo aveva presentato, e detestavo mettermi a fare Sherlock Holmes, ma stando così le cose, non avevo scelta. Ripensai a Tomo e a come era corso via sotto la pioggia. A volte, mi autoconvinsi, bisognava osare.

Nel quartiere dei divertimenti ferveva il trambusto prenatalizio. Ovunque c'erano finti Babbi Natale che agitavano le loro campane. Uno fece qualche passo verso di me. Probabilmente voleva rifilarmi una confezione di fazzoletti di carta, ma lo schivai e sbattei contro un gruppo di ubriachi che subito mi bacchettarono. Curioso. Solo io lì ero fuori posto. Non riuscivo ad assecondare la corrente. Appena poche settimane prima avevo passeggiato per quelle stesse strade con Kōtarō067, e il ricordo era intenso come il freddo che ora mi assaliva. Una coppia felice si stringeva davanti a una vetrina. Uomo e donna indossavano sciarpe e berretti di lana coordinati. E con quanta armonia guardavano le torte esposte! Bianche torte alla panna con sopra fragole immerse nel cioccolato! Mi sarebbe piaciuto molto fermarmi accanto a loro. Invece mi inerpicai su per un vicolo ripido, superando pub frequentati da clienti stranieri, una sala da boxe e un numero imprecisato di *snack bar* e *karaoke*. La sala giochi era all'angolo in cima. Presto avrei saputo se Kōtarō067 aveva speranze di sopravvivere o se a breve avrebbero spento i macchinari a cui era attaccato. Pregai per la prima possibilità. Ti prego, ti prego, pregavo, e pregando mi ritrovai senza fiato alla fine della salita, quando lo vidi – esatto, proprio lui! – in piedi sotto una tettoia decorata con una ghirlanda di luci. Il mio cuore si fermò. Che potesse battere impazzito, lo sapevo. Ma fermarsi? Dopo tutta la preoccupazione, mi sentii travolgere da un'ondata di sollievo. Era vivo! Stava bene! Pronta a perdonargli il prolungato silenzio radio, puntai dritto verso di lui. Ma all'improvviso mi si parò davanti un muro. Il suo sguardo, che scivolò su di me, nel momento in cui mi aveva riconosciuta si era riempito di irritazione mista a disprezzo, e mi sembrò che avesse fatto un cenno di stizza con la mano. Il gesto somigliava a quello con cui si scaccia una zanzara che ci svolazza davanti al viso. Dissi qualcosa. Non ricordo cosa. Ma ormai il suo sguardo era già scivolato oltre. Vuoto e inespressivo, fissava altrove. Sotto la ghirlanda di luci che si accendevano e si spegnevano, la sua figura era di una trasparenza spettrale.

Ero stata cliccata via. Spazzata via. Gettata via. E non serviva a niente darmi un pizzicotto sulla guancia. La realtà era un brutto sogno dal quale non esisteva risveglio. Il mio cuore ricominciò a pompare.

Rimasi immobile per un istante. E dopo tornai indietro.

***

Una settimana trascorse come in trance. Poi fui chiamata nell'ufficio del direttore. Prima di entrare, mi controllai le unghie. Erano pulite. I capelli erano debitamente infilati sotto la bandana che mi copriva la testa. Dallo specchietto tascabile mi fissava un'aiuto cameriera esteriormente irreprensibile. Era un po' pallida e un po' smunta, però sorrideva intrepida, dando prova di una notevole capacità di resistenza. Niente male per una che era stata ghostata. Nessuno avrebbe detto che fosse allo sbando.

"Sa perché volevo vederla?"

No, non lo sapevo.

Il direttore, un uomo di mezza età con l'alitosi, mi misurò con occhi colmi di compassione passandosi più volte la lingua sulle labbra, tanto da farle luccicare. Si diceva che, quando nessuno guardava, ti palpava il sedere. In genere succedeva come per caso. Eri in mezzo e lui doveva passare. Ma avevo sentito anche di episodi analoghi che si erano verificati nel suo ufficio. Queste voci mi arrivavano all'orecchio nella sala comune, le mie colleghe si mostravano per metà scandalizzate e per metà spaventate, ma nello stesso tempo si divertivano a metterle in circolazione. Io dubitavo della loro attendibilità, cosa che veniva vista come un'ulteriore prova della mia indifferenza, perciò ultimamente di quelle conversazioni a porte chiuse avevo captato solo singoli stralci slegati dal contesto. Appena arrivavo, abbassavano la voce o di colpo calava il silenzio.

Be', allora? Stavo aspettando. Il direttore aveva gonfiato le guance ricordandomi vagamente Punsuke, e quando buttò fuori a scatti l'aria che aveva trattenuto nei polmoni, d'istinto voltai il viso dall'altra parte per sfuggire al suo alito. Il grosso riuscii a evitarlo, e quello che rimase nella stanza – un sentore di insalata di cavolo e Listerine mischiati insieme – era sopportabile.

"C'è un problema," si decise a parlare.

Un problema? Riflettei. All'inizio della settimana alcuni clienti si erano lamentati della mia sbadataggine. In effetti con il pensiero ero di nuovo davanti al muro contro cui ero andata a sbattere, sentivo il corpo caldo e pesante. Non c'era da stupirsi, dopo quella botta! Sgusciavo da tutte le parti come un'ombra, e dato che dimenticavo sempre qualcosa, una volta la zuppa, una volta la salsa, dai tavoli non la smettevano di chiamare premendo il pulsante. A un certo punto uno dei clienti era esploso. "Ma è sorda?" I suoi strepiti non mi avevano impressionata. Al contrario, sembravano arrivare da molto lontano. Sentivo solo gli acuti delle sue grida, come sotto una campana di vetro, ed era stato il direttore a scusarsi al posto mio con una sfilza di inchini. Intendeva quel genere di problemi? In tal caso, riconobbi, non era ammissibile restare lì impalata, mentre un cliente scaricava la sua rabbia su di me. Avrei dovuto almeno sbattere le palpebre. E naturalmente una cosa simile non sarebbe successa mai più. Gli assicurai che da quel momento mi sarei rimessa in riga. Tra le cameriere, ero pur sempre la più disciplinata. Arrivavo puntuale, non rubavo il burro e non avevo mai dato un resto più alto del dovuto.

"È vero," convenne lui. "Non l'ha mai fatto. Ma non l'ho convocata per questo. Il problema è la sua mancanza di grazia."

Come, scusi?

"Grazia è una parola passata di moda. Eppure include tutte le qualità positive che mi aspetto nei miei collaboratori, tra cui avvenenza, un'altra parola superata, fascino e," un bel sedere, conclusi mentalmente io per lui. Invece disse: "Empatia". Ecco, era empatia. "Vede, servire i clienti non significa soltanto mettergli i piatti in tavola. Quello lo sa fare chiunque. Si tratta piuttosto di provvedere a loro. Portare cibo e bevande è, se vogliamo, un gesto empatico. Qualcuno è affamato, e noi gli diamo da mangiare. Qualcuno è assetato, e noi gli diamo da bere. È questa predisposizione che non trovo in lei. Ha altri pregi, e li apprezzo, ma ciò che fa la differenza, quello che io chiamo il plus sociale, le manca."

Mi mancava il plus sociale. A-ha. Era una cosa con cui si nasceva oppure si poteva imparare? Gli chiesi una delucidazione in merito.

"Con il plus sociale funziona come con il talento. Uno o ce l'ha o non ce l'ha," spiegò il direttore. Quel modo di parlare asciutto contrastava con le labbra bagnate che schioccava quando apriva e chiudeva la bocca. "Gettare la spugna per questo, però, sarebbe fatale. Prenda una persona autistica. Immedesimarsi nelle emozioni di un altro le crea grandi difficoltà. Tuttavia, con un po' di allenamento, può riuscire a sviluppare una specie di sistema di decodifica. Vede una fronte corrugata e sa che sta per *a*) rabbia o *b*) concentrazione. Se le narici sono dilatate si tratta di *a*). Se lo sguardo è rivolto verso l'alto si tratta di *b*). E in questo caso bisogna fare una nuova distinzione: in alto a destra significa ricordarsi qualcosa, in alto a sinistra significa..."

Smisi di ascoltarlo. Tanto avevo già capito da quel dì dove voleva andare a parare. Tutti i segnali che inviava il direttore – il tossicchiare ripetuto, il frequente deglutire – indicavano che voleva liquidarmi, ma diversamente da Kōtarō067, che non aveva perso tempo in chiacchiere, lui rimandava il colpo decisivo in un modo per me atroce. Stavo quasi rivivendo al rallentatore ciò che avevo già vissuto a velocità accelerata.

"Per venire al sodo, dovrebbe cercarsi un lavoro che le permetta di stare il meno possibile a contatto con la gente."

Ahi! La batosta finale mi centrò con più violenza di quanto mi fossi aspettata. Ci misi un po' a incassarla. Intanto il direttore aveva ripreso il filo del discorso. Visibilmente sollevato di non incontrare resistenza, aggiunse in fretta alcuni consigli riesumati dalla naftalina.

"Innanzitutto, deve capire quali sono i suoi punti di forza. Li annoti! Compili una lista! Forse penserà di non averne, ma si sbaglia! Ognuno, e dico ognuno, ha le sue capacità."

Annuii debolmente.

"Per esempio, ho notato che è molto brava a dare lo straccio. Sì, ha capito bene! Padroneggia l'arte di trasformare in un baleno un pavimento sudicio in una pista da ballo lucida come uno specchio. Su un pavimento lavato da lei, e sono serissimo!, viene voglia di lanciarsi in un tango."

Ricevetti quel complimento come un calcio assestato quando ero già al tappeto.

"Per la cronaca," disse in chiusura, "ha uno splendido sorriso!"

Rinunciai al preavviso che mi spettava di diritto. Quel poco di orgoglio che avevo mi proibì di farne richiesta. Meglio mollare subito il lavoro! Ammettere che avevo fallito! Andarmene senza voltarmi indietro! Sorridere!

A togliermi l'uniforme rosa mi ci volle un attimo, e le cose che tenevo nell'armadietto entravano comodamente nel mio zaino Anello. Le mie colleghe! Erano già ex colleghe! E mentre le salutavo, mi chiesi se la situazione non avrebbe preso una piega diversa se ogni tanto fossi stata in mezzo quando il direttore doveva passare. Aveva palpato il sedere a tutte quelle che ora sventolavano la mano. Solo a me no.

***

Cosa avevo di sbagliato? Di ritorno nel mio appartamento, dove mi lasciai cadere a pancia in giù sul *futon* srotolato, passai in rassegna gli ultimi giorni. Prima avevo avuto una relazione che non era affatto una relazione, poi mi era stato comunicato ufficialmente che ero una perdente. Un'asociale. Una sfigata. Da qualche parte c'erano delle telecamere che mi stavano riprendendo? Forse ero la protagonista di un reality con il mio nome per titolo, *Takada Suzu, 25 anni, femmina, Scorpione*, e l'intera nazione stava col fiato sospeso e voleva sapere come andava a finire. Il conduttore televisivo commentava la mia sconfitta dal soggiorno dei Fuji. "Sul serio? Pazzesco!" esclamò ridendo. O era il signor Fuji? Ascoltai attentamente. In via eccezionale, lui e la moglie erano silenziosi. Con molta probabilità avevano perso la voce a furia di gridare, oppure adesso comunicavano tra loro a gesti. Per di più, immaginai, dopo tutti quegli anni di matrimonio dovevano aver esaurito gli argomenti di conversazione. Di cosa potevano parlare ancora?

Dulcis in fundo, Punsuke si era rintanato nel suo nido di cotone e non si fece vedere nemmeno quando cercai di allettarlo con un pezzetto di formaggio, il suo cibo preferito. Il temporizzatore si era rivelato un acquisto sbagliato. Invece di condizionarlo e farlo drizzare sulle zampette posteriori al mio arrivo, aveva avuto l'effetto opposto. I criceti non amano la luce. Preferiscono procrastinare le proprie attività alle buie ore notturne. Per loro la luce è sinonimo di stress. Tolsi le feci dalla lettiera con la paletta. Qualcosa dovevo pur fare. Starmene sdraiata e basta era fuori questione. L'insolito silenzio mi provocò un leggero attacco di panico. Guardati intorno, mi ordinai. Questa è la tua vita. Sul tavolo c'erano gli avanzi del *bentō* della sera prima. Il riso era diventato duro. Duro e inodore come le feci che raccoglievo una per una e rovesciavo nel secchio della spazzatura. Dovevo pulire di nuovo la gabbia. Nel punto dove Punsuke faceva la pipì si era formato uno strato calcareo, ma con una soluzione a base di aceto l'avrei raschiato via facilmente. Da non credere, la quantità di escrementi che riusciva a produrre un animale così piccolo! Ne trovai perfino nella mangiatoia! Controllai l'abbeveratoio e mi assicurai che, toccando la sfera inserita nel beccuccio, uscisse abbastanza acqua. Una goccia mi colò sul dito. Mangiare e fare la cacca! Bere e fare la pipì! Sostanzialmente, la vita di un criceto non era diversa da quella di un essere umano. Era più breve. Ma per il resto?

Apatica, mi lasciai cadere di nuovo sul *futon*, questa volta a pancia in su. Per risparmiare avevo regolato al minimo il radiatore elettrico, e l'appartamento era un frigorifero. Se ora inizio a piangere, pensai, le mie lacrime si congeleranno in cristalli di ghiaccio. E non sarebbe stata la cosa più naturale del mondo, dopo tutto quello che mi era capitato, piangere fino a crollare addormentata?

Allo scopo di entrare nella giusta predisposizione d'animo, presi il cellulare. Per l'ennesima volta scorsi i messaggi che io e Kōtarō067 ci eravamo scambiati in chat. Erano spaventosamente privi di contenuto. Dov'era finita la magia che avevano esercitato su di me? Li lessi in attesa che arrivasse la tristezza, ma i tanti punti di sospensione, che fino a poco prima mi erano sembrati estremamente significativi, quel giorno avevano un che di insulso. Eliminai ogni singola stringa. Dopo un po' – visto che il procedimento era troppo laborioso – cancellai con un solo clic l'intera cronologia delle conversazioni.

"*Fuck you!*" Avevo sempre voluto dirlo. Ora l'avevo detto. E continuai a dirlo, un po' forte e un po' piano, un po' con sentimento e un po' senza, un po' cantando e un po' con un timbro nasale. Giocare con la voce liberò in me una forza immensa. Percepivo le corde vocali. Com'erano elastiche! Percepivo il diaframma, la gabbia toracica e i polmoni. Fantastico! Dentro di me c'era uno spazio dove l'aria che affluiva e defluiva veniva trasformata in note musicali. Sperimentai fino allo sfinimento, modulando la voce nei toni più disparati. Un *fuck you* affettuoso era più difficile da dire bene rispetto a uno ostile. Nel frattempo, a forza di ripeterle, le parole erano diventate puro suono, e io stessa ero solo la cassa armonica che lo produceva. All'improvviso mi sentii stranamente lignea. Come un flauto. Poi stranamente metallica. Come una tuba.

Stanca, infinitamente stanca, mi rannicchiai. Con le ginocchia sollevate, le braccia piegate, sprofondai in un sonno senza sogni.

***

La lista dei miei punti di forza – ne compilai davvero una – risultò vergognosamente striminzita. Rispettavo le regole, non disdegnavo i lavori ingrati e tutto sommato ero una persona alla mano, che non faceva troppe storie. Non litigavo mai, perché per litigare bisogna essere in due. Allora il mio deficit sociale aveva anche i suoi vantaggi.

All'ultimo posto scrissi: *Sono brava a dare lo straccio.*

Natale arrivò e passò. Iniziò un nuovo anno. Poche volte mi era sembrato che quella transizione avesse così poco senso. Dal licenziamento non ero quasi mai uscita dal mio appartamento, e a parte sentir tossire i Fuji ogni tanto, soprattutto la mattina appena svegli, quando sputavano il catarro, al mio orecchio non giungevano suoni umani. Telefonò mia madre, ma preferii non rispondere. Meglio evitare le mille domande sul perché non sarei tornata a casa per le vacanze. Avevo la febbre, mentii, e già digitare quel messaggio mi costò una quantità di energia che non avevo. Sapevo che mi avrebbe mandato subito una diagnosi a distanza, suggerendomi una lunga serie di inutili rimedi domestici.

Dallo spiraglio tra le tende guardavo il cielo, da cui, malgrado il persistente odore di neve, non ne voleva sapere di nevicare. Era grigio come la massa sotto di lui, che si trascinava faticosamente al lavoro. L'avrei rivista la sera, e nel frattempo sarebbe diventata ancora un po' più grigia. Mi abbandonavo a simili pensieri. Intanto sbirciavo con un occhio solo il mio conto in banca. Se smettevo di mangiare e di bere, eventualità che in effetti stavo prendendo in considerazione, i miei risparmi sarebbero bastati per pagare l'affitto di due mesi. Dopodiché, però, sarei diventata uno scheletro e sarei finita sul giornale insieme a uno scheletro di criceto. TROVATA MORTA! A NOVE GRADI CELSIUS! Com'era che li chiamavano, questi casi? Avevo letto una notizia del genere, una volta. Nella rubrica "Varie" comunicavano il decesso di un uomo che viveva da solo. Di per sé nulla di strano. La gente moriva, e moriva di continuo, ma di solito moriva sotto osservazione, nella cerchia familiare o in un ospedale. Non si decomponeva in un letto come era successo all'uomo che viveva da solo. Il suo cadavere era stato scoperto solamente settimane dopo, e il lapidario resoconto delle circostanze che avevano portato a tanto – solitudine e abbandono – mi aveva raggelata sotto la trapunta del *futon*. Mi sarebbe toccato lo stesso destino? E che ne sarebbe stato di Punsuke? Senza i semi di girasole che trangugiava in quantità allarmanti, le sue aspettative di vita sarebbero state più basse di quanto già non fossero, e di lasciarlo libero, sicura che nel giro di pochi secondi lo avrebbe catturato un corvo, non avevo assolutamente il cuore.

Dovevo farmi forza! Per il bene di Punsuke! Aveva bisogno delle sue fettine di carota, mela e banana! Giorno dopo giorno studiavo gli annunci di lavoro con accanita determinazione. Se richiedevano un contatto diretto con il pubblico, li scartavo in partenza. Quello che cercavo io era un impiego in cui avessi a che fare il minimo possibile con la gente. Al direttore probabilmente piaceva davvero allungare le mani, però mi aveva letto dentro, come mi aveva letto dentro Kōtarō067. Ricordai con un brivido freddo il suo sguardo che scivolava su di me. Non potevo permettermi di sbatterci il muso un'altra volta.

Perciò, nel mare di annunci, selezionai quelli con i requisiti minimi. Uno sembrava fatto apposta per me. Era strutturato in modo più semplice rispetto agli altri, e per quanto lo stile telegrafico – *Addetto/a alle pulizie e a lavori di sgombero, tempo pieno* – non specificasse la natura di tali pulizie, visualizzai immediatamente un ufficio open space vuoto. Era sera tardi, e dalle finestre la luna si rifletteva sulle scrivanie. Gli impiegati erano andati a casa. Con un aspirapolvere aspiravo la polvere che avevano sollevato durante il giorno e rimettevo a posto graffette, post-it e penne sparpagliati in giro. Quell'immagine mi corrispondeva. Mi corrispondeva addirittura parecchio. Di quel tanto – o di quel poco – mi ritenevo capace. Malgrado ciò, esitai. Dal servizio ai tavoli alle pulizie era un enorme passo indietro, e se non fossi stata tagliata nemmeno per quello? Cosa veniva, dopo? Esisteva un gradino ancora più basso? Mi tornò subito in mente il pensionato che mangiava al *famiresu*. Come mi aveva confidato, arrotondava facendo il custode nei parcheggi sotterranei e si prestava anche come attore amatoriale in film porno. Non che ne fossi rimasta particolarmente scioccata. Se gli tirava ancora, facesse pure! Io però così in basso non volevo scendere. In ultima analisi, la prospettiva dell'open space rischiarato dalla luna era l'opzione più incoraggiante.

Mandai il curriculum. La procedura la conoscevo. In quei sei anni ci ero passata un sacco di volte. Ora dovevo solo aspettare. Per sicurezza mi candidai anche per altri dieci posti, compreso uno come aiutante di cucina in un fast food, perché in pratica il succo era lo stesso. Immaginavo che montare scatole di cartone e riempirle di panini e patatine fritte fosse una mansione altrettanto priva di contatti quanto maneggiare stracci e detergenti disincrostanti. In un calzaturificio cercavano operai alla catena di montaggio. Feci domanda anche lì.

Raramente ero stata più risoluta, e raramente più scoraggiata.

***

Stavo giusto pensando che era un peccato aver sprecato tanta carta per le domande di lavoro. Un peccato per l'albero della foresta pluviale che era stato abbattuto. Quando il mio cellulare vibrò.

Ormai non mi aspettavo più di essere chiamata. Tanto più grande fu la mia sorpresa nel sentire che l'uomo dall'altra parte, un certo signor Sakai, mi dava appuntamento per un colloquio. Purtroppo però farfugliava, e capii poco o nulla. Sembrava che avesse qualcosa in bocca. Forse stava masticando una coscia di pollo o si toglieva con uno stecchino un pezzetto di ananas fibroso che gli era rimasto tra i denti? Mi premetti il telefono all'orecchio per non lasciarmi sfuggire nessun dettaglio. Specificò data, ora e luogo dell'incontro. Poi riattaccò. Fiuuu! Il primo ostacolo era stato superato, esultai. Finché mi resi conto che mi ero dimenticata di chiedergli di quale lavoro si trattasse.

Il signor Sakai era della catena di fast food? Del calzaturificio? Non sembrava di un'impresa di pulizie. Scommisi sulla catena di fast food. Avrebbe spiegato perché mangiava mentre parlava al telefono. Che maniere, però! Chiusi gli occhi e mi immersi nella piacevole oscurità che si diffondeva dentro di me. Mi dispiaceva ancora per l'albero che era dovuto morire per le mie domande di lavoro. Si era schiantato al suolo con il suo grosso tronco e i rami da cui pendevano le liane, e per un attimo credetti di sentire i lamenti degli animali che ci vivevano. Gli uccelli. Le scimmie. Gridavano tutti insieme, spaventati. E per cosa? Perché qualcuno come me ottenesse un maledetto posto in una maledetta catena di fast food! Che tutte le cose in qualche modo dipendessero le une dalle altre e fossero collegate tra loro – qui le mie domande di lavoro, là gli animali della foresta pluviale – fu una rivelazione. Ne conclusi che dovevo fare del mio meglio per dimostrarmi degna dell'impiego – qualunque esso fosse. Non volevo un altro albero sulla coscienza.

***

Uscii di casa indossando il mio vestito migliore, un tailleur blu che mi avevano comprato i miei genitori per la cerimonia di immatricolazione. Già allora, in occasione del ricevimento in aula magna, era di una taglia troppo grande, e indossandolo mi ero sentita un'imbrogliona, che poi alla fine era stato anche il motivo per cui avevo abbandonato l'università.

Non appartenevo a quel mondo. Mentre la maggior parte degli studenti si ritrovavano in combriccole e comitive che andavano a sciare insieme, sbevazzavano e vomitavano, io non riuscivo a indovinare il trucco. Alle scuole elementari, medie e superiori bene o male ero stata capace di inserirmi. Alla maniera di un camaleonte, avevo cambiato colore in base alla situazione e alle necessità, e così facendo me l'ero cavata discretamente. Nel gigantesco campus, invece, per di più in un tessuto estraneo, nessuno mi considerava. Per sua stessa natura, chi non entrava di propria iniziativa in un gruppo, chi in mensa sedeva sempre per conto suo e non scambiava gli appunti aveva difficoltà ad ambientarsi, figuriamoci a socializzare.

Ci provai. Mi iscrissi a un gruppo teatrale (da ciò il volume di Shakespeare sullo scaffale). Andavo alle feste. Attaccavo bottone con la gente. Ma la sensazione di essere un'imbrogliona, una che faceva solo finta di spassarsela, rimase. Tutti quegli anni a sgobbare sui banchi! Tutte le ripetizioni, la disciplina, le interrogazioni! E adesso, all'improvviso, bisognava fare vita mondana? Frequentavo coscienziosamente le lezioni. In aula, mentre gli altri smaltivano i postumi della sbornia, potevo ancora essere abbastanza me stessa, però anche lì avvertivo la pressione di fingere di voler diventare qualcuno. Era proprio obbligatorio? A quanto pareva, sì. Bisognava avere un sogno! E bisognava inseguirlo! Una come me, che invece non ne aveva, non rientrava nello schema.

La scelta di abbandonare gli studi fu una specie di *sayōnara* al sentiero battuto dalla stragrande maggioranza. Me ne discostai leggermente. Sarebbe stata dura. Dalle vie traverse soffiava un vento tagliente, e non avendo nessuno davanti e dietro che mi riparasse, ero completamente esposta. Come primissimo lavoro feci la mascotte per un centro fitness appena aperto che, con temperature adatte a una serra, pubblicizzava corsi di pilates e allenamenti cardio. Dimenavo la coda e salutavo sventolando alacremente la mano. Prossima al colpo di calore, distribuivo volantini e caramelle ai passanti. "È un coniglio vero?" domandò un bambino alla madre. "No, dentro il costume c'è una persona," spiegò la donna. "Che genere di persona?" volle sapere il figlio. "Una senza istruzione," rispose lei. La replica fu così pronta e diretta che il ragazzino sgranò gli occhi. "Vuol dire che non ha fatto i compiti?" insistette. "Allora non li faccio più nemmeno io!"

"E posso sapere perché?"

"Perché voglio essere un coniglio!"

La madre rise di cuore, poi gli tirò affettuosamente le orecchie. "Vediamo se riesco ad allungarle!"

Li guardai allontanarsi. Di sicuro quella donna aveva grandi progetti per il suo bambino, e chi poteva biasimarla? Nessuno desiderava che il proprio figlio sudasse in uno stupido costume da coniglio. Avevo preso la decisione sbagliata? Era stata un punto di non ritorno di cui un giorno mi sarei pentita amaramente?

Sei anni dopo, mentre andavo dal signor Sakai senza sapere se per un posto in una catena di fast food o in un calzaturificio, non avevo ancora trovato una risposta elementare a quelle domande elementari.

***

Faceva freddo. Un freddo cane, per essere precisi. E quella zona non contribuiva neanche un po' a mitigarlo. Era desolata. Di fianco alla stazione degli autobus c'era un marmista che aveva esposto in giardino una serie di lapidi, e da una baracca di lamiera mi abbaiò contro un cagnaccio nero. La catena a cui era legato sferragliava sulla pavimentazione di cemento.

Se non era un brutto segno quello! Il mio rapporto con i cani non era dei migliori.

Quando lavoravo come attacchina, uno mi aveva morsa, e da allora avevo una cicatrice sul polpaccio che prudeva a seconda del tempo. Per il resto, però, era un impiego estremamente tranquillo. Facevo il mio giro da sola in zone come quella, e se non fosse stato per il problema del bagno – ossia, non se ne trovava uno nel raggio di chilometri – non avrei avuto niente di cui lamentarmi. Quella però era una bella rogna! Ricordai con orrore lo stimolo della pipì. La vescica piena diventava sempre più gonfia, e io dovevo trascinarmi dietro il secchio di colla e i manifesti arrotolati fino alla stazione di servizio più vicina che avevo cercato disperatamente su Google. Mai più!

Se non altro, lungo la strada su cui camminavo in quel momento crescevano dei cespugli dietro i quali, alle brutte, mi sarei potuta accovacciare, e più in basso, in un fosso, scorreva un canale di scolo. Passai davanti a un filare di ciliegi. Se ne stavano uno accanto all'altro, spogli, e allungavano i rami contorti verso il cielo coperto di nuvole. A sentire il telegiornale, quella sera finalmente avrebbe nevicato. L'odore di neve era quasi palpabile.

Dato che avevo ancora un po' di tempo, mi sedetti su una delle panchine sponsorizzate dall'associazione degli imprenditori locali. Così diceva una targhetta di ottone. Però era quasi illeggibile, e anche lo schienale aveva conosciuto giorni migliori. Uno dei listelli di legno si era staccato. Davvero qualcuno si sedeva lì a godersi la vista del canale che fluiva tristemente? Forse i lattonieri che lavoravano nella fabbrica alle mie spalle? Si sentiva il rumore di una sega circolare, e dietro i vetri azzurrati cadeva una pioggia di scintille.

Il tizio che si era fermato lì davanti lo avevo già notato sull'autobus. Indossava jeans, sneakers e una giacca a vento sottile che gli stava larga sulle spalle. Tutta roba *no name* comprata al supermercato. Si vedeva subito. Eravamo scesi entrambi alla stessa fermata, ed entrambi ci eravamo incamminati nella stessa direzione, ma siccome lui si fermava ogni paio di metri per scribacchiare qualcosa in un quadernetto, presto era rimasto indietro. Un tipo strano. La metà superiore del viso era nascosta sotto una lunga frangia, quindi non ero riuscita a distinguere l'espressione degli occhi. Lo avevo dimenticato appena era sparito dalla mia vista.

Nel frattempo, ripassavo mentalmente le frasi che mi ero preparata nell'eventualità che mi avessero chiesto di presentarmi. Quella era la parte più insidiosa. Per quale motivo pensa di essere la persona giusta per questo lavoro? Per quale motivo dovremmo scegliere proprio lei e non qualcun altro? Perché io sono "flessibile", "efficiente", "altamente motivata" e "ambiziosa". "È sempre stato il mio sogno riempire di cola bicchieri di carta", "Fin da bambina volevo incollare le suole delle scarpe". Nessuno voleva sentire la verità. Che avessi bisogno di soldi per arrivare alla fine del mese, e che per questo mi aggrappassi a ogni filo di paglia che mi si offriva, dopotutto non era una caratteristica che mi contraddistingueva.

L'edificio nel quale poco dopo incontrai di nuovo il tizio *no name* era una bassa costruzione a due piani con un garage. Sopra l'ingresso non era appesa nessuna insegna, e sui due furgoni parcheggiati nel garage non c'era né un logo né una scritta pubblicitaria. La cosa mi parve sospetta. Di solito, per una ditta è importante attirare l'attenzione di potenziali clienti attraverso una grafica accattivante che rimanga impressa. Che avessi sbagliato a scrivere l'indirizzo?

"Scusa!" Mi rivolsi al tizio, intento a fissare il vuoto. Teneva il quadernetto sotto il braccio sinistro e le mani infilate nelle tasche della giacca a vento. "Sto cercando un certo signor Sakai. Il suo ufficio dovrebbe essere qui."

"È per il colloquio?"

Annuii.

"Tra quindici minuti," disse il tizio.

Imbecille! Tra quindici minuti era un complemento di tempo, non di luogo. Almeno però sembrava informato, e stavo per ringraziarlo con un leggero inchino, quando, da un momento all'altro, iniziò a nevicare. Minuscoli fiocchi bianchi mulinavano intorno a noi, e come se fosse una grande scoperta, una che non potevo tenere per me, mormorai a voce bassa: "Nevica".

"Già," confermò il tizio. "Nevica." Un sorriso sghembo si allargò sulla metà inferiore del suo viso, e di riflesso sorrisi anch'io. Che silenzio, tutto a un tratto! La neve aveva coperto in un istante ogni suono, e quelli che fino a poco prima si udivano distintamente – i latrati del cagnaccio nero, i motori delle macchine, lo stridere della sega circolare, il battito d'ali di un corvo – adesso erano smorzati e non si propagavano nell'aria.

Quindici minuti in quel silenzio erano un'eternità. Scoraggiata, riflettei su come occupare il tempo. Eravamo in mezzo al nulla, e c'eravamo solo noi due. Considerate le circostanze, avrebbe dovuto essere facile intavolare una conversazione. Il tizio aveva grosso modo la mia età. Di conseguenza potevamo evitare formalità e convenevoli, ma ciò non rendeva la questione necessariamente più semplice. Senza le frasi fatte, era perfino più difficile trovare un esordio adatto. Se solo fosse stata mattina presto! Mi sarei sforzata di scambiare due parole! Invece era sera, stava facendo buio, e l'oscurità – unita al freddo e alla neve – accentuava l'impressione di non avere niente da dire.

Il tizio doveva sentirsi nello stesso modo. A un certo punto aprì la bocca, come per sbarazzarsi di qualcosa che gli bruciava sulla lingua, poi la richiuse. Tra parentesi, chi era? Un candidato come me? In ogni caso, vestito così non avrebbe guadagnato punti. La giacca a vento, notai, era piuttosto consumata sui gomiti. E le sneakers! Santo cielo! Quando le aveva pulite l'ultima volta?

"Anche tu sei qui per il lavoro?" Alla fine avevo parlato, nella speranza di procurarmi un vantaggio. Bisognava conoscere gli avversari per affrontarli in battaglia, e cercare di scoprire un potenziale tallone d'Achille, che più tardi avrei potuto schierare in campo a mio favore, male non faceva.

Il tizio rispose in maniera affermativa.

Attesi per capire se ci fosse un seguito, ma lui si limitò al "Sì", che era uscito dalla sua bocca sotto forma di una nuvoletta bianca. Meglio così, pensai. Fingere un interesse che non si prova è peggio che non provarne affatto. Quando fu il momento di entrare, ci capimmo senza parole. Lui indicò la porta. Io la aprii. Una campanella tintinnò. Eravamo entrati. Dal piano di sopra arrivò una voce che mi sembrava di conoscere. L'uomo a cui apparteneva aveva qualcosa in bocca.

"Venite su," gridò la voce.

***

La prima cosa che mi colpì al nostro ingresso fu l'odore. Di polvere e di tabacco. Il piano inferiore era adibito a magazzino. Ovunque erano disseminati oggetti antichi, bauli e paraventi, ma anche scatole di latta, tazze da tè, quadri e rotoli dipinti. Da una cesta, una bambola tendeva le braccia verso di me. Non aveva più gli occhi. Lo stelo di una lampada senza paralume era appoggiato di traverso su una pila di kimono avvolti nella carta.

Che guazzabuglio! E non finiva mai! Perfino sulle scale erano posate casse piene di ninnoli, e una volta di sopra, dove il signor Sakai ci informò dell'esistenza di un guardaroba, ci ritrovammo in un labirinto pressoché sterminato, con le pareti formate da metri di scatole impilate una sull'altra. Il signor Sakai doveva essere da qualche parte là in fondo. Nel punto da cui proveniva la sua voce, volute di fumo salivano verso il soffitto.

Avevamo sostituito le scarpe con un paio di pantofole ciascuno. Erano di plastica marrone, come quelle che si usano negli ambulatori medici o negli *onsen*. Dunque, ne dedussi, quello non era un calzaturificio. Però non aveva nemmeno l'aria di un fast food, e un'impresa di pulizie, per di più una che effettuava lavori di sgombero, me la immaginavo non solo più pulita ma anche – appunto! – più sgombra.

"Tenetevi sulla sinistra!" ci guidò il signor Sakai. "Alla scatola contrassegnata con una X girate a destra."

Dal momento che di scatole contrassegnate con una X non ce n'era solo una, sbagliammo strada varie volte. Era un test psicologico? Avevo sentito di aziende che sottoponevano i candidati a ogni genere di angherie per vedere chi resisteva e chi no, e chi, resistendo, dimostrava tenacia e perseveranza. Lo scopo era quello di selezionare attraverso una prima scrematura. I potenziali collaboratori dovevano saper essere perfettamente operativi anche nelle condizioni più estreme.

Da sola sarebbe stato frustrante. Ma con il tizio che a ogni inversione a U si guardava intorno nervoso mi sentivo sicura. Lo avrei stracciato. Era lampante. I suoi punti deboli erano *a*) uno scarso senso dell'orientamento, e *b*) la felpa scolorita dai troppi lavaggi. Sarebbe stato meglio se avesse tenuto addosso la giacca a vento. O ero troppo elegante io? L'esperienza mi aveva insegnato che non sempre un tailleur è l'abbigliamento adeguato. Durante il colloquio in un negozio di articoli esoterici, dove mi ero presentata per un posto di commessa part-time, mi avevano addirittura rimproverata per la scelta del vestito. Trasmetteva energie negative, mi era stato comunicato senza mezzi termini.

"Ah, eccovi qui!"

Avevamo raggiunto l'uscita del labirinto. Dietro una scrivania ingombra di raccoglitori era seduto un uomo che ci invitò gentilmente ad accomodarci indicando le sedie di fronte a lui.

Aveva un'età indefinita. Gli avrei dato cinquanta, sessanta, settanta o perfino ottant'anni. A seconda che si chinasse in avanti o si appoggiasse allo schienale, e che la luce dalla lampada da tavolo lo illuminasse direttamente o indirettamente, correggevo il mio calcolo approssimativo. La sigaretta all'angolo della bocca gli conferiva l'aspetto di un giovane scavezzacollo. Le tempie cosparse di macchie senili, i capelli radi e le mani ossute – mani con cui ci versò subito un whisky – smentivano quell'impressione.

"Su, bevete un goccio insieme a me."

Per la verità non reggevo i superalcolici, ma sarebbe stato scortese non bagnarsi almeno le labbra. In un caso simile l'etichetta non ammetteva deroghe. Questo è un colloquio di lavoro, ricordai a me stessa. Dovevo ricordarmi che era un colloquio di lavoro. In nessuno di quelli che avevo sostenuto fino a quel momento mi avevano mai offerto degli alcolici, e in nessuno, neppure nel negozio di articoli esoterici, erano stati omessi i saluti. Qui, invece, non avevo avuto neanche la possibilità di dire il mio nome. Quando iniziava l'esame da parte del signor Sakai? Dov'erano le domande a cui mi ero preparata?

"Facciamo un brindisi!" propose lui.

Noi prendemmo i nostri bicchieri.

"A voi!"

Cosa? A noi?

"Al fatto che vi siete scomodati a venire fin qui!"

"Bene!" Il signor Sakai schioccò la lingua soddisfatto. "Prima di arrivare al dunque, ho una domanda per voi!"

Ci siamo, pensai. Raddrizzai la schiena. Se solo avessi posato il bicchiere! Con il bicchiere in mano e le pantofole ai piedi, era praticamente impossibile presentarmi come la candidata seria che volevo essere.

"Che gusto preferite? Siete più orientati verso quelli aromatizzati o verso i torbati?"

Diceva davvero? Non ci capivo niente, di whisky.

"Ananas," rispose il tizio. "In botte di rovere."

"O-ho!"

Il punto se lo era aggiudicato lui. Venne fuori che aveva dato una mano in un bar. Da qui il know-how. Per un po' disquisì con il signor Sakai sulle varietà più disparate prodotte dalla Nikka che aveva avuto modo di assaggiare, e io, non potendo partecipare alla conversazione, lasciai vagare lo sguardo in giro.

Il signor Sakai era seduto davanti a una finestra dalla quale si vedeva il fitto turbinio di neve, e alla parete erano appesi un calendario a strappo e un disegno a china incorniciato. Strizzai gli occhi. Era un paesaggio? Sì. Purtroppo. Un noioso paesaggio di montagna.

"Le piace?"

Trasalii.

"È del primo periodo Edo," mi informò il signor Sakai. "Noioso, vero?" Diventai rossa. Aveva indovinato i miei pensieri? "Comunque non è mio," proseguì lui, "e confesso che ho considerato spesso l'eventualità di venderlo. Gli acquirenti non mancano. Ma tant'è. Con il tempo si finisce per essere legati a certi oggetti. Bisogna solo aspettare che facciano il loro effetto. Vede quella chiazza? Osservandola meglio, si capisce che è un contadino con una fascina di riso sulle spalle. Si arrampica solitario lungo il ripido pendio. Il suo passo diventa più pesante via via che avanza. Ce la farà ad arrivare a casa prima che cali la sera? O verrà sorpreso dal temporale che si sta preparando? I nuvoloni neri non promettono nulla di buono. Lei che ne dice?"

Quella era già la terza domanda a cui non avevo una risposta pronta. Stavo cominciando a sudare.

"Ce la farà, credo."

"Lo credo anch'io," disse il signor Sakai.

***

"Gli aspetti fondamentali li avrete dedotti dall'email che vi ho mandato e immagino abbiate letto attentamente."

Il tizio l'aveva letta, io no.

"Caspita!" Il signor Sakai si scusò. "Ero convinto di averla mandata anche a lei, altrimenti al telefono non sarei stato così sbrigativo. Avevo dato per scontato che sapesse di cosa si tratta. Sono proprio inqualificabile!" Si grattò la nuca, visibilmente dispiaciuto. "Vuole rimanere lo stesso?"

Ovvio. Perché non avrei dovuto? Annuii solerte.

"Allora riparto dall'inizio. La questione è questa: la mia non è un'impresa di pulizie in senso tradizionale."

Perfetto, era l'impresa di pulizie! Il buon presentimento che avevo avuto imbattendomi nell'annuncio non mi aveva ingannata!

"Attualmente la ditta è composta da me e due collaboratori. Negli anni abbiamo cercato di ingrandirci, ma non è per niente facile trovare persone affidabili, persone dotate di tatto e sensibilità. Nel nostro settore è di enorme importanza garantire il massimo riserbo. Per questo evitiamo loghi e compagnia bella, e non ci facciamo una grande pubblicità. La maggior parte delle richieste ci arrivano grazie al passaparola. Qualcuno conosce qualcuno che conosce qualcuno che... sì, insomma, capisce cosa intendo."

Capivo ogni singola parola. E capivo sempre meno. Cosa stava dicendo il signor Sakai? Da quando fare le pulizie era un lavoro che presupponeva tatto e sensibilità? Che chi puliva – mettiamo – l'ufficio di un politico importante, non dovesse obbligatoriamente sbandierare ai quattro venti di aver trovato un preservativo usato nel cestino della carta, quello aveva un senso. Meglio sbarazzarsene senza tanto clamore. E per quanto potesse essere disgustoso rinvenire un paio di mutandine infilate tra il cuscino e lo schienale della poltrona, non doveva darlo a vedere. Ma comportarsi come se fosse un segreto di stato? Non avremmo certo pulito il palazzo imperiale! O sì? Al pensiero mi venne la nausea. E se ci mandavano negli attici dei vip? Di cantanti e attori famosi? Tra loro c'era sicuramente richiesta di addetti alle pulizie che tenessero segreti i loro festini. E a maggior ragione le droghe nel comodino! Una soffiata alla stampa, e la loro carriera sarebbe finita. Ora capivo cosa intendeva il signor Sakai.

"La nostra filosofia aziendale è la seguente," continuò a spiegare, "operiamo con rapidità e precisione, e ci prefiggiamo igiene e pulizia *assolute*, sottolineo *assolute*. Il fatto che abbiamo davanti dei cadaveri non significa che possiamo permetterci anche solo la minima incuria."

Cadaveri? Il signor Sakai aveva detto "cadaveri"? Impossibile! Il whisky doveva avermi dato alla testa. Sforzandomi di restare calma, sbirciai il tizio seduto accanto a me. Scribacchiava serafico sul suo quadernetto. *Igiene e pulizia*, aveva annotato, e stavo già per sospirare sollevata, quando sotto – senza esitazione, con uno svolazzo della matita che correva leggera sul foglio – aggiunse la parola *Cadaveri*. Eccola lì, nero su bianco. *Cadaveri*. Non ammetteva equivoci.

"Il nostro lavoro include l'eliminazione di..." A quel punto il signor Sakai fece una pausa per versarci altro whisky.

Forse era il caso che me ne andassi?

Dentro di me si insinuò una paura sorda. Ero caduta tra le grinfie di un gregario della *yakuza*? Gli contai le dita. Erano dieci. Non vidi nemmeno tatuaggi. Sotto la camicia azzurra di cui aveva rimboccato le maniche, il signor Sakai indossava la maglietta della salute come i nonni. Ma non esistevano anche nonni amorevoli che facevano a pezzi i cadaveri? I pensieri si affastellavano alla rinfusa nella mia testa, uno meno rassicurante dell'altro, e dover sollevare ancora il bicchiere non aiutava minimamente a fare chiarezza. A ogni sorso che buttavo giù, mi sembrava di scivolare in qualcosa che – come la neve che cadeva fuori – sfuggiva al mio controllo. Ora la neve non cadeva più solo a fiocchi. Era un muro bianco davanti alla finestra.

"Dov'ero rimasto?"

"Il nostro lavoro include," ripeté il tizio. Che si prendesse pure il punto, glielo regalavo!

"Ah, sì! Il nostro lavoro include l'eliminazione di sporcizia, odori e organismi nocivi. Oltre a ciò, include il contatto diretto con gli effetti personali del defunto, che deve essere dignitoso. Morto o no, per noi non fa alcuna differenza. Trattiamo gli spazi che ci vengono affidati come se chi ci ha vissuto fosse ancora in vita, vale a dire con decoro e rispetto. Ripulendo i luoghi dove è morto qualcuno, ci assicuriamo che tornino a essere soltanto luoghi. Li rendiamo di nuovo abitabili. Comunque ci siamo specializzati in casi di *kodokushi*, quindi non verrete in contatto con vittime di omicidi e suicidi, qualora foste sensibili in proposito, e per quanto riguarda i resti mortali: saranno rimossi prima che entriamo in scena noi."

Il tono del signor Sakai era lo stesso con cui aveva parlato del disegno a china. Non era né grave e solenne né cercava volutamente di alleggerire la situazione. Ripensai all'uomo che viveva da solo e si era decomposto nel proprio letto. La sua morte era un *kodokushi*. Conoscevo il concetto, mi era familiare, ma non avevo mai usato quel termine. Era un concetto che avevo immagazzinato da qualche parte del mio cervello. Sapevo cosa rappresentava, e quando lo incontravo nei notiziari provavo uno sgomento passeggero. Qualcuno era morto. Aveva esalato l'ultimo respiro, dopodiché era rimasto nel suo appartamento per settimane o mesi, a volte addirittura un anno o anche di più. Poi era stato trovato, e fine della storia. Punto. Capitolo chiuso. Perciò non riuscivo a capacitarmi di essere nel bel mezzo del seguito, là dove la storia andava avanti senza interruzioni. Ma, che me ne capacitassi o no – andava avanti.

"La sanificazione della zona del ritrovamento richiede una certa perizia. Maneggiamo sostanze chimiche che in dosaggi sbagliati possono provocare irritazioni alla pelle e agli occhi. Lo stesso vale per gli insetticidi che usiamo. Ma niente paura! Di quella parte me ne occupo io. Il vostro compito sarà aiutarmi durante lo sgombero che viene dopo. Mai fatto un trasloco?"

Annuimmo.

"Allora sapete come si trasportano dei pesi. E sapete anche come lavare e strofinare, suppongo. Ecco, alla fine una morte non è nient'altro che un trasloco. Qualcuno se n'è andato. E quello che si è lasciato dietro verrà imballato in maniera appropriata e, in base al valore, riconvertito in denaro oppure portato all'istante alla discarica più vicina. Naturalmente cerchiamo di salvare gli oggetti particolari, opere d'arte e simili, ma anche apparecchi elettrici ancora funzionanti." Il signor Sakai indicò il labirinto di scatoloni che si estendeva dietro di noi. "Tutte cose," disse sorridendo, "che abbiamo salvato."

L'alcol faceva effetto. Certo, la piega che avevano preso gli eventi continuava a lasciarmi sconcertata, d'altronde fino a un attimo prima mi vedevo spolverare il comodino di una pop star! Ma la parola "cadavere", a furia di sentirla ripetere, aveva perso l'iniziale alone di raccapriccio. Ogni lavoro aveva aspetti positivi e aspetti negativi, mi dicevo, e chi ero io per scegliere solo le parti migliori? Oltretutto, la paga prospettata dal signor Sakai era incredibilmente alta. Avrei guadagnato di più che al *famiresu* e, se resistevo per due o tre mesi, sarei riuscita a restare a galla, il che mi avrebbe permesso di guardarmi intorno per trovare qualcos'altro. Questa motivazione ebbe la meglio sulle mie remore. Trasportare pesi? Lavare e strofinare? Se queste tre mansioni mi evitavano di andare al centro per l'impiego, non potevo storcere il naso.

"Voi siete giovani," disse il signor Sakai dopo aver versato in parti uguali nei nostri bicchieri il whisky rimasto. "Alla vostra età, se mi avessero parlato della morte sarei fuggito a gambe levate. Cosa vi trattiene su quelle sedie?"

Grazie al cielo fu il tizio a rispondere per primo. "La solitudine," esordì, "è una malattia estremamente diffusa." Nerd! Di sicuro lo aveva letto su Wikipedia prima di venire lì. Discettò in lungo e in largo sull'indifferenza sociale che aveva avuto origine dalla disgregazione delle strutture familiari. "Il fenomeno del *kodokushi* è una diretta conseguenza di questa disgregazione. Pertanto, non riguarda solo il singolo individuo. Riguarda tutti noi," concluse.

Il signor Sakai batté le mani deliziato, e per l'entusiasmo gli cadde dall'angolo della bocca la sigaretta che aveva appena acceso.

"È d'accordo anche lei?" mi chiese.

Sì. Ero d'accordo anch'io. Per non essere da meno, non mi restò che ripetere a pappagallo quello che era già stato detto. Per le frasi che mi ero preparata ("Sono altamente motivata" eccetera) non era comunque il momento adatto.

"Avete espresso esattamente il mio pensiero. Con circa trentamila casi di *kodokushi* all'anno, tendenza in aumento, non è più possibile sottovalutare il problema. È qualcosa che tocca l'intera società, e che tra l'altro abita alla porta accanto. Conoscete i vostri vicini?"

Deglutimmo distintamente. La domanda era arrivata troppo a bruciapelo.

Il signor Sakai rise: "A giudicare dalla vostra reazione, non li conoscete. Ma vi pregherei di una cortesia personale: cercate di conoscerli. Non dovete essere invadenti, basta che ogni tanto gli chiediate come stanno. Sarebbe già molto per la soluzione del problema".

***

La mattina seguente mi svegliai con un doposbornia colossale. Suonò la sveglia. Erano le cinque. Accanto al *futon* trovai un bicchiere d'acqua e un analgesico. Dovevo averli preparati prima di andare a dormire, presagendo che ne avrei avuto bisogno. Ma come ci ero arrivata, a letto? Ricordavo in maniera frammentaria di aver camminato nella neve. Qualcuno era salito in autobus con me. Takada! Ma sì! Il tizio si chiamava Takada! Avevamo lo stesso cognome. Il signor Sakai si era tenuto per ultimo il momento clou.

"Per caso siete parenti? No? Peccato! Però potete sempre diventarlo," aveva scherzato. A quel punto aveva già deciso di prenderci "in confezione da due". Ci eravamo accordati su un periodo di prova, che sarebbe durato un mese e iniziava quel giorno alle sette spaccate nel garage della ditta, dal quale saremmo partiti per il nostro primo incarico.

"Come? Domani?" Essendo piuttosto alticcia, a quella notizia non ero riuscita a dissimulare lo shock.

"Ma certo! Tuffarsi subito nell'acqua fredda è meglio che iniziare bagnandosi solo un piede. Apri gli occhi e buttati, come si dice!" Perché *apri*? Era *chiudi*. "Inoltre gareggiate in squadra, perciò non siete soli. Al contrario del contadino, porterete la vostra fascina sulle spalle in due e, per inciso, vi farà estremamente comodo! Quanto pesate? Messi insieme, non superate i centodieci chili! Sarebbe un gesto sconsiderato da parte mia farvi trasportare mobili senza un collega. Mi crollereste al minimo sforzo."

Il signor Sakai lo aveva detto davvero? Sembrava da lui, ma non ne ero sicura perché era comparso anche nei miei sogni. Con un calendario a strappo legato sulla schiena come uno zaino, si inerpicava sul ripido versante di una montagna e, a turno, aveva l'aspetto del mio ex insegnante di educazione fisica o di un enorme coniglio della Duracell che fumava senza sosta.

La mia colazione fu un uovo sodo con la maionese e un caffè solubile. In casa non avevo altro. Il pane in cassetta era ammuffito, il formaggio finito e il pezzetto di cetriolo che trovai in frigo lo tagliai a fette sottili per Punsuke. Al mio ritorno dopo il lavoro sarebbe sparito nella sua tana. Se solo fosse stata già sera! Fuori era ancora buio. Dallo spiraglio tra le tende vidi i primi pendolari arrancare verso la stazione. Un piccolo spazzaneve spalava la strada. Venne sparso il sale. Ognuno, pensai, aveva il proprio posto. Era parte di un ingranaggio. Una rotellina che si incastrava in un'altra. Anche i Fuji, che a quanto pareva dormivano – il televisore non era ancora acceso –, davano il loro contributo al funzionamento del meccanismo. Nel corso degli anni si erano assunti il compito di creare una zona verde nel vialetto. Avevano iniziato con un alberello di mandarino. Poi, piano piano, si erano aggiunti fiori e piante aromatiche, *bonsai* e cactus. "Non ti dispiace, vero?" Una volta li incrociai che avevano appena finito di piazzare una fila di vasi davanti alla mia finestra. "Diventeranno cosmee," mi spiegò la signora Fuji. "Guarda che semi minuscoli!" Il signor Fuji li stava appunto piantando. "Più in profondità," gridò la moglie. "Altrimenti non germogliano."

"Eh?"

"Li devi interrare di più!"

"Sulla scatola c'è scritto *un centimetro.*"

"Appunto! Un centimetro è un centimetro, e nove millimetri, mio caro, sono nove millimetri."

"Cosa vuoi che conti un millimetro in meno!"

"Conta, conta! Pensa ai coinquilini che si godranno i fiori, prima fra tutti Suzu-chan!"

Le cosmee fiorivano fino ad autunno inoltrato, e i battibecchi dei Fuji sulla quantità d'acqua necessaria per annaffiarle erano un estenuante effetto collaterale, specialmente nei giorni in cui non lavoravo e avrei voluto dormire di più. Però, non appena iniziò a fare freddo e spostarono le piante sul pianerottolo, mi si strinse il cuore.

Anche l'inverno precedente i Fuji avevano spostato le piante sul pianerottolo e poco dopo avevano smesso di parlarsi. Forse seguivano l'esempio dei loro pupilli e cadevano in una specie di letargo? Forse. Tranne il televisore praticamente sempre acceso, non davano molti segni di vita. Ogni tanto starnutivano. O si preparavano un bagno. Come se origliassi me stessa, li sentivo sbrigare le loro faccende quotidiane. Doveva essere lo stesso quando io tiravo lo scarico.

Come vestirmi? Optai per un paio di jeans, i più vecchi e scoloriti che avevo, e una felpa nera con il cappuccio. Il signor Sakai ci aveva consigliato scarpe pesanti. Inoltre, dovevamo portare un cambio completo. "Per dopo," aveva detto.

Quando facevo la cameriera, era fondamentale avere un aspetto curato. Quindi, per abitudine, presi fondotinta, cipria e correttore per nascondere il brufolo che mi era spuntato sulla fronte durante la notte. Preferii evitare il lucidalabbra alla fragola. Avevo la nausea. Bleah! L'ultima volta che mi ero sentita così da cani era stata dopo il mezzo appuntamento. All'epoca però la mia vita procedeva ancora bene. Lavoravo in un parco divertimenti, dove, tra l'altro, ero addetta alla sorveglianza del trampolino per il bungee jumping e avevo il compito di fissare i clienti all'elastico. Nulla di particolarmente impegnativo. Per via dei continui strilli, per un po' avevo sofferto di acufene. Ma la sensazione della folla intorno a me, dell'anonimato e del trambusto, aveva i suoi pregi. E ora... andavo a pulire l'appartamento di un morto...

Afflosciai le spalle. Dallo specchio mi guardava qualcuno che conoscevo. *Questa sei tu*, sembrava volermi dire il mio riflesso. Cercava di entrare in contatto con me. Le feci eco: "Questa sono io". Dipendeva dal vetro tra di noi? Come in un'esibizione in playback malriuscita, il suono e i movimenti delle labbra non erano perfettamente in sincrono. La persona che stavo fissando sarebbe rimasta lì. Mentre io mi incamminavo, si sarebbe sdraiata di nuovo sul *futon* e avrebbe continuato a sognare. Mi rassicurava immaginare che ero solo io quella che andava a pulire l'appartamento di un morto, e non la Suzu che conoscevo e che il giorno prima non aveva ancora un brufolo sulla fronte. Non era una brutta persona. Per certi versi mi piaceva. E quello che non mi piaceva di lei – per esempio che mentiva ai genitori, la sua vigliaccheria e i denti che non si erano mai raddrizzati del tutto nonostante l'apparecchio – glielo perdonavo volentieri. Faceva così male staccarsi da lei! Faceva male quanto la vista del pacchetto che mia madre mi aveva spedito a Capodanno e che con noncuranza avevo lasciato accanto alle scarpe, dove mi sarebbe stato meno d'intralcio. Conteneva calzini di lana, biancheria, un amuleto che proteggeva dalle influenze negative e uno sciroppo per la febbre. Mi misi in tasca l'amuleto. Poi – dopo aver ascoltato di nuovo i Fuji, dormivano – uscii.

***

Takada era già lì. Mi rodeva un po' che fosse il primo. Dopo il suo bel discorso – malattia estremamente diffusa, indifferenza sociale, strutture familiari eccetera – aveva un chiaro vantaggio, e io avvertivo la pressione di dover stare al passo. Stava preparando l'attrezzatura necessaria insieme al signor Sakai, e quando li raggiunsi avevano quasi finito. La bocchetta di cui parlavano apparteneva a un nebulizzatore. Quello feci in tempo a sentirlo. Ma per spruzzare cosa, esattamente? Classico! Ancora una volta mi ero persa la parte più importante!

"Buongiorno!" Cercai di infondere nella mia voce tutto il brio possibile.

Il signor Sakai mi diede appena un'occhiata e tornò a concentrarsi sul portablocco con la check-list che stava verificando punto per punto. Indossava la stessa camicia della sera precedente, con sotto la maglietta della salute, e dai pantaloni, dei cargo troppo larghi che minacciavano di scivolargli sul sedere da un momento all'altro, spuntava un lembo della camicia. Come sembrava piccolo e fragile, quella mattina! Accanto al furgone carico scompariva. Nonostante il freddo non aveva il giaccone, e per quanto le mani ossute fossero protette dai guanti da lavoro, non davano certo l'impressione di poter spaccare il mondo. Del resto, nemmeno dovevano. Si spaccava il mondo dalla gioia. E la gioia era un sentimento che ci lasciammo alle spalle non appena salimmo nell'abitacolo che odorava di cedro.

"Il mio profumo preferito," spiegò il signor Sakai accendendo il motore. "Nell'aromaterapia si usano gli oli delle conifere per rinforzare i nervi. Inoltre hanno un effetto rivitalizzante."

"Ah sì?" Credeva a quelle cose?

Mentre il signor Sakai faceva manovra per uscire dal garage, inspirai il profumo. Ma l'effetto rivitalizzante non arrivò. Al suo posto ebbi di nuovo la vaga sensazione di essermi cacciata in una situazione spinosa. Per sicurezza mi allacciai la cintura. Invece il signor Sakai, a quanto pareva, preferiva guidare senza. Per un pezzo il segnale acustico suonò. Infine, quando si decise a mettersela anche lui, smise di suonare. "Che fastidio questi continui avvertimenti!" esclamò. "Ovunque siamo, in macchina o in metropolitana, non fanno che ricordarci i pericoli a cui siamo esposti ogni giorno. 'Attenzione allo spazio fra treno e banchina', tanto per dirne una. Come se qualcuno fosse mai caduto proprio nello spazio fra treno e banchina! Per di più, esistono ben altri rischi. E chi ti avvisa di quelli? Esatto! Nessuno!"

Takada, seduto al mio fianco sul sedile posteriore, prendeva appunti. *Questi continui avvertimenti!*, scrisse.

"Siamo una società di immaturi. Una miriade di regole

stabilisce la condotta che dobbiamo tenere, e le regole, gentili solleciti, se volete, mirano a farci attraversare la vita in maniera il più possibile indenne. Che naturalmente è una cosa positiva. 'Cerchiamo di pensare agli altri'," scimmiottò il signor Sakai. "Sul serio: c'è bisogno di dirlo? L'appello ad avere riguardo per il prossimo non è piuttosto il triste canto del cigno della nostra cosiddetta umanità? 'Siete pregati di comportarvi da cittadini civili'! Non significa forse che allora non lo siamo? Tutte fesserie ipocrite! Chi si preoccupa degli altri? La verità è che ognuno pensa soltanto al proprio tornaconto, e chi non riesce a piazzarsi in pole position ha perso la gara prima ancora che sia iniziata. Ricordatevi queste parole," si avvicinò pericolosamente alla macchina che ci precedeva, a bordo c'era un bambino che faceva ciao con la mano, "se andiamo avanti così, presto ci ritroveremo dove siamo già stati. Troppe norme portano alla cieca obbedienza. E di cosa è capace chi obbedisce ciecamente, ce lo ha insegnato il secolo scorso."

Il signor Sakai era così vecchio da dover scomodare la storia per esporci il suo punto di vista? Si era decisamente lasciato trasportare dalla rabbia, e non gli sarebbe sbollita tanto velocemente. A un tratto si mise addirittura a strombazzare, inveendo dal finestrino abbassato contro un gruppo di alunni delle elementari che camminavano composti in fila indiana sul marciapiede.

"Cosa siete, pecore? Bee! C'è la neve, bambini! La neve! Non avete voglia di fare una bella battaglia a pallate? Forza, allora! Sbarazzatevi di quelle cartelle! Laggiù c'è un campo dove vi potete scatenare. O avete paura di prendervi un raffreddore?"

Gli alunni si erano bloccati, sbalorditi. Un'espressione di totale smarrimento dipinta in faccia. Cosa voleva quell'uomo da loro? Io ero arrossita dalla vergogna. Sbirciai Takada in cerca di aiuto, ma lui era occupato ad annotare la parola *Pecore*. Guarda, lo scongiurai, scosta quella tenda che hai davanti agli occhi e guarda! Dammi un segno! Dimmi che siamo in due! In due contro un pazzo furioso! Takada però sembrava la calma in persona. Teneva la penna sopra il foglio senza mostrare la benché minima emozione e, quando finalmente alzò gli occhi, avevamo già proseguito oltre. Troppo tardi, pensai. Avrebbe dovuto guardare prima.

"Vi ho spaventati, non è vero?" Il signor Sakai si accese una sigaretta e di colpo si addolcì. "Dovete sapere che quando ho a che fare con dei principianti come voi sento il peso della responsabilità. Sono il vostro capo, questo mi obbliga a introdurvi nel lavoro passo dopo passo, e non importa quante volte l'ho già fatto, mi crea sempre una certa agitazione. Sono in tanti a mollare. Quello prima di voi ha gettato la spugna dopo appena un mese. Peccato, perché aveva cervello. Ma, come si dice?, ognuno deve essere lasciato libero di seguire la propria strada. Perlomeno è rimasto nello stesso settore. Ora vende assicurazioni sulla vita. Per caso ve ne serve una? Ho il suo numero."

Ce ne serviva una? Con lo stile di guida del signor Sakai, forse sì. Rovistò nel vano portaoggetti e tirò fuori un rasoio elettrico, dopodiché – sempre continuando a fumare – iniziò a radersi il labbro superiore tenendo il volante con la mano libera e, all'occasione, anche con le ginocchia. In tangenziale, accese la radio. La cantilena in sottofondo, unita alla voce piacevolmente moderata del conduttore, generò un clima sonnolento nell'abitacolo. Sorpassammo una fila di furgoni. Poi ci sorpassarono loro. Il traffico si bloccò. Poi l'ingorgo defluì. Un drappello di operai ispezionavano un guardrail. I loro gilet di sicurezza scintillavano al sole del mattino. Tutti lavoravano o andavano al lavoro. Se almeno ci fossimo mossi! Avanti, verso l'orizzonte. Ma non c'era nessun orizzonte. Soltanto case, dietro altre case, dietro altre case. E in una di quelle era morto un uomo.

Per il momento conoscevo solamente il suo nome. Il signor Sakai lo aveva menzionato la sera prima, quando ci eravamo salutati. Un nome comunissimo. Ono Tarō. Ce ne saranno stati migliaia. Perfino Sean Lennon si chiamava così. Pazzesco. A un tratto provai una profonda solitudine. Era diversa dalla solitudine che mi assaliva nelle giornate di pioggia, quando saltavo per ore da un sito di incontri all'altro. Non aveva niente a che fare con la paura. E si differenziava in maniera sostanziale anche dallo stare da sola, a cui mi ero abituata. Non mi ero mai sentita tanto sola come in quel mare di case che, per quanto lontano fossimo andati, non avrebbe avuto mai fine.

***

Il navigatore ci condusse a un complesso residenziale degli anni sessanta.

"Un progetto pilota," disse il signor Sakai. Aveva ritrovato la calma, e che fosse merito della rasatura o dell'ormai nona o decima sigaretta che stava fumando, il suo umore bilioso era stato sostituito da una spensierata allegria. "All'epoca, quando il complesso è stato costruito, le liste d'attesa erano lunghe, e le persone, soprattutto giovani famiglie, facevano la fila per poter affittare un alloggio. Era tutto nuovo! Tutto brillava! Il sogno di avere un'abitazione diventava realtà. A proposito di abitazione, qual è la prima cosa che vi viene in mente?"

"Luce e gas?" chiesi di rimando.

Takada tossicchiò. "Confesso," esordì, "che mi vengono in mente solo quattro mura."

"Quattro mura? In confronto, fanno più casa luce e gas! No, no. *Abitare* è più di questo. Significa *vivere* su scala ridotta. E cosa serve per vivere? Serve una comunità. Ciò per cui in passato la gente faceva la fila non era un appartamento con balcone. Erano le chiacchiere sulla soglia. Guardate! Guardate quelle aree verdi laggiù! Sono state pensate come luoghi di incontro, e come tali venivano utilizzate. Metà della vita si svolgeva all'esterno. Ci si ritrovava per battere il bucato, si coltivavano i pomodori e si parlava dell'educazione dei figli che intanto scorrazzavano lì intorno. Splendido, vero?"

Mah. Né io né Takada sapevamo bene cosa replicare. Battere il bucato e coltivare i pomodori – benissimo. Ma succedeva in passato. Tanto tempo fa. Quando noi due non eravamo ancora venuti al mondo. Oltretutto, le aree verdi che indicava il signor Sakai erano sepolte sotto una poltiglia di neve e fango, e nessun bambino sarebbe salito di sua spontanea volontà sullo scivolo sbilenco e mangiato dalla ruggine che stavamo superando proprio allora. Cinque donne anziane attraversarono la strada. Una di loro si appoggiava al bastone, le altre spingevano i deambulatori.

Il signor Sakai abbassò il finestrino. "Fate con calma," gridò. "Non abbiamo nessuna fretta. Dove correte?"

"Dalla parrucchiera," rispose quella con il bastone.

"Ma siete già bellissime," scherzò il signor Sakai.

Loro risero agitando la mano.

"Se diventate ancora più belle mi spezzerete il cuore."

A passo di lumaca, le donne avevano raggiunto l'altro lato della strada. Si fermarono a riprendere fiato. "Brave!" Il signor Sakai accelerò dolcemente per non far schizzare la neve. "Avete superato la prima tappa. Continuate così!" E a noi: "Questo è abitare! Se fossero solo quattro mura e luci accese o spente, quelle cinque signore non si farebbero la permanente. Si risparmierebbero la fatica di andare dalla parrucchiera. E dopo non berrebbero insieme un caffè. Capite dove voglio arrivare? Abitare è una questione sociale. E sotto questo aspetto le donne se la cavano meglio. Sono più estroverse, intendo. Ho ragione, Takada? In confronto a voi, signorina Suzu, noi siamo uomini di Neanderthal. Le piace chiacchierare, vero?".

"No," dissi. Lì l'unico che chiacchierava era il signor Sakai. E per di più mi aveva chiamata "signorina"? Avevo sentito male?

"Allora è un'eccezione, signorina Suzu." Non avevo sentito

male. “Alcuni studi dimostrano che per le donne chiacchierare ha la funzione di mantenere l’equilibrio psichico. Chiacchierano per scaricare lo stress accumulato nel corso della giornata. Noi uomini, invece, tendiamo a fare i duri. Quando si tratta di emozioni, ci chiudiamo a riccio. Perciò non è un caso che la maggior parte dei *kodokusha* appartengano al cosiddetto sesso forte. Il signor Ono, per esempio! Era un impiegato di banca in pensione. Non sposato, senza figli. Un classico. Era per così dire predestinato a morire in solitudine, e dato che lo aveva previsto, quando era ancora in vita ci ha incaricati di ripulire il suo appartamento.”

“Lui cosa?” Takada sguainò la matita.

“Ci ha incaricati. È successo tre anni fa. Abbiamo parlato più volte al telefono. Non era molto loquace. Gli affari privati li teneva per sé. Fondamentalmente, gli premeva chiarire l’aspetto economico. Il suo motto era: niente conti in sospeso! E siccome ci teneva che ogni cosa fosse in ordine, ha dato disposizioni affinché tutte le spese successive, compreso il nostro pranzo di oggi, risultassero coperte. Gli ho detto che, al nostro pranzo, ci avremmo pensato noi. Ma lui ha insistito: un *makunouchi bentō* a testa, acqua e tè! Aveva particolarmente a cuore il nostro sostentamento. La sua seconda preoccupazione riguardava l’odore. La sua dipartita sarebbe passata inosservata a lungo. Ne era consapevole. Quindi mi ha domandato in che modo poteva ridurre al minimo la formazione degli odori per non creare disagi ai vicini. Aveva comprato del nastro adesivo per sigillare le finestre, io però gli ho sconsigliato di ricorrere a simili provvedimenti. È meglio se partecipa a una riunione di quartiere e chiede a qualcuno il favore di passare da lei di tanto in tanto, ho suggerito. Ma anche su questo punto è stato irremovibile. E non solo ha sigillato le finestre, ha anche sparso bastoncini profumati in giro per le stanze. Vedrete: sono una miriade! Mela e menta! Come sia riuscito a sopportarli finché era vivo, per me è un mistero.”

"Ha detto che non aveva figli? Non aveva nemmeno altri familiari?"

"Nessuno," rispose secco il signor Sakai.

Takada appuntò *Senza figli, senza padre*. Di questo non avevamo parlato. *Senza padre.* Come gli era venuto in mente? Sottolineò le quattro parole. Poi sfregò l'indice sinistro sull'unghia del pollice sinistro e per un attimo lo sollevò controluce, quasi volesse catturarla. Avevo già notato quel gesto. Era intimo quanto mettersi le dita nel naso, perciò ogni volta che lo compiva distoglievo lo sguardo, ma poi guardavo di nuovo. Osservare la gente mentre si metteva le dita nel naso era disgustoso e affascinante al tempo stesso.

"Siete arrivati a destinazione," annunciò il navigatore.

Davanti a noi si allargava un parcheggio. Le ruote del furgone si fermarono con uno scricchiolio sommesso.

***

Nel parcheggio il signor Sakai ci consegnò le tute protettive. Però dovevamo indossarle, insieme alle maschere e ai guanti, solo una volta raggiunta l'abitazione del signor Ono.

"Non vogliamo creare scompiglio. La nostra presenza infastidisce le persone. Si sentono responsabili. In fondo hanno vissuto per settimane accanto a un cadavere senza saperlo, e vederselo ricordare equivale a un'accusa. A chi piace fare la parte dell'insensibile? Di quello che non si è accorto di niente? Quando c'è di mezzo la morte, molti reagiscono con la fuga o con il rifiuto. Per questo il nostro compito è cancellare con discrezione le tracce che si è lasciata dietro, e per farlo dobbiamo muoverci come ladri di notte, vale a dire in silenzio e senza frenesia. Nessuno ci vede. Capito? Siamo invisibili. Parola chiave *vedere*, Takada. Non sta a me criticare la sua acconciatura, però temo che limiti il suo campo visivo. Posso cortesemente invitarla a togliersi i capelli dal viso e legarli?"

"Ma..." Takada prese l'elastico che il signor Sakai gli teneva sotto il naso. "È proprio necessario?"

"Glielo ordino. Via la frangia!"

Riluttante, Takada fece quanto gli era stato detto. Aveva serrato la mascella. Gli tremavano leggermente le mani. "Così?" chiese.

"Magnifico! Finalmente ora ha due occhi anche lei!"

In effetti la metamorfosi era notevole, e mi ci volle qualche minuto per abituarmi al nuovo Takada. I suoi occhi erano piccoli e stretti, senza la doppia palpebra, e con i capelli legati sulla nuca sembrava un *samurai* che era finito nel XXI secolo viaggiando in un tunnel temporale. Mancava solo la spada appesa al fianco.

"C'è parecchia luce qui," mormorò. Era abbagliato dal sole.

"Un po' di vitamina D le farà bene," rise il signor Sakai. "Personalmente, trovo che non ci sia niente di più bello del sole sulla pelle! Il calore! Il pizzicore! La carica vitale! Mi viene la depressione se resto troppo a lungo senza fare rifornimento di sole. Probabilmente, però, è una diretta conseguenza del mestiere." Rise di nuovo, questa volta in maniera più contenuta. "Vogliamo andare? Il signor Ono ci aspetta." A testimonianza del fatto che ci stesse aspettando, una nuvola oscurò il sole. Un vento gelido spazzò il parcheggio. E un corvo si posò gracchiando su un cumulo di neve in un angolo. Un sacchetto di plastica vuoto svolazzava in aria. Cavi elettrici. Un tombino. Ero ancora in tempo a tirarmi indietro, pensai. Nessuno mi obbligava ad accettare quel lavoro. Ma il signor Sakai si era già avviato. E se lo fermavo all'ultimo minuto? Se gli dicevo che mi ritiravo? Ormai però si era avviato anche Takada. Allora se scappavo e basta? Potevo farlo! Il contratto di prova non era vincolante! Era un foglio di carta per il quale era stato abbattuto un albero, e qualunque cosa avessi fatto non avrebbe influito in alcun modo sul dolore degli animali che ci vivevano.

"Viene, signorina Suzu?"

"Sì, arrivo," mi sentii gridare e, come se fossi un ingranaggio di un pendolo di Newton, parte di un sistema oscillante, mi misi automaticamente in movimento.

Edificio C, scala 7, interno 5067. Il signor Ono aveva abitato all'ultimo piano. L'ascensore non c'era. Ansimando, ci inerpicammo su per le scale, impresa in cui il signor Sakai – nonostante la sigaretta all'angolo della bocca – si rivelò il più agile dei tre. Mentre io e Takada eravamo senza fiato già alla seconda rampa, lui non mostrava segni di stanchezza. Nonno un accidente! Saliva perfino due gradini alla volta. "Ci siamo quasi," buttò là da sopra la spalla, "e non dimenticate di respirare." Ah ah. "Concentrarsi sull'immagine mentale di una vetta aiuta."

Contai dieci porte su ogni pianerottolo, tutte uguali. A una era appoggiato un ombrello. Davanti a un paio c'era un giornale. Alcune erano decorate con una targa di benvenuto. Detto questo, però, non avevano caratteristiche personali che le distinguessero l'una dall'altra. Era impossibile capire chi alloggiasse dietro quelle porte, se fosse un uomo o una donna, un vecchio o un giovane. Per questo fui quasi delusa quando arrivammo alla porta del signor Ono. Me l'ero immaginata più cupa, coperta di ragnatele e così via, invece, tranne che per il mucchio di pubblicità infilata nell'apposita fessura, si trattava di una normalissima porta d'ingresso.

"Le tute protettive!" Il signor Sakai era passato a un tono completamente diverso. Chiacchierare? Quella era storia antica. Adesso anche la sua espressione comunicava quanto poco fosse in vena. Il suo sguardo si era fatto severo, e non gli sfuggiva nessuna negligenza. "Signorina Suzu, ha la maschera storta. Deve stringere un po' i passanti. Stringere, ho detto, non allargare! Per la miseria, è così difficile? E lei, Takada! Cosa sono quelle braccia ciondoloni? Schiena dritta, se non le dispiace. Non è a un cocktail party. Vuole comparire così dinanzi a un morto?"

Comparire dinanzi a un morto – a quelle parole mi venne la pelle d'oca. Il signor Ono era morto lì. Quello era innegabile. Ma che avesse vissuto lì era altrettanto innegabile. Lì era entrato e da lì era uscito.

"Prima di aprire la porta, diciamo una preghiera."

Ci mettemmo dietro il signor Sakai, che a sua volta si era messo davanti alla porta dandoci le spalle. Il *sūtra* che recitò lo conoscevo. Era lo stesso che mia nonna aveva recitato ogni mattina davanti all'altare domestico – quando non era ancora costretta a letto. Mi tornò in mente la sua figura rannicchiata. Spesso si addormentava mentre pregava, e io mi divertivo a svegliarla suonando la campana tibetana. Quanto tempo era passato! All'epoca mia nonna andava ancora al tempio e lavorava all'uncinetto cappellini rossi per le statue di Jizō. Il sapore della sua zuppa di *miso* era insuperabile.

"Signor Ono, siamo arrivati."

Mi riscossi di soprassalto dai miei pensieri. Il signor Sakai aveva iniziato a conversare con il signor Ono attraverso la porta. Una comunicazione a senso unico. Il signor Ono non replicò. Ma dal modo in cui il signor Sakai gli parlava, con voce dolce e carezzevole, ebbi l'impressione che cercasse di calmare un bambino seduto da solo al buio che piangeva perché aveva paura delle ombre.

"Ora entriamo, signor Ono. Per lei va bene? Ricorda, siamo l'impresa di pulizie che ha incaricato di sgombrare il suo appartamento. Il mio nome è Sakai, e ho portato con me il team Takada. Lei non deve più preoccuparsi di niente. Si rilassi. Pensiamo noi alle sue cose, e le prometto che rimarrà soddisfatto del nostro lavoro."

"È una mia fissazione," spiegò poi il signor Sakai rivolgendosi a noi. "Ma piombare all'improvviso in una casa e metterla a soqquadro mi sembra una mancanza di rispetto. Ogni manuale di buona educazione sottolinea l'importanza di un saluto appropriato. E perché mai dovremmo negarlo a qualcuno soltanto perché è morto? Dopotutto, il suo respiro aleggia ancora nell'aria." E con quelle parole infilò la chiave nella toppa, la girò tre volte e aprì la porta.

"Urca!" Takada fece un balzo di lato, come per schivare qualcosa. Qualcosa si era riversato fuori. Non riuscii a classificarlo subito. Era un soffio, solamente un soffio, ma una volta inalato si solidificava diventando tangibile. Una sostanza dolciastra e putrida che si attaccava alle cavità nasali, e la sostanza si ingrossava, era sempre più densa. C'era una trave sopra di noi? No. Eppure incassammo la testa nelle spalle. Nell'ingresso trovammo un paio di mocassini da uomo. Il signor Sakai tastò il cuoio. "Vacchetta," appurò. "Made in Italy. Di sicuro sono costati un mucchio di soldi." Vacchetta. Ebbi un capogiro, e anche Takada, vidi, cercò di appoggiarsi alla parete e sfiorò la manica di un cappotto che era appeso lì. Il signor Sakai ci mise in mano un sacchetto ciascuno. "Avete il mio permesso," disse, "di vomitare seduta stante." Ci strappammo al volo le maschere dalla faccia. Adesso l'odore di putrefazione era talmente forte da paralizzare i pensieri. Mi allarmò, e al tempo stesso spense tutte le funzioni cerebrali. Tutto il mio corpo era un unico organo olfattivo. Vomitammo e sputammo. Ecco l'uovo sodo che avevo mangiato a colazione. Insieme al caffè solubile formava una poltiglia gelatinosa che puzzava del whisky bevuto la sera prima. "Avete finito?" Il signor Sakai attese paziente che rigurgitassimo gli ultimi succhi gastrici. Poi prese i sacchetti pieni e senza fare commenti li posò sul pavimento, dove si accartocciarono su se stessi. Noi indossammo di nuovo le maschere.

Un bicchiere con dell'acqua diventata marrone. Un portapillole.

Bastoncini profumati. Un calendario. Il signor Ono non era potuto andare all'appuntamento con il medico internista.

I suoi occhiali da lettura erano nel lavello. Come ci erano finiti?

Un pacchetto di Kleenex. Uno spazzolino da denti.

Dalla cucina, lunga e stretta, arrivammo in soggiorno. Il signor Sakai puntò dritto verso il divano.

"Qui!" esclamò, e ci fece segno di avvicinarci. "La vedete quella?" Sul tappeto davanti al divano si allargava una chiazza di colore indefinito. Era marrone come l'acqua nel bicchiere, però più scura e più untuosa.

"Quella è il signor Ono."

Ci inchinammo davanti a lui.

"Una parte del cuoio capelluto si è staccata. Non è insolito. La materia si decompone, e si decompone molto rapidamente."

"E i capelli?" Takada indicò un ciuffo venuto via dalla testa del signor Ono insieme alla cute.

"I capelli sono formati da cellule morte, quindi durano in eterno. Paradossale, no? Vita e morte, morte e vita. Le larve che vedete diventeranno mosche. Per loro i resti di un essere umano sono l'inizio della vita, per quanto breve. Messa così, abbiamo a che fare con un ciclo continuo."

Il signor Sakai non diceva nulla di nuovo. Tutto quello che diceva lo avevo già sentito chissà dove e chissà quando. Tuttavia, sentirlo mentre guardavo uno scalpo fu un'esperienza assolutamente nuova.

"Sapete dove sono i sacchetti, vero?"

Sì, lo sapevamo, e neanche un secondo dopo eravamo già piegati in due a vomitare e sputare un'altra volta. Le lacrime mi bruciavano gli occhi.

"Il peggio è passato," ci consolò il signor Sakai. "Ora iniziamo a pulire."

***

Ci mettemmo al lavoro con l'attrezzatura che avevamo scaricato dal furgone. Takada, impegnato a togliere uno per uno i chiodi che fissavano il tappeto al *tatami*, fu ripreso.

"Non sia timido," lo apostrofò il signor Sakai. "Portare rispetto non significa traccheggiare." Con un solo movimento – zac! – aveva staccato e arrotolato il tappeto. I liquidi cadaverici erano colati attraverso. "Maledizione," mormorò. "Il *tatami* possiamo smaltirlo subito. Dov'è la pellicola di plastica?" Insieme avvolgemmo gli ultimi oggetti con i quali il defunto era venuto in contatto. Il divano – un imponente cinque posti, troppo grande per una persona sola – ci toccò farlo a pezzi con una sega per suddividerlo in singole parti trasportabili. "Peccato! Sarebbe stata la soluzione perfetta per una famiglia con tre bambini! Ma chi vuole un mobile su cui qualcuno ha avuto un ictus? Per non parlare dell'odore! Di certo, su questo divano nessuno trascorrerà più una tranquilla serata a guardare un film mangiando popcorn."

Che fosse stato un ictus, in seguito al quale il signor Ono aveva perso conoscenza, il signor Sakai lo sentiva a naso. "Non domandatemi come. Con gli anni ho sviluppato un certo fiuto e non ho nemmeno bisogno di leggere il referto dell'autopsia. Nel caso del signor Ono è stata una cosa rapida e indolore. È morto prima di sbattere la testa contro lo spigolo del tavolino. Invidiabile."

Sezionare il divano richiese un'ora buona. Il signor Sakai, che ci sollecitava a fare in fretta, interveniva di continuo. Gli "uomini" sarebbero arrivati da un momento all'altro con il rimorchio per i rifiuti. I suoi "veterani", come li chiamava lui. "E per allora dobbiamo aver sbrigato il grosso. Non amano essere costretti ad aspettare. Quindi, se per favore volete darvi una mossa... Signorina Suzu, mi aiuti a smontare il *tatami*. Il palanchino! Forza!"

Non avevo idea di cosa fosse un palanchino. La cassetta in cui rovistai era piena di attrezzi che non avevo mai usato in vita mia, e proprio nell'istante in cui il signor Sakai mi aveva detto di prenderlo, erano entrati nella stanza gli annunciati "veterani". Yamamoto e Suga. Si somigliavano, in quanto avevano entrambi una corporatura squadrata. Uno aveva le orecchie a cavolfiore. L'altro doveva aver sofferto di acne. Ma la scontrosità che sfoggiavano era la stessa. Guardarono in cagnesco prima Takada e poi me, e quello che pensavano di noi, cioè che eravamo un incapace e una schiappa, ce lo avevano scritto in faccia a chiare lettere. "Sul serio, capo," Yamamoto incrociò le braccia sul petto, gesto che lo fece apparire ancora più squadrato, "esagera sempre. Dopo l'imbranato dell'assicurazione, due ragazze! Perché due? Ne bastava una, no? E comunque," si rivolse a me, "quello che ha in mano è un martello."

Suga, con un sorriso zuccheroso, mi allungò un cacciavite. "Ecco il palanchino," disse.

"Ma questo è un cacciavite," balbettai.

"Davvero? Un cacciavite? Sicura che non sia una lima?"

"Ora basta, ragazzi! Lo decido io chi assumere. La ditta è mia." Il signor Sakai mise fine al siparietto incaricando i due uomini di smontare il *tatami*. "Che resti tra noi," mi bisbigliò. "È tutta scena. In realtà sono teneri come il burro."

"Oh issa!" Io e Takada contribuimmo agli sforzi. Ovvero: restammo a guardare tenendo pronta la pellicola di plastica. Tolto il *tatami*, comparve uno scheletro portante in legno. Il solaio che sosteneva il pavimento. La struttura era incredibilmente fragile.

Mentre Takada fu assegnato allo sgombero della cucina, a me venne affidata la camera da letto. Avevo il compito di svuotare l'armadio a muro. Niente di più facile, pensai, rimboccandomi le maniche.

Mela e menta dilagarono dalle ante. Il signor Ono aveva distribuito all'interno dell'armadio una notevole quantità di bastoncini profumati, che, in aggiunta alla polvere contro le tarme, formavano un miscuglio di odori piuttosto impegnativo. La naftalina mi ricordò i vestiti di mio nonno. Perfino quelli funebri ne erano impregnati.

Secondo le sue volontà, il nonno era stato deposto nella bara con il suo completo preferito, un abito antipiega cento percento poliestere, così per me era stato difficile credere che non stesse semplicemente facendo un sonnellino. Indossava la cravatta texana che aveva sempre indossato. La placca di madreperla catturava la luce del sole creando riflessi cangianti. Però era fredda al tatto, quando la toccai, e anche le guance del nonno erano fredde al tatto. Il suo corpo era diventato un involucro. Un oggetto in mezzo ad altri oggetti. E per questo, dopo la cerimonia, veder raccogliere le sue ossa cremate in un certo senso mi sembrò una conseguenza logica. Dato che lui non era più nel corpo, non potevo provare dolore. Al limite mi dispiaceva per la placca. Non avrebbe luccicato mai più. Il suo bagliore iridescente era sparito per sempre dalla faccia della terra.

Il signor Ono, appurai, aveva un debole per le tonalità di grigio. Grigio chiaro, grigio scuro. Grigio medio. Quasi ogni indumento che toglievo dalla stampella era grigio. Facevano eccezione le camicie. Quelle erano bianche. Bianco chiaro, bianco scuro. Bianco medio. Per analogia, anche la sua vita doveva essere stata incolore. Ma la mia era forse sgargiante? Sfavillava? Giunsi all'avvilente conclusione che, se paragonata a quella di un impiegato di banca in pensione, risultava altrettanto monotona. La sua collezione di libri si limitava a una serie di manuali sull'artrosi e su materie fiscali, ed erano tutt'altro che consumati dall'uso, addirittura alcuni erano ancora cellofanati. Nessuna orecchia alle pagine. Nessuna annotazione scritta a margine.

Al contrario, la collezione di saponette degli alberghi che trovai in un cassetto era incredibilmente ricca. Mi chiesi quanto avesse viaggiato. Aveva viaggiato da solo? Spuntò un orologio Seiko. Ticchettava ancora. Lo misi nel mucchio degli oggetti di valore, che era composto da qualche carta di credito, un sacchetto di monete e una spilla da giacca placcata oro. A volte non era facile stabilire cosa fosse di valore e cosa no. I libretti di risparmio. Certo, quelli erano di valore. Le lettere però – per la maggior parte auguri di buon anno – avevano un valore puramente personale. *Fatti vivo*, lessi. *È un pezzo che non ti fai sentire.* L'inchiostro era stinto. Mi interruppi per un attimo e guardai il letto che mi serviva da piano d'appoggio. All'interno della piccola stanza sembrava enorme. Invece era solo una branda stretta, a malapena sufficiente per allungare braccia e gambe. Presumibilmente il signor Ono dormiva supino. Sopra di sé, la finestra sigillata. Sul nastro adesivo, che in certi punti si era staccato dal telaio, erano rimaste appiccicate dozzine di mosche. In casa erano praticamente ovunque, e ovunque – sulle pareti e sui vetri, sul soffitto e sul pavimento – avevano lasciato visibili tracce di grasso. Il grasso proveniva dal signor Ono.

"Qualunque cosa tocchiate, toccate *lui*." Il signor Sakai aveva messo i puntini sulle *i*. "Non vi farà male concedervi una pausa di tanto in tanto e tenere a mente questo semplice fatto."

L'album delle foto, a cui mi dedicai subito dopo, era un album a libro, come quelli che regalavano gli studi fotografici. Sulla copertina erano raffigurati dei gattini che si azzuffavano per un gomitolo di lana, e conteneva fotografie del signor Ono da ragazzo. Guardava imbarazzato l'obiettivo e sembrava non sapere dove mettere le mani, che stavano ancora crescendo. In seguito, già adulto, a quanto pareva era stato spesso a Kyōto. *Kinkaku-ji, 1979. Con Kinuko*, era scritto accanto a un ritratto dai colori sbiaditi. La donna voleva appoggiarsi a lui. Tutto nella sua postura comunicava che stava per posare la testa sulla sua spalla. Ma chi aveva fatto la foto – un passante? – aveva premuto lo scatto troppo presto. Non era l'unica immagine di loro due. Molto probabilmente le saponette risalivano a quel periodo.

Tra gli auguri di buon anno ne avevo visti anche alcuni di Kinuko. L'ultimo biglietto lo aveva scritto nel 1983: *E un altro anno è passato. Ti auguro salute e fortuna*. Che banalità! In confronto alla sequela di templi e santuari davanti a cui si erano lasciati immortalare, le parole scelte erano quanto mai compassate. Perché non *Vieni, tesoro. Ti sto aspettando*? Il signor Ono, che a quel punto sarebbe salito sullo Shinkansen per andare da lei a Kyōto, non sarebbe morto di una morte solitaria. "Idioti!" mi scappò detto. Era colpa loro. Chi non coglie al volo la felicità, poi non deve meravigliarsi se gli sfugge da sotto il naso. Ma non era così semplice. Ne sapevo qualcosa. C'erano seccature. Malintesi. Batoste. Oppure non c'era niente di tutto ciò, solo lo scorrere dei giorni, delle settimane e dei mesi. L'abituarsi, non rendersi nemmeno conto che è andata in quel modo e non in un altro. E prima di quanto ci si aspetti, le possibilità che avremmo avuto sono scivolate nello spiraglio tra due corpi. Irrimediabilmente.

"Qualcosa di interessante?" Il signor Sakai mise dentro la testa. Aveva della segatura tra i capelli. I liquidi cadaverici erano penetrati attraverso il *tatami*, e aveva dovuto rimuovere un pezzo del pavimento sottostante.

"Mmh," feci. Di interessante nell'uso corrente del termine non c'era nulla.

***

Dopo nove ore, interrotte solo dalla pausa pranzo, durante la quale mangiammo nel parcheggio i *makunouchi bentō* offerti dal signor Ono, avevamo praticamente finito di pulire. Yamamoto e Suga avevano portato all'inceneritore il materiale contaminato e gran parte dei mobili. Ci bruciavano gli occhi a forza di disinfettare. Avevamo ammucchiato con la scopa i vermi, le larve e le mosche già uscite dall'uovo, e gettato tutto in un sacco per rifiuti da centoventi litri. I vetri delle finestre brillavano. L'appartamento odorava di candeggina e mentolo. All'odore di cadavere, che ancora aleggiava nell'aria, ci eravamo talmente abituati che non ci facevamo nemmeno più caso. Sarebbero stati necessari molti altri trattamenti per riuscire a eliminarlo del tutto. Il signor Sakai aveva posizionato dei nebulizzatori. Uno in ogni stanza. Ma prima di accenderli volle fare un giro insieme a noi per sottoporre a un ultimo esame il lavoro che avevamo svolto quel giorno.

"Che ne pensa, Yamamoto? Il risultato soddisfa i nostri standard elevati?"

"Be', le piastrelle del bagno potevano venire meglio. In alcuni punti le fughe non sono proprio pulitissime." Yamamoto parlava tenendo lo sguardo fisso su Takada, che aveva il compito di togliere la muffa con l'aiuto di un pulitore a vapore. Dato che a metà dell'opera il pulitore era passato a miglior vita, ci aveva dato dentro con spazzola e bicarbonato di sodio, cosa che gli era costata, senza esagerare, due ore e parecchie vesciche sulle mani.

"Certo, però, che è proprio un criticone." Il signor Sakai, che ispezionò attentamente le fughe, espresse la sua approvazione con grande disappunto di Yamamoto. A scopo di documentazione, aveva scattato foto del prima e del dopo, e quando le scorremmo di nuovo, la differenza saltava così tanto agli occhi che inconsciamente tirammo un sospiro di sollievo. Una delle foto mostrava me che pulivo l'interno dell'armadio a muro. Un'altra mostrava Takada mentre smontava uno scaffale. Si vedeva Yamamoto che trascinava il divano fatto a pezzi, e Suga, che non voleva essere fotografato, aveva fotografato il signor Sakai. In ginocchio davanti al water, con i guanti di gomma, una spugna in mano.

"È stata una bella sudata, eh? Adesso però guardatevi intorno! Quello che abbiamo di fronte è esattamente l'appartamento in cui ha traslocato il signor Ono mezzo secolo fa. Bisogna rimettere il *tatami*, ma per il resto? Perfetto!"

Avevo i miei dubbi. L'appartamento era sgombro ed era pulito, tuttavia presentava notevoli pecche, e sembrava impensabile che qualcuno potesse trasferirsi lì tanto presto.

"D'accordo," concesse il signor Sakai. "Non basta rimettere il *tatami*! Io però non mi riferisco alle condizioni dell'appartamento, ma al suo essere vuoto. È questo che abbiamo ripristinato. Dunque, l'appartamento è pronto per assolvere la sua funzione originaria. Quale? Essere riempito di vita!"

Per la successiva cerimonia di commiato improvvisammo un altare nel soggiorno. Il signor Sakai mise un vaso di fiori su una grossa scatola di cartone. I crisantemi – gialli e viola – li aveva comprati in un supermercato nelle vicinanze. "Purtroppo, più belli non c'erano. Pazienza. È il pensiero che conta. Dov'è la foto? Takada! Non ne aveva trovata una del signor Ono? Quella di quando è andato in pensione."

"È lì davanti a lei."

"Vero. Questo dimostra come non si veda quello che abbiamo sotto gli occhi. E la campana tibetana? Dov'è finita? Ah, già! In cucina! Signorina Suzu, sarebbe così gentile da andare a prenderla?"

"Signorsì!" esclamai.

Non sapevo nemmeno io come fosse successo, ma nel corso della giornata avevo iniziato, a ogni occasione che si presentava – e se n'erano presentate parecchie –, a esclamare "Signorsì!", con tanto di inflessione militare. Un semplice sì sarebbe stato troppo poco incisivo, e io avevo bisogno di una parola che mi desse la carica, qualcosa che mi permettesse di tenere duro quando rischiavo di essere sopraffatta dalla stanchezza. L'ambizione di uno scalatore si era impossessata di me. Sarei riuscita a salire di nuovo tutti quei gradini? Quante volte li avevo fatti! Su e giù, su e giù! Mi tremavano i muscoli dalla fatica. Takada, che nel frattempo aveva abbassato la cresta – niente più discorsi sulle strutture familiari e via dicendo –, aveva preso esempio da me, così era stato tutto un susseguirsi di signorsì.

"Lo zelo dei principianti!" Yamamoto e Suga alzavano gli occhi al cielo. "Sicura che non siano i bastoncini di incenso?" mi punzecchiarono quando tornai dalla cucina con la campana tibetana. Ma la battuta era così fiacca che non risero nemmeno loro. Erano stanchi quanto noi.

Tecnicamente, la cerimonia di commiato fu il rito funebre del signor Ono. Non aveva familiari che si sarebbero riuniti per l'estremo saluto, né amici o conoscenti. L'unico a essersi accorto che non era più in vita era stato il postino. La cassetta delle lettere piena zeppa lo aveva insospettito. Pensai a quello, mentre eravamo a mani giunte, di fronte a noi i fiori, l'incenso che bruciava e il signor Ono fresco di pensione, che per commemorare l'evento si era messo in tiro. Dal taschino della giacca grigia spuntava un fazzoletto rosso. Glielo avevano prestato? In ogni modo, nell'armadio a muro non c'era.

Chissà cosa gli era passato per la testa in quel momento. Era felice alla prospettiva che da allora in poi non avrebbe più dovuto lavorare? I colleghi gli avevano consegnato un biglietto di auguri. *Si goda la pensione! Se l'è meritata!* Dopo l'applauso era andato direttamente dal fotografo? O prima aveva fatto un salto al bar e si era concesso un *sake*? Come era stato il tragitto di ritorno? Aveva sorriso tra sé e sé pensando che presto sarebbe arrivato a casa?

Chiusa la porta, il signor Sakai si accese una sigaretta. Era la prima dopo tutte quelle che aveva fumato la mattina. Aspirò avidamente una boccata e buttò fuori il fumo dal naso. "Ha un sapore disgustoso," disse, e la spense subito.

***

Quello che all'interno non avevamo percepito quasi più, all'esterno ci investì a zaffate. Il signor Ono ci si era appiccicato addosso. Le tute protettive non gli avevano impedito di annidarsi in ogni poro della nostra pelle. Non si lasciava localizzare, non era qui, non era là. Ci avvolgeva e ci impregnava da ogni lato contemporaneamente.

Per questo, parte del lavoro consisteva nell'andare ai bagni pubblici quando staccavamo. Il signor Sakai e i suoi "veterani" erano clienti fissi, e come tali furono salutati con un caloroso benvenuto. I bagni pubblici non erano un *sentō* di lusso. Si trovavano in una stradina senza uscita non lontano dall'ufficio. L'insegna luminosa era rotta, e l'ingresso ricordava un ripostiglio del periodo Shōwa completo di posacenere, tovaglia di tela cerata e televisore a tubo catodico.

"*O-tsukaresama!*" L'addetta all'accoglienza, una donna con un elaborato chignon e il trucco vistoso, ci offrì un tè verde. Chiacchierò in tono allegro con Suga dei suoi successi a *pachinko*. Il giorno prima aveva incassato una grossa vincita e si vantava che quella sera l'avrebbe raddoppiata.

"Cosa? Stasera?" Non riuscivo a credere che dopo una giornata come quella avesse ancora l'energia di sedersi davanti a una slot-machine in mezzo a un frastuono assordante. Per quanto mi riguardava, la cosa che desideravo di più al mondo era buttarmi finalmente sul *futon*, un *futon* che avesse il mio odore, ovvero soltanto il mio e quello dei miei effluvi.

"Ma certo! Così decomprime," disse Yamamoto al posto di Suga. "Se fossi solo lo farei anch'io. Cosa c'è di più rilassante del rumore delle biglie di acciaio che cadono sul campo di gioco? Lo invidio. Ma una moglie e un figlio ti legano."

Orecchie a cavolfiore – il soprannome segreto che avevo dato a Yamamoto – armeggiò con il cellulare. "Eccolo qui! Mio figlio!" Un bambino paffutello con dei chicchi di riso appiccicati al mento mi comparve davanti. "Ha appena compiuto un anno. E strilla che è una bellezza," aggiunse radioso. Il suo sorriso mi rese più clemente verso di lui. Era tenero come il burro, quel sorriso, e gli perdonai le cattiverie di cui aveva subissato me e Takada. Di sicuro avrebbe continuato a tormentarci. Non mi facevo illusioni al riguardo. Però mi sarebbe stato più semplice conviverci. Come Acne – il soprannome segreto che avevo dato a Suga –, ora che eravamo seduti insieme a bere una tazza di tè verde, sembrava un gigante buono, che non avrebbe fatto male a una mosca.

Tuttavia, fui contenta quando ci dividemmo in maschi e femmine. Inutile, chiacchierare del più e del meno non era il mio forte, e volevo filarmela il prima possibile e starmene per conto mio. Mia madre, notai, mi aveva scritto un messaggio. *Copriti bene*, lessi. Lo sticker allegato era un orso che tremava di freddo con una sciarpa avvolta intorno al collo. Senza pensarci, le risposi con l'emoji che manda un bacio con la mano. Poi misi il telefono in modalità offline. *Mamma, pulisco le case dove sono morte le persone.* Ammesso che avessi ottenuto il lavoro, ammesso innanzitutto che avessi voluto ottenerlo, lei come avrebbe preso la novità? All'idea che facessi la cameriera in un *famiresu*, ormai i miei genitori si erano rassegnati. Ogni tanto mi suggerivano un corso universitario a distanza. Ero ancora in tempo a laurearmi, ripetevano, sarebbe stato un peccato lasciarmi sfuggire quell'opportunità. E ogni tanto mi chiedevano se non volevo tornare a casa. Posto ce n'era. La mia camera era sempre libera. E il resto – leggi: sposarsi e mettere su famiglia – in qualche modo si sarebbe sistemato. In campagna gli uomini che cercavano moglie non erano merce rara. Mia madre avrebbe potuto elencarmi, così su due piedi, almeno cinque candidati che sarebbero andati bene per me. Ma alla fine contavano i valori personali! Che erano una bella casa di proprietà, un cospicuo conto in banca e, quando proprio andava di lusso, fedeltà e affidabilità. Perché diamine era considerato disdicevole voler stare da soli?

Incaponita, mi sfilai i vestiti a uno a uno e raggiunsi la sala da bagno. Sentii gli uomini gongolare dall'altra parte del tramezzo. Dovevano già essere entrati nella vasca calda. Per fortuna io dividevo il settore riservato alle donne solamente con una vecchia signora taciturna! Non prestava la minima attenzione a me. Si insaponava la schiena con una spazzola dal manico lungo e intanto canticchiava un *enka* che, se ricordavo bene, parlava dell'irrequieta vita errante della gente di mare.

Mi sedetti sullo sgabello più lontano da lei e mi lavai con cura. Mi sciacquai perfino le narici. Strofinai ogni piega che mi venne in mente. I padiglioni auricolari. L'incavo dietro le ginocchia. Se avessi potuto, mi sarei rivoltata le interiora per liberarle dal tanfo della putrefazione. L'acqua defluiva nello scarico. La guardai scomparire gorgogliando. Non pensare a niente, pensai. Nella vasca galleggiai supina lasciandomi trasportare sulla superficie. Splendido! Il borbottio della pompa che filtrava l'acqua sembrava la voce distorta di un pesce che conosceva il linguaggio umano. *Chiudi gli occhi*, disse, e io li chiusi. La sensazione di essere senza peso mi fece capire quanto fossi stata in tensione. Inspirai a fondo ed espirai lentamente. Aaah! Come faceva bene abbandonarsi a quell'acqua placida, che odorava leggermente di zolfo! Sentivo che tutto iniziava a scivolarmi di dosso, quando proprio in quell'istante qualcuno mi diede un colpetto alle dita del piede.

Era la vecchia signora.

Trasalii spaventata e mi ritrovai a guardare il suo pube quasi senza peli.

"Tu sei quella nuova, eh?"

Sul momento non capii cosa intendesse. Mi infastidiva che non si prendesse la briga di coprire la sua nudità. Mi si era piazzata davanti a gambe larghe e, nonostante fosse più bassa di me, avevo l'impressione che mi sovrastasse, ma forse dipendeva dal fatto che mi fissava senza battere ciglio.

"Il signor Sakai mi ha fatto vedere la tua risposta al suo annuncio. Non era sicuro se chiamarti per un colloquio, ma gli ho tolto dalla testa tutte quelle fesserie sulle ragazze che non hanno i nervi saldi. Solo perché siamo ragazze non vuol dire che non sappiamo fare il lavoro sporco, dico bene?"

Siamo?

A occhio e croce quella donna avrà avuto settant'anni. I suoi seni erano simili a due cachi appesi a essiccare. Definirsi una ragazza era un errore di valutazione che rasentava la sfacciataggine. E poi che modi erano quelli? Darmi un colpetto sul piede! In virtù della sua amicizia con il signor Sakai! Noi due non ci conoscevamo, e fissare gli sconosciuti – si imparava già all'asilo – non era educato.

"Ti piace lo zucchero?" mi chiese subito dopo. "Ho delle caramelle gommose, se le vuoi."

Mi affrettai a uscire dalla vasca. Quella donna aveva chiaramente qualche rotella fuori posto! Al pensiero che, nuda com'era, tirasse fuori una caramella da chissà dove mi venne la nausea. I suoi occhi gialli mi seguirono fino alla porta che separava la sala da bagno dagli spogliatoi. Occhi gialli, e in un certo senso bramosi. Mi tenevano prigioniera del loro sguardo, come se volessero qualcosa da me, qualcosa che mi apparteneva, e me ne andai alla svelta per sfuggire alla loro presa.

Mi chiusi in fretta la porta alle spalle. Dal vetro appannato la vidi fare qualche bracciata, e in quel momento emanava davvero l'innocenza di una ragazza molto giovane. Che stupido da parte mia essere scappata! Era stramba, tutto qua, e non mi sarei certo sciupata degnandomi di scambiare due parole con lei. Cosa avrebbe detto il signor Sakai? Era presumibile che gli avrebbe riferito del nostro incontro. Dovevo anticiparla e raccontare la mia versione della storia. Ma come descrivere il disagio che mi aveva provocato? E non era stato ridicolo correre via per una caramella gommosa? Mentre mi asciugavo, immaginai di averla sulla lingua. Era dolce e appiccicosa, e più la succhiavo, più diventava grande. Aveva già raggiunto le dimensioni di una palla da tennis.

Pling!

Riattivare il cellulare mi riportò con i piedi per terra. Mia madre mi aveva mandato una serie di smile in risposta al mio bacio. L'ultimo aveva un berretto da notte e faceva *Zzz*. Non capiva mai quando fermarsi! Ogni tre o quattro settimane veniva colta da un raptus di pazzia e si comportava come un'adolescente che inviava a tutto il mondo cuori, unicorni e stelle cadenti a profusione. Da quello capivo tra l'altro che non era più giovanissima. Mi aveva avuta piuttosto in là con gli anni, anche per una gravidanza tardiva. Adesso aveva passato i sessanta, quindi non ne aveva molti meno di quella vecchia con i seni avvizziti come frutti secchi. Quella presa di coscienza fu una stilettata.

***

Il nuovo lavoro prevedeva anche di andare a mangiare i noodles dopo aver fatto il bagno. Tentai di giustificarmi adducendo come pretesto l'emicrania e uno stomaco delicato, ma il signor Sakai, che giurò sull'efficacia del *tantan-men* come panacea universale, mi convinse ad assaggiarne almeno un po'.

"Scommettiamo che il mal di testa le passerà in un baleno? Un cucchiaio di questa zuppa e si sentirà rinascere. In più, bisogna brindare. Avete affrontato brillantemente il vostro primo caso. E una birretta non ha mai rovinato lo stomaco a nessuno. Ho ragione?"

Tipico. I veterani potevano imboscarsi. Noi invece, le reclute, eravamo costretti a sbronzarci. Quanto avrei preferito andare in sala giochi con Suga! Si era allontanato a grandi passi nel freddo senza salutare, e alla luce dei lampioni la sua figura tozza sembrò improvvisamente delicata e fragile. Al contrario di Yamamoto, che balzò in sella alla sua Suzuki, lui non tornava da una famiglia. Anch'io avevo quell'aspetto quando camminavo lungo una strada buia? Per una volta mi sarebbe piaciuto vedermi da dietro.

Dall'ufficio, dove avevamo parcheggiato il furgone, il locale era a due passi. Le aziende della zona se ne servivano come fosse una specie di mensa, e anche i residenti apprezzavano la sua cucina genuina. All'ingresso era appesa una lanterna rossa con le frange gialle. *Voilà!* Benvenuti nel Celeste Impero! Sul menu plastificato, che era già passato da molte mani – lo testimoniavano le ditate unte –, erano elencati solamente tre piatti: *tantan-men*, *gyōza* e uova centenarie. Master Shen, il gestore del locale, era un cinese del Sichuan che parlava un giapponese stentato. Un cinese da manuale, con un pelo della barba che cresceva da un neo sul mento e che, quando non era ai fornelli, si arricciava in continuazione. L'unghia del mignolo destro era lunga quasi quanto il pelo.

"Il solito, capo?"

"Il solito," disse il signor Sakai.

Master Shen ci mise davanti una bottiglia grande di birra e i bicchieri. Chissà se erano puliti? Esaminai il mio con diffidenza. Quelle striature non ci sarebbero dovute essere, ma non notai segni di rossetto, e non mi andava di fare l'ispettrice sanitaria. Tanto più che il signor Sakai li aveva già riempiti. "*Kanpai!*" esclamò, brindando a tutta la sala. Conosceva praticamente chiunque lì dentro, e praticamente chiunque voleva parlare di qualcosa con lui. Una volta della costruzione di un centro sportivo nel quartiere, che però avrebbe significato sacrificare una fila di case, un'altra di un progetto di riqualificazione che includeva l'abbellimento del canale con i ciliegi. Quest'ultimo ottenne l'approvazione del signor Sakai. Aveva delle idee per creare un *community space* dotato di sdraio e docce a nebulizzazione da usare nella stagione calda, e per illustrare quello che aveva in mente fece uno schizzo a penna del progetto sul tovagliolo di carta.

Arrivarono le zuppe. Staccammo le bacchette una dall'altra. Il signor Sakai, che aspettava la nostra reazione, ci guardò impaziente risucchiare i noodles.

"Allora?"

Non aveva esagerato. Il brodo di maiale piccante, ma non troppo piccante, con parecchio zenzero e aglio, che però non erano troppo invasivi, dava una nota aromatica ai noodles cotti al dente e al *pak choi* cosparso di semi di sesamo, e l'olio al peperoncino, insieme al pepe del Sichuan, assicurava un'esplosione di gusto come non ne sentivo da tanto tempo. Schioccai la lingua. "Uno spettacolo!" fu il mio giudizio.

E anche Takada, che aveva abbassato la tenda di capelli davanti agli occhi, la scostò brevemente di lato e disse: "È davvero buona!".

La zuppa mi rese loquace. O era la birra, che il signor Sakai continuava a versarci nei bicchieri? Senza giri di parole, gli domandai dell'anziana donna incontrata al *sentō*. Volevo sapere chi fosse. Gliela descrissi a grandi linee, evitando di includere nella descrizione i seni avvizziti come frutti secchi. Omisi anche che mi aveva fatto venire la pelle d'oca.

"Ha detto che le ha offerto delle caramelle gommose?"

Annuii.

"Allora era Mrs Manolesta," rispose a bocca piena il signor Sakai, tra una cucchiaiata e l'altra. "Mi faccia il favore di essere gentile con lei. È appena stata rimessa in libertà e, dato che nel frattempo il mondo ha continuato a girare, fa ancora fatica a reinserirsi."

"Si sta confondendo con qualcun altro." Sicuramente aveva sbagliato persona. Quella donna non aveva l'aspetto di una galeotta. Ma che aspetto avevano i galeotti? Non ne conoscevo nessuno.

"Mi faccia pensare." Il signor Sakai posò le bacchette.

"Ora dovrebbe avere circa settantacinque anni, e nei nove che ci conosciamo è stata arrestata già tre volte per taccheggio. Ruba caramelle gommose, purché non siano frizzanti. Quelle non le piacciono."

"E ti arrestano per una cosa così?" Takada scosse la testa. "Per due misere caramelle?"

"Ecco, lei è quella che viene definita una ladra recidiva, e ruba in grande stile, dieci o venti pacchetti alla volta. Fosse solo uno, la vigilanza chiuderebbe un occhio, ma se svuota l'intero scaffale del negozio... Tanto più, e questa è la parte triste, che non cerca affatto di nascondere i suoi furti. Ruba apertamente."

"Un misto tra una cleptomane e... come si chiamano quelli a cui piace farsi beccare? C'è un nome?" domandò Takada.

Cercai subito online. "Così al volo trovo solo roba equivoca. Fantasie erotiche e simili. *Sesso nel parcheggio*," lessi a voce alta. "*Sveltina in ascensore*."

"Stop!" Il signor Sakai premette un pulsante immaginario. "Falsa pista! Siete completamente fuori strada! Mrs Manolesta non ruba perché vuole provare il brivido del rischio..."

"...bensì?" Lo guardammo senza capire.

"Ruba perché è sola."

"Sola." Rimestai nella ciotola. Sulla superficie del brodo galleggiavano occhi di grasso e cercai di prenderli con le bacchette. Impossibile. Quando credevo di averne acciuffato uno, rispuntava poco più in là.

"Probabilmente sarete stanchi di sentir parlare di questo argomento. Nello specifico, però, Mrs Manolesta vuole essere messa in prigione, in un certo senso punta a finirci. A casa, dice, non sa cosa fare di se stessa. Dietro le sbarre, invece, segue una routine giornaliera ben precisa. Sveglia, controllo che le detenute siano ancora vive, colazione e alle nove inizio del turno di lavoro. Lei è stata assegnata alla sartoria. Non è costretta. Alla sua età potrebbe essere esonerata, ma se sta con le mani in mano si agita. Pranza insieme alle compagne. La sera organizzano gruppi di discussione. Prima di essere chiuse di nuovo in cella, hanno la possibilità di parlare sfogando le loro preoccupazioni. Ci sono laboratori creativi, circoli di musica e di pittura."

"Sembra un campo estivo," intervenne Takada.

"Da come lo descrive lei, sì. Dice che il letto potrebbe essere più morbido e il riso meno scotto, ma nel complesso è contenta. Il suo obiettivo è trascorrere lì il resto della sua vita."

Rinunciai a pescare gli occhi di grasso. "Suppongo non abbia famiglia," commentai.

"Sì, invece. Ha una figlia."

"Un attimo! Ha appena detto che è sola."

"Infatti lo è. Naturalmente non si può fare di ogni erba un fascio, e in ultima analisi dipende da persona a persona, ma molti over 70 temono di essere un peso. Piuttosto che chiedere, si taglierebbero la lingua, e Mrs Manolesta è un esempio estremo di cosa può succedere quando si rifiuta qualunque tipo di aiuto."

"Non capisco." Takada scosse ancora la testa. "È comunque un peso per lo stato."

"Lei ha un rapporto personale con lo stato?"

"Io? No," ammise Takada.

"Ecco, capisce adesso? Mrs Manolesta non vuole condizionare il futuro della figlia, che presto si sposerà. Si considera una palla al piede. Tra l'altro la conosco, sua figlia. Ogni tanto viene al *sentō*. Una donna incantevole. È un'infermiera professionale. Con i problemi di salute che ha, Mrs Manolesta potrebbe tranquillamente affidarsi alle sue cure."

"Che tipo di problemi di salute?"

"Disturbi al fegato, mi pare."

Quello spiegava gli occhi gialli, ma non la bramosia che le accendeva lo sguardo. Me la rividi davanti, che mi fissava. L'immagine si alternò a quella della sua aria inoffensiva.

Com'era felice mentre nuotava nella vasca! Il solco che aveva tracciato nell'acqua era una linea dritta. La prossima volta, mi ripromisi, non sarei scappata via. Sarei rimasta esattamente dov'ero e avrei ascoltato ciò che aveva da dire. E se mi avesse offerto di nuovo una caramella gommosa? L'avrei accettata.

***

Erano le undici. Ora di andare a casa. Ma il signor Sakai, che all'improvviso aveva molta fretta, lasciò sul tavolo una banconota per noi. Dovevamo bere il bicchiere della staffa. Lui si sarebbe "portato avanti con il lavoro". Erano arrivate alla spicciolata alcune email, alle quali doveva ancora rispondere. Avevano a che fare con il nostro caso successivo, un certo signor Tachibana. Il fratello minore del defunto voleva riavere i cinquantamila yen che gli aveva prestato trent'anni prima. Lui doveva comunicargli con garbo che debiti come quelli – già per il semplice fatto che in quei trent'anni i due non avevano mantenuto i contatti – si estinguevano al più tardi con la morte del debitore.

"Una faccenda delicata," sospirò il signor Sakai. "I soldi sono un fattore emozionale. Esistono per essere spesi. Se li tieni chiusi in un cassetto, in pratica non hanno valore. E cosa sono cinquantamila yen? Con quella somma il fratello ci compra una mazza da golf o un maglione di cachemire in saldo, oppure la usa per le spese di tutti i giorni. Ma no! Per lui è una questione di principio, ha scritto."

Il signor Sakai si era allontanato di gran carriera. Mi aveva lasciata sola con Takada, e Takada a sua volta era stato lasciato solo con me. Senza di lui, noi eravamo soli. Così ci sentivamo.

Per un po' rimanemmo seduti in silenzio a seguire il filo dei nostri pensieri. Dovevamo proprio ordinare il bicchiere della staffa? Non eravamo troppo stanchi?

Fu Master Shen a decidere per noi. "Restare qui," dichiarò, e ci mise davanti la quarta bottiglia di birra. Insieme ci portò una porzione di uova centenarie offerte dalla casa, che visivamente rendevano giustizia al loro nome. Tuorlo verde. Albume marrone. La consistenza gelatinosa, come scoprimmo su Google, si era prodotta durante il processo di autolisi, e autolisi era un altro modo per dire disfacimento. Nella decomposizione di un cadavere veniva subito dopo la fase della disidratazione e, con la liquefazione degli organi interni, dava inizio al processo di putrefazione.

Ne presi un morso, tanto per provare.

"Mangi quella roba?" Takada fece una smorfia di repulsione.

"Vengo dalla campagna, sono cresciuta a sterco di cavallo."

"Sul serio?"

"Ma va' là! Su, assaggia!" Esitante, lui si mise in bocca un pezzetto di uovo. Iniziò a masticare. "Sa di signor Ono, non credi?"

"Ma che schifo!"

"Non lo sputare! Continua a masticare! È come con il disegno a china, quello del periodo Edo. Bisogna aspettare che faccia il suo effetto."

"È vero!" Ne mangiò un altro boccone. "Crea dipendenza."

"Da sballo," concordai.

Master Shen era sparito dietro il bancone e mescolava una montagna di porri che rosolavano in padella. Si sentiva sfrigolare. Adesso nel locale non c'era neanche un posto libero, e dal momento che lo mandava avanti solamente con un aiutante di cucina incaricato di preparare la linea, aveva il suo bel daffare per servire i clienti affamati. Guizzò una fiammata. Ai tavoli la gente fumava e rideva. Qualcuno imitò il grugnito di un maiale.

"Sei uno scrittore?" Indicai il taccuino appoggiato in mezzo a noi sul tavolo. Poco prima Takada aveva appuntato *Autolisi*.

"No, perché?"

"Ehm, forse perché sei sempre lì a scribacchiare? Pensavo che raccogliessi informazioni per un romanzo o roba simile."

Takada diventò rosso. Si sfregò l'unghia del pollice sinistro, poi quella del destro, e sollevò entrambe le dita verso la luce soffusa. Ero stata troppo invadente? Lo sapevo! Ogni volta che uscivo dalla mia zona di comfort, qualcosa andava storto. Per tenere vivo il dialogo appena iniziato, avevo sfruttato il primo argomento di conversazione disponibile. "Sei uno scrittore?" avrebbe dovuto essere il punto di partenza per una chiacchierata informale. E invece? Stavamo zitti! Mi ricordò il gruppo di teatro all'università, quando cercavo disperatamente di intavolare una conversazione con i miei compagni. Ma per quanto ci provassi, non riuscivo a trovare l'approccio giusto. O ero troppo distaccata o, nella foga di mascherare il distacco, trattavo l'altro come fossimo grandi amici. Atteggiamento, quest'ultimo, che doveva essere ancora più irritante. "Sei disgustosa," mi disse una volta una del gruppo. "Non ti importa un accidente di Shakespeare, vero? Sei qui solo per trovare degli amici. Ma sai una cosa? Gli amici non si trovano."

Cosa intendeva? Che prima bisognava cercarli? Era esattamente quello che stavo facendo! Mi scervellai a lungo su quella frase. *Gli amici non si trovano.* Ce li hai e basta? Sei tu che sei un amico? Te li conquisti? Ti capitano? A oggi non ero ancora riuscita a indovinare la soluzione del rebus. Vedasi Kōtarō067. Quel giorno non avevo pensato a lui neppure mezza volta. Che infestasse la mia mente proprio in quel momento – quando mancava così poco a mezzanotte – fu una dolorosa presa di coscienza di quanto fossi ancora il fantasma di me stessa. Parti di me non si erano ancora riprese dallo shock. Erano ancora annientate.

"Colleziono parole," disse infine Takada. "Le pesco dalla bocca delle persone." Parlava talmente piano che dovetti chinarmi in avanti. "Le parole sono fugaci, capisci? Se non le trattieni volano via. Pronunciamo circa diciassettemila parole al giorno, e la grande maggioranza sono riempitivi. Come il tuo 'ehm' di prima, servono a mantenere il flusso del discorso, ma di per sé non esprimono niente. Certe parole, però," qui Takada si interruppe, "meritano di essere conservate."

Bingo! Nessuno!

Pecore!

D'accordo segnarsi *Autolisi*, ma di fronte a *Pecore* alzavo le mani.

"Qui, per esempio!" Takada sfogliò all'indietro le pagine del taccuino e picchiettò l'indice su una riga in alto a destra. "*Cadaveri. Per caso parenti*. Primo, mettendole su carta, le parole restano. E, secondo, creano un nesso. Qualcosa le mette in correlazione. C'è collegamento tra loro, e il collegamento nasce dal fatto che sono state scritte una accanto all'altra. Mi rassicura, quando succede."

Palpitazioni. Avevo decisamente le palpitazioni. Di colpo eravamo passati dal livello "Ci scambiamo opinioni sulle uova che abbiamo nel piatto" al livello "Usciamo allo scoperto". Takada si aspettava una mia replica? Se sì, cosa avrei dovuto replicare? Che rassicurava anche me, quando per caso i cadaveri erano parenti?

"Supponiamo che io muoia," proseguì Takada. "Chi trova i miei appunti ci capirebbe qualcosa? Con molta probabilità, no. A conti fatti, sono come le lettere e le saponette del signor Ono. Hanno un valore puramente personale."

"Già, le saponette..." Erano piccole e compatte, e facevano tanta schiuma. Cavolo! Non mi veniva in mente altro?

"Mentre svuotavamo l'appartamento continuava a frullarmi in testa questa idea. Supponiamo che io muoia. Cosa succede? Tutti i miei appunti diventeranno inutili? E la cosa strana è che non provavo il minimo dispiacere. Solo pace. Perciò dovrei esserci attaccato!"

"A cosa?"

"Alla vita," disse. "E infatti lo sono. Non ho nessun proposito suicida. Eppure, o meglio proprio per questo, è strano che all'idea della mia morte abbia provato solo pace."

"Non è possibile immaginare la propria morte. Per quanto uno cerchi di farsene un'idea, resta sempre nell'ambito del teorico." Non avevo dovuto scavare a fondo per tirare fuori quella banalità. Mi era uscita spontanea.

Pace teorica, scrisse Takada. "Hai ragione. È facile provare una pace teorica."

"Andiamo?"

Dopo le diciassettemila parole che si presumeva avessi pronunciato quel giorno, mi ero stufata. Avevamo parlato abbastanza di morte e di morti.

***

Il nostro periodo di prova finì, e finì senza tanto clamore. "Siete assunti," disse il signor Sakai. E questo fu tutto. Niente strette di mano. Niente salti di gioia da parte nostra.

Dato che quell'anno l'inverno era insolitamente rigido e il freddo rallentava la diffusione degli odori, molti cadaveri passarono inosservati. Di conseguenza, non contando qualche caso di assideramento, la situazione lavorativa era fiacca, e ci concentrammo a mettere in ordine le stanze adibite a magazzino. Portammo al tempio un numero indefinito di bambole – *hinaningyō* e *kokeshi*, ma anche cucite in casa, di porcellana e *Kewpie* di celluloide – perché fossero bruciate con il rito di purificazione, e per quanto non condividessi la superstizione che avessero un'anima, anch'io considerai più consolante consegnarle alle fiamme che buttarle semplicemente nella spazzatura. Un tempo qualcuno le aveva amate.

Non mi posi più la domanda se volevo quel lavoro oppure no. Lo avevo ottenuto, ed era sbalorditivo a cosa ci si abituava nel giro di un mese. Ok, avrei continuato sempre e comunque a combattere con il tanfo dei cadaveri e la vista di brandelli di pelle e unghie cadute. Capitava ancora che afferrassi il sacchetto per vomitare, ma secondo il signor Sakai era normale. A lui c'erano voluti anni prima di riuscire a tenere sotto controllo i conati, e anche Yamamoto e Suga all'inizio erano un fascio di nervi.

"Ancora oggi sono tormentato dagli incubi," confessò Suga. "Tutto quello che tocco si riduce in polvere. Oppure mi escono dei vermi dal naso. Mi marciscono le gengive."

"Nei miei ci sono i porcellini d'India," disse Yamamoto.

"Cosa? Porcellini d'India?"

"Non ti ricordi più? La signora Kōjima!"

"Ah, già, quella con gli animali impagliati!" Suga non l'aveva dimenticata.

"Ne aveva tantissimi: parrocchetti, criceti, gerbilli e, appunto, porcellini d'India. Dovevano farle compagnia, e quando uno di loro moriva, lo portava dall'imbalsamatore per poterlo tenere con sé anche dopo la morte. Il suo appartamento era un vero museo degli orrori. Ovunque ti girassi, c'era un paio di occhietti neri e lucidi che ti fissava. Da allora mi sogno i porcellini d'India."

"E cosa fanno?"

"Nulla." Yamamoto si strinse nelle spalle. "Mi guardano. Tutto qui. Puntano i loro occhi senza vita su di me, come se da un attimo all'altro dovessero riscuotersi dal loro irrigidimento. A quel punto, un istante prima che inizino a muoversi, mi sveglio in un bagno di sudore."

Io arriverei a tanto? Farei imbalsamare il mio amatissimo Punsuke? No, di sicuro no. O invece sì? Più ci pensavo, e meno assurda mi sembrava l'idea.

Dall'episodio di Kōtarō067, tuttavia, il nostro rapporto si era notevolmente raffreddato. Punsuke era diventato un criceto fantasma. Non si faceva quasi più vedere, e potevo ritenermi fortunata se scorgevo un guizzo rosa della sua coda mozza. Appena entravo in casa si rifugiava nel nido, e quando pulivo la gabbia e lo mettevo in un secchio riempito di strame, vi si seppelliva immediatamente come per nascondersi da me. Una volta mi morse. La ferita non era molto profonda, ma l'affronto che aveva rappresentato fu enorme, e per un po' lo trattai anch'io con totale indifferenza. Si sarebbe pentito di quell'atteggiamento da smorfioso! Oltraggiata, aspettai un'offerta di pace. Non l'avrei rifiutata, non ero il tipo. Ma avevo voglia ad aspettare. L'offerta di pace non arrivò.

Di notte, mentre dormivo, sentivo Punsuke correre nella sua ruota per criceti. Oppure lo sentivo sgranocchiare semi di papavero. Quindi, malato non era. Sia la quantità sia la consistenza degli escrementi che raccoglievo dimostravano ampiamente che stava bene. Esaminai i ciuffetti di pelo rimasti attaccati alla griglia da arrampicata, una struttura a più piani in plastica trasparente. Erano puliti e non infeltriti.

Allora qual era il problema? Forse aveva paura di me? Mi stava lontano perché ero un fantasma io per prima? La psicologia dei criceti era un campo ancora inesplorato, come appurai attraverso le mie ricerche su internet. Esistevano informazioni sulle abitudini di combattimento e di accoppiamento, sulla loro indole solitaria e il loro bisogno di quiete, ma erano così scarse che non mi aiutarono granché. Tanto valeva che lo avessi chiesto direttamente a lui. "Punsuke, perché mi eviti?" A parte un leggero pigolio non avrebbe saputo cosa rispondere, non mi restava che accettare il suo cambiamento. Che fosse la pubertà? Dovevo andargli incontro impicciandomi il meno possibile delle sue cose? Prima o poi gli sarebbe passata, e avremmo potuto ricominciare da capo.

Single. Con criceto. Per cambiare il mio status in *Impegnata. Con criceto* mi sarebbe servita la stessa dedizione di cui avevo dato prova con le ricerche in materia di psicologia dei criceti. Però non ero ancora pronta. Al pensiero di buttarmi nell'arena dei solitari a caccia mi veniva male. Già il login era fonte di stress. Banner pubblicitari che spuntavano fuori da tutte le parti. Li chiudevi. Si riaprivano. *Free dating! Ora! Cosa aspetti? Iscriviti! È gratuito!* Era allettante dare credito alle false promesse. Ma volevo ancora sbattere gratuitamente contro un muro? Lasciarmi ancora cancellare gratuitamente con un clic? Se avessi pagato, almeno sarebbe stato uno scambio equo.

Iniziavo a preoccuparmi per i Fuji. Non li incontravo sul pianerottolo da secoli, e che non li sentissi più bisticciare tra loro, ma solo guardare la televisione, nient'altro che guardare la televisione, senza rivolgersi neanche una parola, era un chiaro segno che era capitato qualcosa. La mia fantasia galoppava a briglia sciolta. In seguito all'ostruzione della carotide, la signora Fuji era caduta in stato catatonico, e il signor Fuji, che non riusciva più a tollerare di vederla ridotta così, l'aveva soffocata con il cuscino, come in un film che avevo scaricato. O viceversa! Una delle due, pensavo, era il motivo di quel silenzio. Nel film l'uomo si era sdraiato accanto al cadavere della moglie e poi, dopo averlo adornato di fiori, si era dedicato alle sue attività quotidiane. Un attimo, non aveva anche guardato la televisione? Oh, cacchio! Riflettei se confidarmi con il signor Sakai e chiedergli un consiglio. Come ci si doveva comportare quando i vicini tacevano all'improvviso? Si bussava alla loro porta? Si chiamava la polizia? Qual era la mossa migliore?

Fu un sollievo quando finalmente incontrai di nuovo i Fuji – era già metà marzo! – davanti alle cassette delle lettere. Erano un po' più tremolanti. Il signor Fuji dava il braccio alla moglie. A parte quello, però, non erano diversi dai due coniugi duri d'orecchio che ricordavo. Il signor Fuji, che con la schiena dritta probabilmente sarebbe stato il più alto dei due, aveva la gobba, quindi era il più basso. La conseguente disparità poteva aver contribuito al fatto che la signora Fuji fosse sempre uscita vincitrice dai loro alterchi, un tempo rumorosi, per il telecomando. Al collo portava un foulard giallo acceso. Abbinato alle gote rosa, le dava l'aspetto di un cacatua.

"Suzu-chan!" Sbandierò un gran sorriso. "Sbaglio o sei cresciuta? E sei diventata anche più robusta! Le tue braccia sembrano quelle di Kintarō, il bambino d'oro!"

In effetti, trasportare tutti quei pesi aveva aumentato il volume dei miei bicipiti, e fu imbarazzante rendermi conto che la T-shirt aderente che indossavo quel giorno tirava sulle braccia.

"Attenta," mi avvertì la signora Fuji. "Agli uomini non piacciono le donne forti. Le preferiscono *minute*. Le vogliono deboli. Giusto, mio caro?"

"Sì, sì," gridò il signor Fuji, svuotando la cassetta delle lettere. "Sempre bollette," si lamentò. "Prima ci si scriveva. Fosse anche solo un biglietto per le feste del cambio di stagione!"

"Prima," gridò di rimando la signora Fuji, "si lavavano i panni con l'asse da bucato! Sul serio vorresti sostenere che si stava meglio? Prima era prima, oggi è oggi. Cosa ci dà il diritto, a noi anziani, di andare dai giovani e dire che sono nati in tempi difficili?"

"Ma infatti non sto dicendo questo!"

"Allora piantala con questa tiritera!"

Il battibecco proseguì per un bel pezzo, e nel sentirli fare baruffa come al solito provai qualcosa di più del semplice sollievo di saperli ancora vivi. Mi erano mancati. Me ne resi conto in quel momento che erano lì, davanti a me. Ogni volta, quando tiravano lo scarico, avevo mandato loro un saluto telepatico attraverso la parete. *Salve, come state? Spero tutto bene.* E passando davanti ai vasi avevo recitato una preghiera per le piante secche. *Ti prego, Signore, se esisti, fa' che fioriscano di nuovo!*

"Di' un po', Suzu-chan!" La signora Fuji cambiò improvvisamente discorso. "Andrai all'*hanami*?"

"Forse, non lo so." La fioritura dei ciliegi non mi faceva impazzire. Meritava un selfie, quello sì. Ma non riuscivo a capire tutto quel cancan e non volevo alimentarlo. Perciò ogni anno mi tenevo ampiamente alla larga dai punti più conosciuti, dove la gente stendeva i teli per il picnic e mandava gridolini estasiati quasi a comando. Una singola persona era fuori posto. Come girovagare da soli nel quartiere dei divertimenti.

"Ma devi andarci!" disse la signora Fuji strizzandomi l'occhio con aria complice. "E con un giovanotto al tuo fianco! È ora che ti sposi. Quanti anni hai?"

"Venticinque."

"Ahi ahi. Se non sali in tempo, il treno ripartirà senza di te. Non va bene restare da soli troppo a lungo, e il lavoro non basta per essere felici. A proposito, cosa fai di mestiere?"

La domanda mi colse alla sprovvista. Da quando avevo iniziato a lavorare con il signor Sakai, non mi era ancora stata rivolta. Malgrado ciò, avevo la risposta pronta. Me n'ero preparata una, per ogni evenienza, e dato che ai Fuji mi legava solo una conoscenza superficiale, quella era l'occasione migliore per testarla.

"Sono nel settore delle pulizie."

"Che hai detto?" Il signore e la signora Fuji si portarono all'orecchio la mano a imbuto. La voce mi era uscita troppo bassa.

"Sono nel settore delle pulizie," ripetei.

"Di cosa?"

"Delle pulizie!" Più forte di così non potevo.

"Ah." Abbassarono la mano. Evidentemente la loro curiosità era stata soddisfatta perché non insistettero oltre, e da un lato ne fui felice. In questo modo mi fu risparmiato di dover spiegare che raccoglievo i cocci lasciati dalla morte, una morte che per loro non era più molto lontana. Dall'altro lato, mi diede da pensare che adesso ne sapessero comunque più dei miei genitori. Loro credevano ancora che facessi la cameriera.

***

Il picnic per la fioritura dei ciliegi fu un'idea del signor Sakai. "Dovremmo fare di nuovo un picnic per la fioritura dei ciliegi," se ne uscì. Sulle prime credetti (e sperai) che si trattasse di un capriccio passeggero. Di idee ne aveva a iosa. Raramente però i suoi progetti e i suoi programmi si rivelavano attuabili, oppure se ne dimenticava perché nel frattempo arrivava un incarico, perciò non li prendevo più troppo sul serio. E sbagliavo. A volte, infatti, sapeva essere molto cocciuto, e quando si metteva in testa una cosa diventava un bulldozer. Travolgeva gli ostacoli e li buttava giù.

"Che ne dite?" Ci descrisse quello che aveva in mente: "Niente di esagerato. Dieci, venti persone. Trenta al massimo. Ognuno porta qualcosa da mangiare e da bere. Ascoltiamo un po' di musica e balliamo".

Boccheggiai. "Ma così è un grande evento," ribattei. "Come fa a mettere in piedi tutto? Alla fioritura dei ciliegi manca solo una settimana e mezzo."

"Domanda sbagliata," rise il signor Sakai. "Come *facciamo* a mettere in piedi tutto? E la risposta è: lo mettiamo in piedi *insieme*. Da troppo tempo non facciamo un picnic. Quando è stato l'ultimo?"

"Cinque anni fa," intervenne Yamamoto.

"Giusto. Si era appena sposato! Me lo ricordo come se fosse ieri. E oggi? Siete in tre. Non lo lascerà mica a casa, il piccolo?"

"No, no. Lui viene!"

"Ottimo. Allora diamoci una mossa!"

Valutai ancora una volta se non fosse il caso di cercarmi un altro lavoro. Era vero: lo avevo ottenuto, e a molte cose – per esempio alle taniche di urina negli appartamenti degli accumulatori compulsivi – mi ero abituata. Stavo addirittura considerando la possibilità di specializzarmi in pratiche di disinfezione. Organizzavano corsi serali. Tuttavia la prospettiva di poter smettere in qualunque momento era una porta che mi tenevo aperta ugualmente. Spaccarsi la schiena – nessun problema! Andare ai bagni pubblici – d'accordo! Mangiare noodles – benissimo! Ma, oltretutto, fare anche un picnic e aspettare con da dieci a trenta sconosciuti che la luna sorgesse tra i rami degli alberi? Quello, solo se mi pagavano!

Nonostante ciò, il signor Sakai non si accorse della riluttanza che la sua idea aveva suscitato in me. Già il giorno dopo aveva comprato svariate decine di inviti e, socievole e spendaccione com'era, li spedì a tutti quelli che gli venivano in mente. Perfino Master Shen ne ricevette uno. E Mrs Manolesta due – uno per lei e uno per la figlia. Il signor Sakai ascoltava con il patema d'animo le previsioni meteo per la domenica in questione. Per un attimo sembrò che dovesse piovere, ma poi, mentre io esultavo in segreto, la situazione si ribaltò, e furono annunciati sole e temperature alte. Era iniziato il conto alla rovescia!

Mia madre mi mandò una serie di selfie davanti a ciliegi in fiore. *Presto fioriranno anche da te!*, scrisse. Frotte di pensionati e fotografi amatoriali si erano riversate a sud, da dove avrebbero seguito la fioritura spostandosi verso nord, e ovunque ti rifugiassi nel tentativo di schivarli, piovevano fiori di ciliegio. Piovevano sotto forma di dolci e custodie per i cellulari, fazzoletti di stoffa e carta da lettere. Un uomo finì addirittura nelle notizie principali del telegiornale della sera perché durante la notte, mentre tutti dormivano, si era scagliato con un'ascia contro uno degli alberi più maestosi lungo un viale da cartolina. Era il gesto di una persona in stato confusionale che voleva vendicarsi sulla società per un'ingiustizia subita – lo avevano licenziato senza preavviso –, e per quanto tutti lo condannassero, dentro di me non potei fare a meno di congratularmi con lui. Prendere a colpi d'ascia un albero era pur sempre più umano che prendere a colpi d'ascia una persona, e anche se un paio di rami centenari erano stati effettivamente rovinati, in fondo quell'uomo non aveva fatto troppi danni. L'albero avrebbe continuato a fiorire.

Il signor Sakai, che a mio parere gonfiava in maniera spropositata la faccenda, ritenne che i teli da picnic di cinque anni prima non andassero più bene. "Puzzano," sentenziò. "Sentite qui."

"Odorano di plastica," disse Takada, e anche Suga, che li annusò, disse: "È il loro odore. Cosa si aspettava? Che la plastica profumasse di ciliegia?".

"No, ma nemmeno di olio per motori. Non avrei dovuto tenerli in garage. Be', la signorina Suzu sarà così gentile da procurarcene degli altri, non è vero?"

"Ma quando?" Ero impegnata a fare pulizia in uno dei furgoni. Bisognava rimettere in ordine gli attrezzi e riempire alcuni flaconi di detersivi.

"Che ne direbbe di adesso?" Il signor Sakai si tirò su la manica della camicia già arrotolata per controllare l'orologio al polso. "Manca ancora un sacco di tempo alla chiusura dei negozi, e forse lei non lo apprezza, ma quello che le sto affidando è un incarico di grandissima responsabilità. In pratica, deve provvedere al didietro dei nostri invitati. Dipenderà da lei quanto a lungo festeggeranno insieme a noi. Si alzeranno doloranti dopo appena un'ora o resteranno seduti fino a tarda sera?... Sto scherzando!" C'ero cascata in pieno. Ero rimasta a bocca aperta e l'avevo richiusa solo quando il signor Sakai era scoppiato a ridere. "Un telo è un telo è un telo. Perciò non può sbagliare."

Yamamoto sghignazzò: "Non si sa mai, la signorina Suzu è capace di confondere un telo con una fune".

Sorvolai volutamente sul commento. Orecchie a cavolfiore, mi limitai a pensare. "Quanti teli le servono?"

"*Ci*, signorina Suzu, *ci* servono! Dipende da quante persone ci sono. Le avevo chiesto di avvisare i suoi amici. Yamamoto verrà con la famiglia, e Suga ha invitato un compagno di *pachinko*. Lei, invece, Takada?"

"Nessuno," rispose lui.

"Nemmeno io," mi affrettai ad aggiungere.

"Nessun amico? Un conoscente, allora. Magari un insegnante a cui volete dimostrare la vostra gratitudine? Ex colleghi di lavoro? Vicini di casa? Il vostro medico curante? Si accetta anche la bambola gonfiabile con cui passate il tempo la sera! Portatela, portatela pure! Come? Non ce l'avete?"

Mi venne in mente la mia estetista. Non ci andavo da una vita. Cosa avrebbe detto delle mie unghie spezzate? Le avrebbe riconosciute ancora?

"Senza offesa," proseguì il signor Sakai, "ma mi sorprende che alla vostra età non disponiate di una rete sociale. In fondo, siete la generazione sempre incollata al cellulare. E ho sempre pensato che voi giovani foste più svegli di noi." Aggrottò la fronte. "Dite la verità, non vi siete neppure scambiati i numeri di telefono!"

Non ce li eravamo scambiati.

"Forza, allora, e di corsa!" ci spronò. "Così nei momenti difficili avrete almeno un contatto. Non avete mai bisogno di qualcuno?"

Fino a quell'istante non avevo mai collegato i rapporti personali al bisogno. L'associazione mi era nuova. Quando pioveva a dirotto e Tomo, la mia cotta delle medie, mi aveva prestato l'ombrello, era stato un gesto gentile. Gentile. Ma non indispensabile. Me la sarei cavata anche senza ombrello. Non ne avevo certo bisogno, e tanto meno lo avevo chiesto io. Con i rapporti personali era come con gli alberi di Natale. Era bello averne uno, ma se non ce l'avevi andava bene lo stesso. Il problema era piuttosto quando volevi assolutamente averne uno e non ce l'avevi.

"Per rispondere alla sua domanda iniziale," il signor Sakai aveva sottomano la lista degli invitati, "venti persone hanno confermato subito e una ci sta ancora pensando, dunque in totale almeno ventisette."

"Significa una quindicina di teli," calcolai.

"Così ci mettiamo *uno-virgola-otto* per telo? Ma la prego! Ne bastano due! Più ci stringiamo, e più bello è. Takada, accompagni la signorina Suzu. Non si sa mai. Altrimenti va a finire che ci ritroviamo su un campo di calcio fatto di teli da picnic. Ecco le chiavi del furgone. L'Home Center più vicino è... oh, cercatelo sul telefono!"

***

"Guidi tu?"

"Io? No, per carità! Sono anni che non guido."

"Anch'io."

"E poi non ho con me la patente."

Bisbigliando – per non dare adito a ulteriori battute sarcastiche – litigammo su chi di noi due dovesse guidare il "bambino" del signor Sakai, ossia il suo furgone. Per me, litigare bisbigliando era una novità al pari dell'informazione che i rapporti interpersonali fossero collegati al bisogno. Oltre a non gridare mai, non litigavo con chicchessia, e doverlo fare sottovoce, avendo anche la peggio, fu una specie di involontaria pantomima che attirò prontamente degli spettatori, per l'esattezza Orecchie a cavolfiore e Acne. Il signor Sakai era salito nel suo ufficio a telefonare. Voleva convincere la persona numero 21, l'indecisa, ad accettare l'invito.

"Guarda guarda!" sfotté Yamamoto. "La commedia si intitola *Ragazze in partenza*!"

"E dove vanno di bello?" chiese Suga. "A lezione di yoga?

O magari da Mister Donut? Ora se hanno la carta fedeltà ricevono in omaggio un'eco-bag!"

Non erano di aiuto! Chi me lo aveva fatto fare di essere così ligia al dovere da portarmi dietro la patente? Lasciatelo dire, Suzu, sei proprio patetica! Di malumore, mi arrampicai al volante. Takada, che prese posto sul sedile del passeggero, si allacciò la cintura. Dopodiché si aggrappò alla maniglia. E non avevo ancora nemmeno acceso il motore.

"Serve una mano per uscire dal parcheggio?" Yamamoto si era posizionato dietro il furgone e gesticolava come un parcheggiatore servizievole. Ah sì? Gli avrei fatto vedere io. La commedia si intitolava *Pezzo di idiota*, inveii tra me e me, togliendo il freno a mano. Dov'era la retromarcia? Trovata! Con un movimento deciso – un po' troppo deciso – schiacciai il pedale dell'acceleratore. Yamamoto ebbe appena il tempo di balzare di lato. Non lo presi per un pelo, ma dovette aver capito che la mia intenzione era quella, perché quando sterzai a destra scorsi nel retrovisore la sua faccia sbalordita, che oltre allo spavento mostrava anche una buona dose di rispetto. Accidenti, vi lessi, sarà meglio che non la faccia più arrabbiare!

Ok, ora la prima! "Pronti," dissi. "Con un po' di pratica arriviamo sulla luna."

"E al ritorno?"

"Voliamo!" Diedi gas.

"Attenta, ciclisti!"

"Ma non possono mica occupare tutta la strada! Quelli hanno bevuto! O è il furgone? Tira a sinistra. Il signor Sakai dovrebbe far controllare la convergenza dal meccanico!"

"Ehm."

"Cosa?"

"Vai dritto! Sei tu che devi guidare! Un po' più al centro," dirigeva Takada, "di lato c'è il canale. E là davanti... fermati!... c'è un semaforo!"

"E allora?"

"È rosso."

La fronte imperlata di sudore, valutai il traffico. Sulla strada a più corsie in cui avremmo svoltato, le macchine avanzavano lentamente verso la loro meta. Per fortuna era l'ora di punta! A quella velocità sarebbe stato più facile immettersi. "Quando si guida è fondamentale sentirsi parte del flusso." Ricordai la voce gentile del mio istruttore. Manteneva sempre la calma, e se stavo troppo vicina al veicolo davanti o non rispettavo una precedenza, toccava delicatamente il freno o muoveva altrettanto delicatamente il volante. "Si può sapere di cosa ha paura?" Una volta – dopo un normalissimo sorpasso su una superstrada, durante il quale però avevo chiuso gli occhi terrorizzata e avevamo sbandato finendo quasi contro un camion – ci eravamo fermati in un'area di sosta perché superassi lo shock. L'istruttore, un uomo sui quarantacinque anni con marcate rughe di espressione intorno alla bocca e agli occhi, benché lo avessi visto solo sorridere e mai ridere, aveva preso due lattine di caffè a un distributore automatico, e avevamo chiacchierato un po' seduti sul marciapiede. Era autunno. Alle nostre spalle c'era un arbusto d'acero rosso fuoco. Un grillo cantava. Perfino lì, in mezzo al rumore e ai gas di scarico, cantava.

"Si può sapere di cosa ha paura?"

"Paura?" Non capivo la domanda. Accusavo lo stress, quello sì. Il multitasking – guardare, schiacciare la frizione, cambiare marcia – mi sfiniva. Ma paura?

"Vede, guidare una macchina non è una grande arte. Ormai faccio l'istruttore da vent'anni, e non è mai successo che qualcuno non riuscisse a muoversi nel flusso."

"Intende..."

"Esattamente! Quando guida non deve pensare solo a se stessa, deve tenere conto anche degli altri e anticipare le loro mosse. Cosa fa quello *davanti*, cosa fa quello *dietro* di lei? Cosa fa quello alla sua *destra*, cosa fa quello alla sua *sinistra*?

Deve immedesimarsi in ognuno di loro. Immagini che sia una partita di softball! In definitiva, guidare è la stessa cosa. Uno lancia, uno riceve, uno corre, uno si inserisce."

Tutto a un tratto mi sarei messa a piangere. Il cielo autunnale era alto e vasto. Al canto del grillo si era unito il richiamo di un uccello. Un pullman turistico ci sfrecciò davanti. E il caffè troppo dolce era stucchevole.

"Niente paura!" L'istruttore aveva sorriso. "Non c'è peggior passeggero della paura. Non lo lasci salire."

Alla fine superai l'esame, anche se per il rotto della cuffia, da allora però avevo guidato una macchina solo quattro volte e mezzo. La cosa andava di pari passo con il numero di appuntamenti che avevo avuto.

Se almeno sulla strada ci fossi stata solo io! Ogni tanto lo sognavo. Noleggiare una cabriolet e scorrazzare dall'una alle quattro del mattino per la città deserta! La mano sul cambio! Il vento tra i capelli! Ma era un sogno troppo costoso per poterlo realizzare, e in genere all'una dormivo già.

"Tesa?"

"Sì, e neanche poco!"

Takada mollò la maniglia e rovistò nel cassetto del cruscotto, facendo cadere gli oggetti più svariati. Tra cui il rasoio elettrico del signor Sakai, un paio di calzini, un cd di bossa nova e perfino uno spazzolino da denti!

"Per la tua fronte," disse porgendomi un fazzoletto di carta che aveva scovato in fondo, tra il deodorante e il collutorio. "Sei sudata."

"Grazie."

Piano piano mi rilassai un po'. Non avevo ancora investito nessuno, e fuorché azionare per sbaglio i tergicristalli anziché mettere la freccia, non commisi altri errori. O meglio: non ne commisi finché rimasi sulla stessa corsia. Appena fui costretta a cambiarla, ricominciai a sudare.

"Non mi lasciano passare," mi lamentai.

"E se provassimo con il contatto visivo?"

"Ok, tu fai un cenno e io guardo."

Funzionò.

La signora con la Daihatsu verde pastello annuì brevemente, poi rallentò e si creò uno spazio vuoto.

"Sistema a cerniera! Non è un'espressione che meriterebbe di essere conservata? Due corsie confluiscono in una, e nel punto in cui la carreggiata si restringe, ci si immette alternandosi."

Takada scrisse qualcosa. "*Grazie*," lesse a voce alta, "*sistema a cerniera*."

"Perché grazie?"

"Per il collegamento. Ricordi? Mi sembra che certe parole riescano a stare anche da sole e certe invece siano orfane se non le scrivo abbinate ad altre."

"Orfano, per esempio."

"No." Takada scosse con decisione la testa. "Questa è una delle parole che riescono a stare anche da sole."

Mi arresi. Spaccare il capello in quattro era tipico dei nerd. Quale parola – se non orfano – poteva essere orfana?

Quando finalmente scendemmo, ebbi l'impressione di essere davvero arrivata sulla luna. Feci qualche passo traballante. Come se non esistesse più la forza di gravità. Ero un budino di gelatina che fluttuava!

"Che aspetto ho?" domandai a Takada, ma lui non voleva dirmelo.

"Dai, dimmelo!"

"Quello di un astronauta che se l'è appena fatta sotto."

"Davvero non vuoi scrivere un romanzo?"

"Un giorno o l'altro... forse... non lo so." Sfregò gli indici sui pollici. Io distolsi lo sguardo, ma poi guardai di nuovo. In quell'istante tornò la forza di gravità.

***

Nell'Home Center, un misto tra Ikea, negozio di fai-da-te e grande magazzino, c'era odore di legno e vernice. Mia madre amava quel genere di posti e non appena trovava qualcosa in saldo con cui ingombrare casa, per esempio l'ennesima lunch box, se lo accaparrava al volo. "Può sempre servire," diceva. Forse era per questa ragione che io invece odiavo quel genere di posti. Quante lunch box usava mia madre? Nemmeno una! Da quando mia nonna non era più autosufficiente – ormai dovevano essere più o meno cinque anni – non pranzava fuori praticamente mai e, nei rari casi in cui lo faceva, usava sempre la stessa lunch box, scalcinata, con il coperchio ammaccato e la fascia elastica sformata. A quel ricordo la mia riluttanza si risvegliò. Lunch box e teli da picnic erano il simbolo di qualcosa. Ma di cosa? Non trovavo la parola. Chissà se Takada ne aveva una. Anche lui sembrava a disagio. Subito dopo aver oltrepassato le porte scorrevoli automatiche, si era tirato la tenda di capelli sugli occhi ed era diventato taciturno tanto quanto io ero diventata loquace.

"Nauseante," gemetti. Dagli altoparlanti uscivano le note di un ukulele. "L'estate è vicina! Voglia di campeggio? Oggi il trenta percento di sconto su tutto il nostro assortimento outdoor!" Gli annunci erano inframmezzati dal rumore del mare. Una coppietta di fidanzatini si sdraiò dentro una tenda panoramica in esposizione che prometteva una vista sulla Via Lattea. *Dormire sotto le stelle!*, diceva un cartello. Passando, gli assestai una spallata.

"Guarda quell'elefante!" Una famiglia con i bambini piccoli provava alcune sedie da campeggio. Il padre – con la stazza di un lottatore di sumo – si accomodò su un modello king size. "Scommettiamo che non riesce a rialzarsi? Ma l'importante è che ci sia il portabicchiere per la birra tiepida presa dalla borsa termica! Quella te la danno gratis insieme alla sedia!"

Takada tacque.

"Benvenuti nel paradiso del cittadino medio!" Eravamo arrivati alle lampade solari. "Non può fare a meno della lampada solare! E accanto, lo sapevo, ecco i nani da giardino! Mi viene da vomitare! Andiamo via!" Ripresi a camminare, rabbiosa. Takada mi venne dietro. E mentre percorrevamo i corridoi, proseguii il monologo a ruota libera che da un certo momento in poi – quasi certamente dall'avvistamento dei nani da giardino – andava avanti da solo, come per inerzia.

"E comunque cosa ci facciamo qui? Ah, già. Il signor Sakai vuole fare un picnic. *Lui* vuole fare un picnic. Benissimo. Che lo faccia, se la cosa lo rende felice. Ma deve per forza rendere felice anche *me*? Non conosco quella gente! Perché mi dovrei sedere su uno stupido telo in uno stupido parco sotto uno stupido albero con gente che non conosco? È una coercizione alla felicità! Non ho la minima voglia di sorbirmi queste fesserie. Noi, noi, noi! Non c'è nessun noi. Lavoriamo insieme, punto. E *io* penso che *noi* non siamo tenuti a passare insieme anche le domeniche. Non siamo una famiglia."

Takada si era fermato di colpo. Non me ne accorsi subito, perché nella foga che ormai si era impadronita di me, avevo continuato a marciare con i paraocchi. Quando mi voltai verso di lui, lo vidi immobile davanti alle lampade solari. Dovevamo aver girato in tondo. Pure! Non saremmo mai usciti da quell'inferno, pensai.

"Qualcosa non va?" domandai.

Takada era come impietrito. Avvicinandomi, notai che aveva trovato i teli da picnic, nello scaffale tra i nani da giardino e i fornelli a gas. Me li indicò. Erano sull'ultimo ripiano in basso. "Figuriamoci!" Stavo per perdere di nuovo le staffe. In posti come quello erano sempre in anticipo di una stagione! Ma lui si era già chinato e tirava fuori i teli – tutti – uno dopo l'altro.

"Ehi, smettila! Ne bastano due. Il signor Sakai ha detto espressamente..."

Un commesso venne verso di noi. "Posso aiutarvi?" chiese, osservando con diffidenza la montagna di teli accatastati ai miei piedi. "Avete grandi progetti!" commentò.

"Sì," rispose Takada con voce allegra. Sembrava contento. "Organizziamo un picnic."

"Capisco," farfugliò il commesso, e batté in ritirata.

"Buon *hanami*," gli augurò Takada.

"Hai finito con questa commedia?" Sollevata che il commesso non avesse fatto altre domande, tirai il fiato. "È imbarazzante!" sbuffai.

"Imbarazzante, eh?"

"Va bene! Ho capito." Risi dalla disperazione. Perfino con i capelli davanti alla faccia, si vedeva che gli occhi di Takada mi stavano fulminando. Mi squadravano con freddezza. Per un attimo mi ricordò Kōtarō067. C'era lo stesso disprezzo nel suo sguardo? Sarei stata cancellata un'altra volta?

Ma no. Mi ero sbagliata.

"Se non ti va," disse solo Takada, "resta a casa. Datti malata. *Who cares?* Nessuno sentirà la tua mancanza. Tranne il signor Sakai, ovvio! Lui sì, perché è uno svitato! Ma a parte lui? A chi mancherai?" Con gesti ostentati rimise nello scaffale il primo telo della pila.

Il mondo gira anche senza di me. Messaggio ricevuto. Se non mi piacevano i nani da giardino era un problema mio. Nessuno mi obbligava a comprarli.

Alla cassa incrociammo la famiglia con i bambini piccoli. Il padre si era infilato sotto il braccio le sedie da campeggio ripiegate, come fossero bastoni. Il modello king size non c'era. Avevano optato per il più economico set da quattro senza il portabicchiere. Mortificata, li ascoltai parlare tra loro. "Preferite andare al mare o in montagna?" I bambini volevano i würstel alla griglia.

Mi dispiace. Avevo le scuse sulla punta della lingua. Ero

sicura che Takada le avrebbe accettate. Non mi avrebbe umiliata. Ma anche se era proprio dietro di me, non ebbi nemmeno il coraggio di voltarmi. Lavoravamo insieme, nient'altro. Non ci conoscevamo. Il nostro compito era comprare due teli da picnic, e noi lo svolgevamo. Il territorio era ben delimitato.

***

Il giorno del picnic presi seriamente in considerazione di darmi malata. Tuttavia, il motivo non era la mia riluttanza. Kōtarō067 mi aveva mandato un messaggio. Mi chiedeva come stavo. *Long time no see*, scriveva, e che aveva riflettuto. *Scaricarti è stato uno sbaglio. Ora lo capisco. Mi perdoni?*

Non risposi.

Pochi minuti dopo arrivò il secondo messaggio. *All'hanami? Oggi?*

Cosa gli diceva il cervello? Passava dal ghosting allo stalking come se nulla fosse? O pensava davvero quello che aveva scritto e gli rimordeva la coscienza? Gli esseri umani sono imprevedibili. Sono profondi e oscuri. E guardare nel cuore di qualcuno significa avventurarsi nella profondità e nell'oscurità che ha dentro. Volevo farlo? Ero indecisa. Eccola lì, la possibilità di un lieto fine! Sarebbe bastato digitare *Ok*. E se mi cancellava un'altra volta? Fissai a lungo lo schermo nero del cellulare. Gli esseri umani sono complicati. Spesso non sanno nemmeno loro cosa pensano o cosa provano. Spesso pensano solo che stanno pensando qualcosa o provano solo che stanno provando qualcosa, e se due di loro si incontrano, le incomprensioni sono assicurate.

Mi venne in mente Takada. Quando eravamo risaliti sul furgone per tornare in ufficio, non avevamo fatto parola dell'accaduto. Ma non nel senso che eravamo rimasti in silenzio imbronciati. Al contrario. Era stato tutto come sempre, con la leggera differenza che era appena successa una cosa di cui non parlavamo. Nessuno colse quella differenza. Tranne noi. Continuavamo a lavorare insieme, a scherzare e a fare gli stupidi, ma non toccavamo più certi argomenti, per esempio i suoi appunti. Peccato. Per quanto il mio interesse nei loro confronti fosse limitato, mi avevano anche incuriosita. *Grazie, sistema a cerniera.* Ripensandoci mi immaginai perfino di aver colto il collegamento che metteva in relazione le parole tra loro, ma ormai che importanza aveva? E che importanza aveva in generale? Avevamo perso un riempitivo. Lo avremmo rimpiazzato con un altro. Per me potevamo anche parlare del tempo. Con il brusco aumento delle temperature, la cicatrice sul polpaccio aveva cominciato a prudermi. Non poteva essere un argomento di conversazione?

Alla fine, mentre ancora fissavo lo schermo nero del cellulare, mi decisi. Quel giorno sarei andata all'*hanami*. Ma non con Kōtarō067. Lui era un capitolo chiuso.

Nel parco, dove arrivai con un certo ritardo, c'era già un gran movimento, e non fu facile aprirsi un varco in quella calca, tanto più che avevo un sacchetto di plastica per mano. Avevo comprato i tramezzini. Uovo e cetriolo. Non avevo voluto rischiare preparandoli io. Quanto burro era "una noce" di burro? Quanto sale era "un pizzico" di sale? E se poi rimanevano lì perché non piacevano a nessuno? Preferivo non competere con la moglie di Yamamoto e i suoi *onigiri* alla bottarga. Rosa Pallido a Pois Bianchi era chiaramente di una categoria superiore alla mia. Nel mio vestito di lino grigio tortora, un semplice caftano, mi facevo largo tra la folla eterogenea, esseri umani imprevedibili e complicati, pensai, quando qualcuno gridò: "Signorina Suzu!". Aveva qualcosa in bocca. Questa volta masticava davvero una coscia di pollo. Voltandomi, vidi il signor Sakai che agitava entrambe le braccia come un naufrago. "Venga!" mi chiamò. "La stavamo aspettando!" La fila avanzò in fretta. L'addetta all'accoglienza del *sentō* mi versò un bicchiere di *sake*. Sul momento non l'avevo riconosciuta, non ero abituata a incontrarla fuori dai bagni pubblici, ma l'ombretto lilla la tradì.

Si sentiva una sommessa musica folk. Il signor Sakai aveva invitato un duo di chitarristi. Vecchi compagni di università con cui un tempo suonava anche lui. I presenti ripresero le conversazioni interrotte dal mio arrivo. Molti di loro avevano a che fare con il nostro lavoro nell'accezione più ampia del termine. I miei vicini di posto erano un addetto alla preparazione delle salme e un'impiegata della previdenza sociale. Insieme a un monaco e a un rappresentante di detersivi, formavamo un gruppetto a sé. Il monaco, che credevo si sarebbe dilungato sul cambiamento delle stagioni, si rivelò un fan sfegatato dei Beatles. Anziché della caducità dell'essere, blaterò della sua collezione di vinili che comprendeva più di cento dischi, ma stringi stringi il risultato fu lo stesso. I chitarristi gli dedicarono *Michelle*. Era la sua canzone preferita. Grattandosi la testa rasata disse: "Nella mia prossima vita voglio farmi crescere i capelli alla paggetto".

"Significa che vuole rinascere?" L'impiegata era sbalordita. "Credevo che i buddisti aspirassero al nirvana."

"Temo che per quello sia troppo tardi. Sono attaccato ai miei dischi."

Il rappresentante suggerì: "Potrebbe tentare con una terapia. Probabilmente la sua mania del collezionismo è curabile".

"Sì, certo, ma come la mettiamo con i capelli?"

"Perché non se li fa crescere adesso?" L'idea era venuta al necroforo. "In questo modo non dovrebbe sprecare ben due vite. Oggi capelli alla paggetto, domani illuminazione. Mi segue?"

"Ecco, temo che sia troppo tardi anche per quello. Ormai non mi crescono più molto."

"Una parrucca, allora? Da usare ogni tanto, nel tempo libero."

"Ci ho provato," confessò il monaco.

"E?" L'impiegata trattenne il fiato.

"Disgraziatamente ho il viso troppo tondo. Mi stava malissimo."

Ridemmo. Gli esseri umani sono strani. Imprevedibili, complicati ed estremamente buffi. L'impiegata, con le lacrime agli occhi dalle risate, si aggrappò al mio braccio scossa dai singulti, e il rappresentante, l'unico rimasto serio, la mise in guardia preoccupato: c'era gente a cui era scoppiata una vena per il troppo ridere.

"Ma non mi dica!" Il monaco smise di colpo. "Esiste una terapia? Ridere è curabile?" domandò preoccupato.

"Probabilmente," rispose il rappresentante, e le risate ricominciarono.

I miei tramezzini non riscossero un grandissimo successo. Mentre gli *onigiri* alla bottarga di Rosa Pallido a Pois Bianchi andarono a ruba e le polpette di carne di Master Shen, che cuoceva al momento su un fornello a gas portato per l'occasione, venivano spazzolate in un baleno, quasi nessuno aveva toccato i miei tramezzini. Forse non avrei dovuto metterli su un lato del buffet. Tra l'altro, in mancanza di spazio, erano finiti con le bevande e lì erano rimasti, sempre più bianchicci e meno invitanti nella prima luce del tramonto.

"Permette?" Come in uno speed date, ci scambiavamo di posto a intervalli regolari, e l'ultima che si era seduta accanto a me era Asuka, la figlia di Mrs Manolesta. "Suzu-san, giusto?"

Annuii, colpita. Il signor Sakai aveva definito Asuka "una donna incantevole": in realtà era di una bellezza straordinaria. Alta e snella, con lunghi capelli lisci raccolti in una treccia, incarnato uniforme e denti bianchissimi, di un bianco splendente, attirava su di sé tutti gli sguardi. Grosso modo quello era l'aspetto che doveva avere Kaguya-hime, la principessa della luna.

"Mia madre mi ha parlato di lei e, dopo quanto ho sentito, volevo dirle che le sono veramente grata," esordì.

Balbettai qualcosa sul fatto che non ce n'era motivo. E non era una frase di circostanza. Davvero non avevo idea di cosa Asuka dovesse ringraziarmi. Nelle settimane precedenti io e Mrs Manolesta ci eravamo incontrate spesso al *sentō*, e visto che in genere in quelle occasioni eravamo nude, tra noi si era creata una certa confidenza. A volte chiacchieravamo. A volte restavamo in silenzio. E ormai accettavo – senza esitazione – le sue caramelle gommose, benché si trattasse di refurtiva. Lei era contenta quando me ne mettevo una in bocca, talmente tanto che non potevo fare a meno di prenderne un'altra. Una sera, nella sala delle docce, mi aveva chiesto senza mezzi termini se poteva toccarmi. Era da tanto che non toccava una pelle giovane, disse. Sua figlia aveva più di trent'anni, e c'era differenza tra una pelle sopra o sotto i trenta.

"Ok, va bene." Ammetto che la bramosia nei suoi occhi mi aveva spaventata. Farsi palpare, per giunta da una vecchia con i seni avvizziti come frutti secchi, non era esattamente il film in cui avrei voluto essere. Ma se serviva a renderla felice... Ebbene, avrei mandato giù anche *quella* caramella!

Lei allora mi aveva posato entrambe le mani sulla coscia. L'aveva massaggiata leggermente. Accarezzata. Stretta. Poi l'aveva lasciata. "È proprio come ricordavo," aveva detto infine. "Soda e compatta, eppure morbida! E così incredibilmente elastica!" Aveva contemplato il mio seno, nostalgica. "Anche il mio un tempo era così!" Non era bramosia! Quella con cui mi guardava era nostalgia! Lei, l'uva passa, guardava con nostalgia il grappolo di moscato che era stata. In quell'istante avevo sentito un formicolio in tutto il corpo. Come se si fosse verificato un transfert. *Lei* aveva appena riconosciuto la consistenza al tatto che aveva avuto la sua pelle in passato, e *io* avevo appena conosciuto la consistenza che le mie mani da settantenne avrebbero avuto in futuro. Sarebbero state ruvide e fredde.

***

"Suppongo che ne sia a conoscenza." Asuka sospirò. "Purtroppo mia madre rientra in quella categoria di persone che è difficile far ragionare, e per di più è un'egoista. Quante volte le ho proposto di trasferirsi da me! Staremmo un po' stretti, e per via dei miei turni di lavoro spesso rimarrebbe da sola, però sarebbe sempre meglio di una cella. Anche Shun'ichi, il mio fidanzato, la pensa come me. È pronto ad accoglierla a casa nostra. Ma indovini cosa risponde lei? 'Voi giovani avete la vostra vita!' Certo, come no! Una vita con la paura costante di ricevere una telefonata della polizia. Se almeno rubasse gioielli, cosmetici o borse firmate! Invece rischia la libertà per delle caramelle. *Caramelle*," ripeté. "E se continua così non perderà solo quella. Sono sul punto di abbandonarla al suo destino! Me ne vergogno, ma non vedo altre vie d'uscita. Con la sua fissazione di trascorrere la vecchiaia in galera, punisce anche me. Sostiene di non voler essere una palla al piede. Ma sa una cosa? Non solo è una palla al piede, è anche una pietra al collo. È già abbastanza dura finire il turno e dover fare i conti con un negoziante giustamente infuriato. Lo supplico di chiudere un occhio. 'Solo un'ultima volta! Mia madre è pazza,' gli spiego. E non è tutto." Asuka deglutì. Dalle sue ciglia si era staccata una lacrima. "I miei futuri suoceri non sono molto felici alla prospettiva che il figlio sposi la figlia di una criminale, e li capisco. Shun'ichi non condivide le loro riserve, però l'argomento crea attriti anche tra noi. Evitiamo di parlarne. I nostri punti di vista sono troppo diversi. Ma si sa come funziona. Non basta ignorare una cosa perché sparisca. Rimane lì. Per Shun'ichi, comunque, la faccenda è chiara: siamo tutti adulti e in grado di prendere le nostre decisioni. 'Se tua madre non accetta l'aiuto di nessuno,' dice, 'deve pagarne le conseguenze. Smettila di sentirti responsabile per lei. *Lei* è *lei*, e *tu* sei *tu*.' Una parte di me è d'accordo. L'altra invece, la bambina che senza la mamma si sente perduta, vorrebbe afferrarla per le spalle e scuoterla finché non rinsavisce. Quanto tempo ci rimane?, vorrei chiederle."

Per un po' guardammo l'albero sotto cui eravamo sedute. Un'improvvisa folata di vento fece planare a terra qualche fiore. Un'esclamazione di sorpresa percorse la folla. Alcuni applaudirono.

Se Asuka fosse stata il vento e Mrs Manolesta l'albero! Fu il pensiero di un momento, subito sostituito da altri. Gli esseri umani sono tristi, pensai.

"Lei è una buona ascoltatrice, e non lo dico per adularla, Suzu-san. Mi limito a ripetere le parole di mia madre."

Ma no. Mi schermii con un gesto imbarazzato.

"Dice che ha il talento di ascoltare qualcuno prendendo atto di come è fatto, senza volerlo cambiare. Vorrei riuscirci anch'io. Con mia madre pretendo sempre di sapere cosa dovrebbe fare e come, e succedeva anche prima, quando aveva ancora un'esistenza normale. Evidentemente, non ho mai accettato fino in fondo che non sia solo una madre ma anche una donna, con una vita a sé. La ringrazio di essere così paziente con lei."

A quel punto ci scambiammo di nuovo i posti, e Yamamoto, che stava già aspettando di sedersi accanto ad Asuka, mi spinse via senza tanti complimenti: ebbi appena il tempo di augurarle goffamente buona fortuna. Rosa Pallido a Pois Bianchi non mostrò il minimo disappunto per l'entusiasmo del marito. Era troppo impegnata a tenere a freno il piccolo Kenta. Si arrampicava tutto contento addosso a Mrs Manolesta, rischiando di strozzarsi con una caramella gommosa. Lei lo prese in braccio con delicatezza e gli diede due o tre colpetti sul petto.

***

Ora il parco era gremito di gente, e i miei tramezzini erano stati spazzolati via tutti tranne uno. L'ultimo se lo accaparrò un ubriaco, che nel frattempo si era unito a noi. I chitarristi suonavano senza sosta. In linea con il calar della sera, erano passati a un samba frizzante, e il signor Sakai, che all'inizio si faceva pregare, si era lasciato convincere a esibirsi in un assolo. Pizzicò le corde a titolo di prova. "Chissà se sono ancora capace," mormorò mentre regolava le chiavi. Un paio di esercizi di riscaldamento. Un paio di giri, un paio di riff. Poi però – dopo essersi sgranchito un'ultima volta le mani ossute – partì con un pezzo inaspettatamente complesso. Sbagliò parecchie note. E dai nostri vicini di picnic si alzarono altrettanti "Buu". Lui però continuò a suonare guadagnando sicurezza in pochi accordi, e presto i cori di disapprovazione ammutolirono. Alcuni curiosi si fermarono ad ascoltare. Un uomo con un completo si allentò la cravatta e iniziò a ballare. Si muoveva lentamente, spostando il peso del corpo da una gamba all'altra. Fece una piroetta. Ricominciò.

Cercai Takada. Eccolo là. Si era appoggiato all'albero e ascoltava a occhi chiusi la musica che arrivava fino a lui. Nella mia testa riecheggiarono le parole di Asuka: "Non basta ignorare una cosa perché sparisca. Rimane lì". Dovevo scusarmi con lui. Ma non quel giorno. Ormai era troppo tardi. Il giorno dopo. Forse quello dopo ancora. Dovevo dirgli che non lo pensavo davvero.

Lasciai vagare pigramente lo sguardo.

Che combriccola. Se non fossi andata, mi sarei persa l'ubriaco che russava. Era crollato appena finito di trangugiare il tramezzino. Nessuno dei presenti faceva caso a lui. Quando si fosse svegliato, avrebbe proseguito per la sua strada. Laggiù c'era Suga. Con lui e il suo compagno di *pachinko* avevo parlato di bowling, ed era stata di gran lunga la conversazione meno appassionante della serata.

"Ti piace il bowling?"

"No."

"A me sì."

Fine del discorso. Non ci si poteva trovare a proprio agio con tutti, quanto era vero! In compenso con Master Shen, che ora si arricciava meditabondo il pelo sul mento, mi ci ero trovata anche troppo. Per l'occasione si era preso un giorno libero, cosa che non era successa – mi rivelò – "nemmeno quando zia in Sichuan morta". Allora per gentilezza gli avevo chiesto della sua famiglia, e il risultato era stato una sequela infinita di zii e zie. Con quella moltitudine di zii non solo di primo, ma anche di secondo e terzo grado, soprattutto da parte di padre, non c'era da stupirsi che non potesse chiudere il locale ogni volta che ne moriva uno. Inoltre, le zuppe erano "come sangue". Il suo modo di onorare la memoria dei defunti era attenersi il più fedelmente possibile alle ricette tramandate dagli avi. Le polpette, per esempio, aveva imparato a cucinarle osservando un zio materno morto da poco. "Lui vivere ancora," aveva detto indicando quella che stavo per addentare. Dentro era morbida e sapeva di funghi *shiitake*, cavolo e carne di maiale marinata nella salsa di soia. "Mmm..." avevo commentato, masticando piano. Gli zii sono buoni, avevo aggiunto tra me e me.

Il signor Sakai smise di suonare. Era fuori esercizio, si scusò.

"Macché!" I suoi amici vollero il bis. Insieme intonarono *The Girl from Ipanema*. Quella canzone la conoscevo perfino io, e siccome la conoscevano tutti, incluso l'ubriaco che si era svegliato di colpo, fu un trionfo. Battemmo le mani, chiamando a gran voce un altro bis. "An-co-ra! An-co-ra!" scandì l'impiegata, e per un attimo sembrò che il signor Sakai avrebbe soddisfatto la richiesta. Invece, dopo una breve esitazione, posò lo strumento a terra davanti a sé. "Bisogna sapere quando fermarsi," disse. Dalla sigaretta all'angolo della bocca cadde la cenere, e a guardarlo così, seduto a gambe incrociate che allargava le braccia e si inchinava ringraziando il suo "illustre pubblico", somigliava a Hanasaka-Jijii, il nonno che nella fiaba faceva fiorire gli alberi.

Il tiepido vento primaverile si era rinforzato. Bloccammo i piatti di carta perché non volassero via. La festa, anche se nessuno voleva riconoscerlo, aveva raggiunto l'apice, e da quel momento in poi sarebbe stata solo un susseguirsi di saluti. Gli Yamamoto se n'erano già andati. Anche Mrs Manolesta, che si era lamentata del mal di schiena. Chi sarebbe stato il prossimo? Ora tra i rami si muovevano nuvole grigio scuro. Come per rimandare ancora un po' l'inevitabile fine, il signor Sakai si lanciò in un brindisi dietro l'altro, e mi accorsi che intanto sbirciava con crescente inquietudine l'entrata del parcheggio.

"Cerca qualcuno?" gli domandò a un certo punto il monaco.

"No, no." Il signor Sakai sorrise stanco. "A quest'ora non arriverà più nessuno."

"Eppure lei aspetta lo stesso..."

Il signor Sakai aveva parlato di ventuno inviti. Feci il conto. Oltre a noi dell'ufficio erano venute venti persone. Quindi ne mancava una. L'indecisa? Chiunque fosse, non era riuscito a convincerla.

Subito dopo se ne andò Takada. Si era staccato dal tronco dell'albero, e anche se in tutta la giornata avevamo scambiato solo poche parole, quando si allontanò provai un soffocante senso di abbandono. C'era stato. Lo seguii con lo sguardo finché sparì nel mare di gente che rifluiva verso casa. La sua giacca a vento era una vela. Tra le onde che sciabordavano intorno a lui, sembrò improvvisamente esile e in pericolo.

"Pensa se si potesse sentire. Il rumore dei fiori che sbocciano."

"Come popcorn," risi. "Pop! Pop!"

"O come un jet che rompe il muro del suono. Un botto. Poi il silenzio."

Erano queste le poche parole che avevamo scambiato.

...estate...

"Una troupe televisiva? No, capo. Io dico no."

Suga fu l'unico a sollevare obiezioni, quando il signor Sakai ci comunicò la novità. Un gruppo di giornalisti ci avrebbe accompagnati durante un caso delicato. Il quarantacinquenne Ishikawa Hiroshi era stato trovato morto. Di per sé, nulla di eccezionale. I media non si sarebbero certo interessati a lui se in casa non ci fosse stato anche il figlio Junki, un bambino mentalmente disabile. Questo dettaglio cambiava tutto. Junki aveva resistito per due settimane accanto al cadavere del padre, e quando lo avevano portato in salvo le sue condizioni erano talmente critiche che era stato necessario ricorrere al coma farmacologico. Per due lunghe settimane aveva respirato i gas tossici che vengono rilasciati da un corpo in decomposizione e, tranne un po' d'acqua e di riso crudo, non aveva bevuto né mangiato. Era un miracolo che fosse ancora vivo. Ma non era stato questo dettaglio, da solo, a cambiare tutto. Come emerse in seguito, Ishikawa, contrariamente a quanto era stato ipotizzato, non si era ucciso, e l'elemento che rendeva il caso delicato non consisteva nemmeno nel fatto che fosse morto. Consisteva nel fatto che fosse sparito dalla circolazione. Da circa tre anni, lui e il figlio erano usciti dal "sistema". Dalla sera alla mattina, Ishikawa aveva interrotto tutti i contatti, e al momento gli inquirenti stavano cercando di capire cosa fosse successo.

"La gente ci vedrà?" domandai.

"Direi che è lecito aspettarselo. Per lei è un problema, signorina Suzu?"

Pensai ai miei genitori. Non sapevano ancora niente del mio attuale lavoro e non lo avrebbero scoperto tanto presto. Li avrei rivisti solo a Obon. La Golden Week l'avevo trascorsa dormendo. E se accendevano il televisore e mi vedevano pulire il contenuto dell'intestino e della vescica di Ishikawa Hiroshi? Si sarebbero mai ripresi dallo shock? D'altro canto, intabarrata com'ero fra tuta protettiva e maschera integrale, era piuttosto improbabile che mi riconoscessero, e a quanto ricordavo non erano grandi fan dei docureality. Guardavano trasmissioni sportive e programmi di cucina. Quindi no, per me non era un problema.

Yamamoto era elettrizzato. "Andremo in televisione! Devo raccontarlo subito a mia moglie. Rimarrà a bocca aperta," esultò, e iniziò subito a scrivere un sms, vari sms, perché voleva informare anche gli amici del motoclub. Che guidasse una moto mi era arcinoto. Non perdeva occasione di vantarsi della *sua* Suzuki e quando dopo il lavoro partiva sgommando, lo faceva con un rombo extraforte. Aveva trafficato con la marmitta. Che fosse membro di un club di motociclisti, invece, mi giungeva nuovo. Mi pareva assurdo il fatto stesso che esistesse una roba simile. Capivo le gang. Loro si spaccavano la testa a vicenda. Ma i club? Guidare una moto era un'attività che normalmente si faceva da soli. A cosa serviva un club?

"E lei, Takada? Che ne dice?"

Lui si strinse nelle spalle. "Ok," rispose soltanto. La faccenda sembrava lasciarlo indifferente. Tra l'altro, negli ultimi tempi era un po' distratto. Aveva l'aria stanca, e sotto i suoi occhi si erano formati due solchi neri. Quasi certamente dormiva troppo poco. Da quando le temperature erano salite eravamo oberati di lavoro, e non passava giorno senza che il cellulare del signor Sakai suonasse. Anche più volte al giorno. Il caldo di inizio estate favoriva lo sviluppo degli odori, e anche l'attività delle mosche aumentava. Ricoprivano i vetri delle finestre come tende nere. In più, quella pioggia continua! I luoghi del ritrovamento dei cadaveri si trasformavano in camere di vapore nelle quali versavamo fiumi di sudore, e con molta probabilità – supponevo – il disinteresse di Takada era da ricondurre a questo.

"Siamo quattro contro uno," tirò le somme il signor Sakai. "Mi dispiace, Suga. Comprendo le sue remore. Anch'io rifuggo dalle luci dei riflettori, e lungi da me volerci presentare come eroi armati di scopa e straccio, ma è pur sempre un'occasione unica per far conoscere il nostro mestiere al grande pubblico. Inoltre la vicenda è già sulla bocca di tutti, perciò non stiamo infrangendo il nostro codice di riservatezza e, chissà, magari riusciremo a sensibilizzare le persone al fenomeno del *kodokushi*."

"È proprio un ingenuo."

"Trova?"

"Crede davvero che alla gente interessi il nostro mestiere? Gli interessa Ishikawa. Vogliono farlo a pezzi."

"Allora è nostro dovere assicurarci che ciò non accada."

"Non contate su di me," sibilò Suga. Aveva serrato i denti e, per chiarire la sua posizione, se ne andò infuriato, tanto che per poco non finì contro una delle pile di scatoloni accatastati intorno alla scrivania del signor Sakai.

Calò un silenzio teso. Si sentiva solo il rumore della pioggia. Dal rumore emerse un brusio di voci. Yamamoto disse qualcosa. O fu il signor Sakai a dire qualcosa? Per un attimo persi l'orientamento. Sopra e sotto, cielo e terra. La pioggia era una parete di stringhe. Univa il cielo e la terra. Che dipendesse da quello? Dallo scroscio incessante che li univa? All'improvviso mi apparve un'immagine. *Io, inginocchiata accanto alla bara di mio nonno. Lo hanno messo nel soggiorno di casa nostra, e quando gli tocco le guance fredde, lo vedo seduto al tavolo da pranzo. Sfoglia il giornale locale, e mentre gira le pagine si inumidisce la punta dell'indice passandoci sopra la lingua. Ha gli occhiali da lettura storti.* All'epoca non dubitai di ciò che vedevo, e con i miei otto anni non mi sembrava strano che il nonno fosse morto *e* vivo nello stesso tempo. Era disteso qui. Era seduto là. Una cosa non escludeva l'altra.

La reazione di mia madre, a cui raccontai la mia esperienza, fu di incredulità. "Te lo sei immaginato," disse, e aggiunse a bassa voce: "È meglio se non lo racconti alla nonna. Altrimenti crederà che lo spirito del nonno se ne vada in giro e starà in pensiero per lui".

Non se ne andava affatto in giro, le spiegai. Era lì. Come noi. Era lì e basta. Ma più io insistevo, più mia madre si indispettiva. "È normale?" la sentii chiedere più tardi a mio padre. "Suzu non ha versato una lacrima per il nonno, e sì che era la sua preferita, e ora sostiene di averlo visto. Perché si inventa una cosa simile? Non le do abbastanza attenzioni?"

"In effetti la penso più o meno uguale," disse mio padre. "Suzu è terribilmente..." cercò il termine, "...diversa," concluse infine.

In seguito vidi mio nonno molte altre volte. Il suo corpo era stato cremato. Nondimeno lo vedevo di pattuglia fuori casa, con i mutandoni e la fascia scaldareni che indossava anche nelle miti sere d'estate. Oppure lo vedevo affacciato alla finestra nella luce abbagliante del mattino. Davanti alla scacchiera dello *shōgi* mentre sistemava i pezzi. La sigaretta in bocca. Non era spaventoso vederlo. La sua apparizione non mi faceva paura. Era familiare quanto l'odore di brillantina e naftalina che emanava. Ogni tanto mi appariva nel completo con cui era stato cremato. La placca di madreperla era sopravvissuta al fuoco. Era rimasta intatta e immacolata, e continuava a luccicare come se non si fosse fusa. Luccicava in tutte le sfumature possibili, quasi per sfidare il fatto che il suo bagliore fosse sparito dalla faccia della terra.

Piano piano la figura di mio nonno iniziò a svanire. Diventò più indistinta, e riuscivo a intravederlo solo con la coda dell'occhio, non guardandolo direttamente. Finché, dopo un paio di settimane, non lo vidi più.

Non lo dissi a nessuno. Se non mi credevano i miei genitori, chi avrebbe dovuto farlo? Sapevo cosa avevo visto. Lo sapevo solo io. E non mi importava se una "cosa simile" esisteva oppure no. Per me quegli avvenimenti erano stati reali. Tuttavia non ne parlai, e dato che le avevo tenute chiuse nel profondo, quelle immagini erano sbiadite sempre di più. Mia nonna non avrebbe mai saputo che era stato il nonno a soffiarle sulla nuca mentre cucinava. "C'è uno spiffero," si era lamentata, e tutto sommato non si sbagliava. Lo spirito del nonno non era stato più di un leggero refolo d'aria. Un attimo c'era e l'attimo dopo se n'era già andato. Lo aveva portato via una folata di vento più forte, e di lui rimanevano solo i ricordi, che un giorno sarebbero stati spazzati via nello stesso modo.

"Signorina Suzu!" Il signor Sakai schioccò le dita. "Sta sognando a occhi aperti? Partenza, ho detto. Forza! O ha intenzione di piantarmi in asso anche lei? Porti il mio bambino all'autolavaggio, per favore. E vorrebbe essere così gentile da passare l'aspirapolvere sui sedili? Non sia mai che facciamo una cattiva impressione a quelli della televisione."

"Signorsì!" mi uscì di bocca. Dov'ero? Ah, già. Ero nell'ufficio del signor Sakai, e stavamo parlando del caso Ishikawa, che i media avevano ribattezzato "il caso del Cavalluccio marino". Suga era andato su tutte le furie e ci aveva mollati. E pioveva. Il mio sguardo si posò brevemente sul disegno a china appeso alle spalle del signor Sakai. Il contadino si stava ancora arrampicando sul fianco della montagna. Il suo arrivo era incerto. Si trascinava faticosamente, e mi sembrò di sentirlo ansimare. Ma ero io. Tutto a un tratto ero partita di corsa.

***

Quando ci ritrovammo all'indirizzo di Ishikawa in attesa della troupe televisiva, eravamo al completo. All'ultimo secondo Suga aveva deciso di unirsi a noi. Non motivò quel ripensamento, ma era chiaro che non era venuto perché aveva cambiato idea. Guardava fisso davanti a sé con aria truce. Se fosse stata una gara, sarebbe di certo arrivato primo, e Yamamoto, che per scherzo propose di farne una, si zittì immediatamente vedendo la sua espressione di pietra.

Eravamo tutti nervosi, compreso Takada, che per l'occasione era perfino andato dal barbiere. Destra-sinistra, destra-destra, sinistra-sinistra. Più o meno in quest'ordine, si sfregò le unghie e sollevò i pollici controluce socchiudendo gli occhi.

Il sole si era nascosto dietro grigie nuvole di pioggia. Cadeva un'acquerugiola sottile. Nessun cielo radioso per il nostro debutto in televisione, ma del resto sarebbe stato inopportuno. Eravamo davanti a un condominio alla fine di una strada senza uscita. Sulle cassette della posta ammaccate mancavano le targhette con i nomi, e una scala esterna arrugginita portava ai vari piani. Sui gradini c'erano un *manga*, qualcosa che somigliava a del pane zuppo e uno stivale da cowboy – solo uno. Dov'era finito il secondo? Alla ringhiera era appoggiata una bicicletta da bambino.

Negli ultimi giorni erano trapelati sempre più dettagli. Ishikawa era un padre single. La moglie lo aveva lasciato poco dopo il primo compleanno di Junki. La disabilità del figlio era tale che lei non riteneva "giusto crescerlo". "Non riuscivo a provare sentimenti materni per lui," aveva dichiarato in un'intervista esclusiva. Era truccata in maniera discreta e completamente vestita di nero. "Non aveva il mio odore."

In che senso? L'uomo che la intervistava, anche lui completamente vestito di nero, voleva sapere cosa intendesse di preciso.

"Odorava di metallo."

"Di metallo?"

"Sì. Di metallo freddo," aveva risposto lei. A quel punto si era messa a piangere. "Come si tiene un pezzo di metallo? Come si prende in braccio? Come si culla?"

L'uomo annuiva vago.

Lei riteneva "più giusto" affidare Junki a una struttura. "Ma il mio ex marito si è opposto categoricamente. Anche lui era cresciuto in un istituto e, al contrario di me, stravedeva per nostro figlio. Lo amava."

Dopo che la moglie lo aveva lasciato, Ishikawa si era ritrovato da solo. Per un certo periodo aveva usufruito di un aiuto. Lavorava come autista per una ditta di trasporti e durante il giorno, mentre faceva il giro di consegne, lasciava Junki in custodia a un asilo nido. Il personale segnalò alla Protezione Minori che Ishikawa "non era in grado di adempiere ai doveri paterni". Fu accusato di negligenza. Intervennero i servizi sociali. Quando iniziò il colloquio, Ishikawa perse la testa. Minacciò di uccidersi se gli portavano via il figlio. Aspettarono. Prima Ishikawa doveva calmarsi. Ma quando si ripresentarono, era già sparito dalla circolazione. La ditta di trasporti ci tenne a sottolineare che Ishikawa era un dipendente molto coscienzioso, alla buona, non particolarmente espansivo, ma serio e affidabile. Malgrado il doppio onere, di cui nessuno sapeva nulla, si era sempre presentato puntuale al lavoro. "Non immaginavamo che avesse problemi familiari."

Le indagini per stabilire come Ishikawa fosse riuscito a sganciarsi dal "sistema" portarono alla luce un'odissea lunga anni. Si parlava di documenti falsi, di attività fumose, di alberghetti qui e là. La polizia aveva perquisito l'ultima abitazione di Ishikawa e sequestrato una bella quantità di materiale probatorio. Perciò avremmo trovato un guscio impersonale. Niente lettere. Niente diari. Niente documenti. Niente foto. Solo il calco di qualcuno che aveva vissuto in completo isolamento.

"Ha dato di matto," disse il signor Sakai. "'Non senza mio figlio!' Quando lo hanno minacciato di togliergli la potestà genitoriale, l'animale dentro di lui si è risvegliato. Ed è proprio così che deve essersi sentito, come un animale braccato che si rifugia nella tana a leccarsi le ferite. In seguito, quelli dell'asilo nido hanno ammesso che denunciarlo per negligenza era stato eccessivo. Ishikawa si prendeva cura molto bene del figlio, ma come può farlo appunto un padre single con un lavoro a tempo pieno. È ovvio che non cucinasse ogni sera e mettesse in tavola i Cup Noodles. Da qui, l'accusa di non aver nutrito adeguatamente suo figlio. Avrebbero dovuto fare le debite distinzioni. Una vera tragedia. A volte la gente chiude gli occhi, questa volta ha guardato ma non ha saputo vedere."

Per questo lo chiamavano "il caso del Cavalluccio marino", perché nei cavallucci marini sono i maschi che partoriscono i piccoli. I figli crescono nel ventre dei padri.

"Ora come sta? Junki, intendo." Yamamoto, che di certo pensava al suo bambino, era rimasto parecchio scosso dalla vicenda. Tossicchiava ripetutamente quando il discorso cadeva su di lui, e pronunciava il suo nome sempre sottovoce. Lo sussurrava quasi.

"I notiziari dicono che le sue condizioni si sono stabilizzate. Quanti anni ha adesso?" domandai a tutti e a nessuno.

"È importante?" chiese di rimando Takada. "Fa differenza se ha tre, cinque o sette anni? È disabile." La sua voce era dura. Non lasciava trasparire alcuna emozione. Lo guardammo disorientati. Lui osservava la bicicletta, ignorandoci. Al manubrio era appeso un gagliardetto di Anpanman. *Anpanman! Go!*, c'era scritto sopra. Gli occhi di Takada erano fissi sul gagliardetto, ma sembravano attraversarlo da parte a parte. Anche loro erano duri. Due fessure strette, che – nonostante fossero puntate su qualcosa – riflettevano un terribile vuoto.

"E quindi?" Yamamoto fu il primo a riprendersi. "Cosa vorresti dire con questo?"

"Voglio dire che per lui sarebbe stato meglio se non fosse sopravvissuto. Che sarebbe dovuto morire. Questo voglio dire."

"Meglio se moriva, eh?" Yamamoto aveva fatto un passo verso di lui. "Un bambino di cinque anni! Meglio se moriva?"

In quel momento arrivò la troupe televisiva. "Shhh!" ammonì il signor Sakai. "La discussione la riprenderemo più tardi." Gli si leggeva in faccia che aveva dovuto imporsi di sorridere per salvare le apparenze, di conseguenza lo scambio di saluti risultò breve e poco caloroso. La troupe era formata da un giornalista, il suo assistente e due cameramen. Si misero subito al lavoro. Per prima cosa filmarono le cassette della posta, a lungo e da diverse angolazioni, e sulla scala esterna, che salimmo tutti insieme, filmarono lo stivale spaiato.

"Che razza di topaia," mormorò l'assistente con un'occhiata all'ingresso in cui entrammo. Molti inquilini avevano messo fuori la spazzatura. Inclusa una lavatrice rotta. Vecchi cavi. Il secondo stivale da cowboy era gettato su una poltrona di pelle da buttare. "Da non credere che qui ci vivano delle persone."

"Eppure." Suga non riuscì a trattenersi e ribatté a tono. "Qui ci vivono delle persone. Che lei ci creda o no. Vivono qui."

"Vivevano," lo corresse l'assistente, indicando con un cenno della testa la porta, davanti alla quale ognuno di noi aveva preso il proprio posto. Il sorrisetto ironico che sfoggiava si sgretolò non appena avvertì l'odore. Pesce marcio con glassa al cioccolato. Lo avrei definito così, ed era parecchio tosto anche da lontano.

Cosa poteva significare respirarlo giorno dopo giorno per settimane intere, come aveva fatto Junki? Cosa poteva significare veder colare il padre come era successo a lui? Lo avevano ritrovato ai suoi piedi. Semincosciente, in mezzo alle larve. Aveva coperto il cadavere. Sarebbe mai riuscito a esprimere a parole ciò che aveva provato in quelle due settimane? Probabilmente no. Nessun bambino, sano o disabile, sarebbe stato capace di descrivere le paure che aveva affrontato mentre aspettava che il padre si risvegliasse dal sonno in cui era caduto, e nessun bambino avrebbe dimenticato il buio di quattordici lunghe notti da solo. I vicini, interrogati a proposito di Junki, avevano dichiarato di non averlo mai visto. Ishikawa sì. Ogni tanto lo incontravano per strada. Un tipo non particolarmente espansivo, su questo concordavano con i dirigenti della ditta di trasporti. Però aiutava a portare le borse della spesa e, quando qualcuno glielo aveva chiesto, era andato a prendergli le medicine alla farmacia più vicina. Ma che ci fosse anche un bambino? Impossibile! "Da loro era sempre così silenzioso," disse un vicino. "Non si sentiva volare una mosca." Mai un piagnisteo. Mai uno scalpiccio. Ishikawa doveva aver assillato il figlio, raccomandandogli di fare il bravo. "Se non fai il bravo, ti portano via." Erano state queste le sue parole?

Ci inchinammo. Iniziarono le riprese. A telecamere accese, il signor Sakai recitò il *sūtra* che nel frattempo avevo imparato a memoria anch'io. Poi cominciò a parlare con il morto. "Signor Ishikawa, siamo arrivati," disse. "Suo figlio sta bene. È proprio un bambino in gamba! Può essere fiero di lui."

"Un attimo, per favore!" Uno dei cameramen armeggiò con il microfono sulla tuta protettiva del signor Sakai. "Potrebbe ripetere?"

"Signor Ishikawa, siamo arrivati," ripeté il signor Sakai.

"Stop! Dobbiamo sostituire il microfono."
Dopo un altro tentativo, avevamo la scena.

***

Ciò che trovammo non era il guscio impersonale che mi ero aspettata. Da una parte c'erano i liquidi fuoriusciti dal cadavere di Ishikawa. Era morto sul *futon*. "Un infarto," appurò il signor Sakai. "Stress ed esaurimento." La morte lo aveva colto nel sonno. Dall'altra lui e il figlio erano stati una famiglia, e il fatto che lo fossero stati rendeva l'appartamento una casa, per quanto umile. Gli *shōji* pieni di buchi, che separavano dalla cucina il soggiorno/camera da letto grande sei *tatami*, mi ricordarono quanto da bambina mi piacesse forare con il dito la carta sottile. Alle pareti erano appesi dei disegni. *Papà*, aveva scarabocchiato Junki sotto un groviglio di linee. Quindi il padre gli aveva insegnato a scrivere. Sul tavolino basso era aperto un sillabario *katakana*.

In un posto diverso, la natura morta formata da matite appuntite, pastelli e briciole di gomma da cancellare sarebbe stata meno triste. Anche lì però aveva un che di normale quotidianità. Un mucchio di vestiti da piegare. Animali di peluche. Macchinine con la carica a molla. Una casa di Lego non ancora finita. Su un'asse di legno, Ishikawa aveva segnato ogni tre mesi esatti l'altezza di Junki. Le tacche incise dimostravano che nell'ultimo anno era cresciuto di cinque centimetri buoni. Il giornalista voleva iniziare a girare partendo dalla cucina, dove aveva scovato una meticolosa tabella dei pasti. "Fantastico!" esclamò. "Più toccante di così! Stando alla tabella, il giorno dopo la morte di Ishikawa avrebbero dovuto mangiare pollo fritto e insalata di patate. E guardate come sono ridotte le patate!" Eccitato, indicò un sacco che aveva appena trovato in una credenza. Le patate erano germogliate. I butti attorcigliati sembravano braccia e gambe che cercavano alla cieca un appiglio mentre i tuberi si trasformavano in poltiglia.

"Puah!" L'assistente rabbrividì. "Ti fanno passare per sempre la voglia!"

"Raccapricciante, eh?"

"Le patate dovete tenervele per dopo." Il signor Sakai aveva smesso da parecchio di sorridere. Dal contrattempo con il microfono faticava a salvare le apparenze, e non si sforzava quasi più di nascondere la sua irritazione. "C'è un ordine stabilito," disse in tono severo. "*Prima* viene il luogo del ritrovamento! E rovistare in giro, ricordatevelo bene, è il *nostro* lavoro, non il *vostro*. Avete capito?"

Il giornalista si adeguò. "D'accordo, allora riprendiamo i *futon*."

"Dal momento che il signor Ishikawa è morto in presenza del figlio, non siamo di fronte a un *kodokushi* classico. Ma cos'è un *kodokushi* classico?" Il signor Sakai parlava guardando in camera. "È un fenomeno collegato all'isolamento sociale che..."

"Forte!" lo interruppe il giornalista. "Questo è davvero forte. Però potrebbe avvicinarsi di più alla finestra? Sa, per l'effetto visivo. Inoltre i *futon* dovrebbero entrare nell'inquadratura. Significa che bisognerà spostarli un po' a destra."

"Così?" L'assistente si mosse per seguire l'indicazione.

"Sì, così! Ora uniscili! Crea un'atmosfera più intima. *Padre e figlio insieme. Solo loro due*," declamò il giornalista, disegnando con le mani uno schermo televisivo con il titolo in sovraimpressione. "Spiegazza le coperte. E premi i cuscini al centro! Funziona?"

"Ma," il signor Sakai si era tolto la mascherina, "le avevo detto chiaramente..." Non riuscì a terminare la frase perché in quell'istante, il tempo di un respiro, Takada, che fino ad allora era rimasto in disparte, scattò in avanti. Con un balzo si buttò addosso all'assistente. Per la violenza dell'urto, lui cadde a gambe all'aria sul *futon* di Ishikawa dove, nel tentativo di rialzarsi, si rotolò sulle lenzuola impregnate di liquidi cadaverici. Iniziò una rissa muta. Takada, a cavalcioni sopra l'assistente sdraiato sulla schiena, lo picchiava con una furia incontrollata. *Bam!*, si sentiva. *Bonk!* Sembrava di essere in un *manga*. La scena era troppo surreale perché riuscissi a concepirla al di fuori di un *manga*. Lì c'era il signor Sakai, che piombò come un uccello rapace sui due che si azzuffavano, laggiù il cameraman, che si beccò un cazzotto al mento. Yamamoto si mise in mezzo più volte, ma Takada tirava talmente tanti pugni che ne rimediò uno anche lui. Schiocco di pelle su pelle, *sciak!*, uno schiaffo. *Grrr!* Rumore di denti digrignati. Qualcuno urlò qualcosa. Una maschera volò in aria. Per un millesimo di secondo la stanza intorno a noi sembrò rimpicciolire. Eravamo rinchiusi. L'odore di cadavere avvolgeva i nostri corpi sudati. "Se non fai il bravo!" Per Junki quella stanza era il suo mondo. Lì era rimasto disteso e aveva aspettato che suo padre si muovesse. "Svegliati! Papà, svegliati!" gli aveva sussurrato all'orecchio, e dopo si era addormentato piangendo. Non era forse il suo mondo, quello in cui eravamo rinchiusi? *Crash!* Tintinnio di vetri in frantumi. La stanza ridiventò più grande. Suga aveva afferrato Takada per le spalle. Il giornalista aveva circondato con il braccio il suo assistente in un gesto protettivo. "Ci saranno conseguenze," ansimò. Poi però – *shiin!* – tornò il silenzio. Si sentiva solo il ronzio delle mosche. La pioggerella sottile. Il respiro di tutti noi. Takada, che si era liberato dalla stretta di Suga, trascinò di nuovo il *futon* di Junki al suo posto e sprimacciò il cuscino.

"Quello che volevo dire..." iniziò, rivolgendosi al signor Sakai.

"Nessun problema," minimizzò lui.

"No, mi lasci spiegare! Era meglio se restavano insieme. Se Junki fosse morto..."

"Mmh?"

“Ora non sarebbe solo.” Dalla bocca di Takada si era allargato un balloon. Adesso la sua voce era morbida. Gli tremava. “Chi si prenderà cura di lui?” domandò. I suoi occhi addolciti erano pieni di lacrime, ma non pianse. Si limitò a sbattere le palpebre. Sbatteva le palpebre e lottava contro le lacrime. La sua tuta protettiva era strappata. Aveva i capelli scarmigliati. I guanti macchiati di sangue. Veniva dal naso dell'assistente, che però per fortuna non era rotto.

“Ha combinato proprio un bel disastro!” Il signor Sakai, visibilmente provato dalla mossa da uccello rapace, si accese una sigaretta, e per il momento fu tutto ciò che aveva da dichiarare in proposito. Buttò fuori una grande boccata di fumo, pensieroso. Poi – dopo un paio di tiri – ricominciò a parlare. “Si rende conto che ci saranno delle conseguenze? Non so che farmene di un collaboratore che perde il controllo in questo modo.”

“Sì.” Takada se ne rendeva conto.

“Però un collaboratore che sa cos'è un letto può essermi molto utile.”

“Come? Che significa?” Il giornalista fissò costernato il signor Sakai. “Cosa sarebbe un letto?”

“È il posto dove si dorme. Semplicissimo. Non si mette sottosopra.”

***

Uff.

A fine giornata ero seduta con il signor Sakai da Master Shen, che insieme alle birre ci portò una ciotola di arachidi all'aceto. Gli altri erano andati ognuno per la propria strada. Dopo aver raccolto i cocci di un vaso rotto, raddrizzato gli oggetti che erano stati rovesciati e pulito alla meglio, il signor Sakai aveva annunciato che per quel giorno bastava così. Nessuno era più dell'umore giusto per pulire di fino, tantomeno per cenare insieme, e io stessa ero rimasta solo perché il signor Sakai aveva insistito. Un po' di compagnia femminile gli avrebbe fatto bene, aveva detto. Ne aveva troppo poca.

"Ci denunceranno," ripetei per la centesima volta.

"Ma no!" Il signor Sakai non attribuiva grande importanza alla cosa. "Quel che è fatto è fatto," concluse.

"Vorrei avere i nervi saldi come lei."

"Nervi saldi? Alla sua età non li avevo nemmeno io. Anzi, ero una discreta testa calda... sì, be', da studente almeno... quando ero un *salaryman* ho dovuto rinunciare a quel lato di me, ed è stato un bene. Sono diventato più calmo."

Che il signor Sakai fosse stato un comune impiegato mi sorprese. Non riuscivo a immaginarmelo, con addosso qualcosa che non fossero i larghi pantaloni cargo con un lembo della camicia di fuori. Lui – un colletto bianco in giacca e cravatta? *No way!* "Però lo ero," rise. "E lo sono stato per venticinque anni! Facevo una vita normale da persona normale, e in tutta sincerità a volte mi manca. Mi manca come un oggetto che ho perso e che so che non ritroverò mai più. Era bello averlo. Riesce a seguirmi?"

"Per ora sì."

"Sapeva che molti di quelli che noleggiano un'auto non necessariamente la usano per spostarsi?"

No, non lo sapevo.

"Di recente gli autonoleggi hanno pubblicato uno studio sull'argomento. Si sono accorti che il numero dei chilometri non varia in maniera significativa in rapporto alla durata del noleggio. Risultato: parecchi noleggiano un'auto perché cercano un rifugio. Vogliono sganciarsi da tutto e da tutti. Quindi affittano una macchina, la parcheggiano da qualche parte e... ci stanno seduti dentro."

"Un divertimento costoso!" Pensai al mio sogno di avere una cabriolet e scorrazzare per le strade deserte.

"Sì, ma il punto non è questo. Il punto è la richiesta in

quanto tale. Sempre più persone sentono l'esigenza di un luogo dove poter essere semplicemente se stesse, e mi stupisce che l'urbanistica non ne tenga conto. Che succederebbe se ovunque, a ogni angolo, ci fosse una cella insonorizzata in cui sedersi e riflettere? Forse le persone sarebbero più equilibrate. Ma ho perso il filo. Perché le sto dicendo questo?" Il signor Sakai prese una generosa sorsata di birra e buttò giù le arachidi che stava sgranocchiando. Mangiare e contemporaneamente parlare, bere e fumare era una sua specialità, e ormai non mi chiedevo più come ci riuscisse. Ci riusciva e basta.

"Stava parlando della vita normale che faceva."

"Giusto. Facevo la normalissima vita di un *salaryman* sposato e con due figli che erano diventati grandi. Ed ero felice. Non mi mancava nulla. Sia nella famiglia sia nel lavoro, avevo raggiunto tutto quello che potevo raggiungere. La casa in periferia, avevo finito di pagarla. La promozione a caporeparto, ce l'avevo in tasca. Eppure! *Eppure*," sottolineò il signor Sakai, "un giorno mi ritrovai seduto in un'auto a noleggio parcheggiata." Il signor Sakai con moglie e figli in una casa in periferia, riuscivo a immaginarmelo ancora meno che in giacca e cravatta. Avevo sempre dato per scontato che fosse uno scapolo impenitente, perciò dovetti incamerare la nuova informazione. "Me ne stavo seduto lì," continuò lui, "e, lo dico subito, non è che mi ponessi grandi domande esistenziali. Ero vicino ai cinquanta, quello sì, avevo messo su un po' di pancetta, e ogni tanto la nostalgia assaliva anche me, quando ripensavo ai miei ambiziosi sogni di gioventù. All'epoca volevo cambiare il mondo. Insieme ai miei amici di chitarra avevo progettato la comune perfetta. Agricoltura biologica e roba simile. Ma non era quello che non mi dava pace. Non ero afflitto perché non raccoglievo con le mie mani le patate dolci dalla terra né desideravo una Porsche rosso fiammante. Non volevo scambiare mia moglie con una ventenne. Eppure! *Eppure* qualcosa non andava."

Rimanemmo in silenzio per un po'. Master Shen mise sul tavolo una bottiglia di birra e dei calamari essiccati. Le arachidi le avevamo finite. Mi bruciava la lingua per la salsa piccante. Strano. Lì non arrivava il rumore della pioggia che cadeva. Che fosse inverno, primavera o già estate, il menu sempre uguale suggeriva ai clienti che il tempo si era fermato. Inoltre, il locale privo di finestre era arredato in maniera essenziale. Tranne un drago della fortuna cinese appeso sopra il bancone, rinunciava a ogni fronzolo decorativo. Non era forse una di quelle celle di cui aveva appena parlato il signor Sakai? Al suo interno non eri da solo. La condividevi con gli altri che mangiavano la loro zuppa. Ma se volevi – e quella sera il signor Sakai lo voleva – era come se fossi da solo. Nessuno disturbava il nostro silenzio, e quando il signor Sakai ricominciò a parlare, mi sembrò che fossimo seduti in una macchina parcheggiata da qualche parte. Le persone passavano davanti al nostro tavolo. Le sentivamo camminare. Ma nonostante ciò eravamo tra noi.

"Avevo esaurito il carburante," disse. "Fase uno della cosiddetta sindrome da burnout: sfinimento unito a insofferenza. Calo delle energie. Insonnia. Funzionavo ancora, e nemmeno tanto male, ma la gioia che provavo un tempo era stata sostituita da una rassegnazione apatica. Il medico mi consigliò un periodo di riposo. Ma no! Andai avanti e se poco dopo, a qualche settimana dalla diagnosi, non fosse morto mio padre, quasi certamente sarei andato avanti fino a collassare del tutto. Vista così, la sua morte fu una benedizione. Non eravamo molto legati. Per anni avevo evitato di comparirgli davanti. Era un uomo conservatore. Rifuggiva la modernità come la peste, e fino all'ultimo non mandò giù che avessi osato rifiutare le redini dell'azienda di famiglia. Alla minima occasione, mi rinfacciava di aver calpestato l'eredità di generazioni. E non aveva torto. Già da bambino detestavo le scartoffie, ma di sicuro dipendeva anche dal fatto che lui non mi permetteva di avvicinarmici.

‘Non sei ancora in grado’, ‘Sei ancora inesperto’. E quando finalmente mi considerò pronto per diventare suo allievo, avevo perso l’interesse da tempo. Per arrivare al punto: il nostro rapporto consisteva nel fatto che ci deludevamo a vicenda. Io avrei avuto bisogno di un padre, non di un maestro. E per lui valeva il contrario. Per questo da adulto non ho fatto visita ai miei genitori più dello stretto necessario, e dopo la morte di nostra madre ho lasciato che fosse mia sorella minore a occuparsi di nostro padre. In fondo abitava nella stessa prefettura, e malgrado anche lei avesse qualche problema con lui, ogni due o tre giorni passava a vedere come stava.”

***

La notizia della morte di mio padre non mi riempì di dolore. Mi dispiaceva essermi allontanato da lui, ma a parte quello fu più che altro una circostanza fastidiosa. Per arrivare in tempo alla cremazione, che era stata fissata già per il giorno dopo, dovetti prenotare un volo costoso, e come se non bastasse, mia moglie era a letto con una leggera influenza. Perciò non avrebbe potuto accompagnarmi. I nostri figli, che ormai erano grandi, non li disturbai nemmeno. Conoscevano a malapena il nonno.

La cerimonia si svolse senza partecipanti. Raggiunsi il crematorio all’ultimo secondo e lì trovai ad aspettarmi mia sorella. Anche lei era venuta da sola.

Chiesi notizie di mio cognato. “Dov’è Yōji?”

“A sciare,” rispose mia sorella.

“E i ragazzi?”

“Loro sono... oh, non lo so dove sono. È successo tutto talmente in fretta.”

Raccogliemmo insieme le ossa di nostro padre dalla cenere. Mia sorella pianse. Io no. Eravamo gli unici parenti stretti, e più tardi, mentre eravamo seduti da Denny’s, mi raccontò tra le lacrime che suo marito aveva un’amante.

"Yōji? Un'amante?" Ricordavo mio cognato come un tipo bonario ma non particolarmente sveglio, e cosa ci avesse trovato in lui mia sorella per me restava un mistero.

"Brutto, no? Siamo qui, seduti davanti a un caffè e una fetta di torta, con un'urna in macchina, e parliamo dei miei problemi matrimoniali. Tra l'altro, gli somigli sempre di più."

"A chi?"

"A nostro padre, naturalmente!"

"Mi stai offendendo?"

"Un po' sì," ammise mia sorella. "Non è stato facile con lui. Per otto anni ho..."

Otto anni. Sul serio erano passati otto anni dalla morte di nostra madre e dalla mia ultima visita a casa? Mi sembrava meno. Osservai le mani di mia sorella, posate l'una sull'altra. Senza dubbio la pelle aveva perso elasticità, e le articolazioni un tempo delicate si erano gonfiate. Era ingrassata. Mentre parlava, notai tutti i dettagli del suo corpo cambiato. Otto anni prima non aveva ancora la ricrescita bianca, e anche il doppio mento era una novità. Perché non ero più tornato? Mi pentii di averla piantata in asso. I miei screzi con nostro padre si erano ripercossi su di lei. Era rimasta, e quindi le era toccato automaticamente il ruolo dell'infermiera, e se era vero che non si era mai lamentata, era altrettanto vero che comunque io non sarei stato lì ad ascoltare le sue lamentele. Avevo tagliato la corda. Dopo di me il diluvio. E mi ero voltato solo per controllare di essere fuggito abbastanza lontano. Per otto anni – adesso me ne rendevo conto – mi ero sottratto ai miei doveri di figlio e fratello. Rifiutarmi di subentrare nell'azienda di famiglia era una cosa. Quello non lo rimpiangevo. Ma aver dato per scontato che qualcun altro tamponasse la falla che si era aperta alla mia partenza?

"...Yōji sostiene che dovremmo rivolgerci a una ditta specializzata. Con il poco che ricaveremo dalla vendita della casa, non ha intenzione di mettersi a sgobbare per portare via i mobili."

"Quale casa? Di che parli?"

"Parlo della casa dei nostri genitori. Sei d'accordo a venderla, giusto?"

"Sì, certo. Ma che fine faranno gli oggetti d'arte?" Nostro padre aveva messo insieme intere collezioni di xilografie antiche, *netsuke*, rotoli dipinti e maschere *nō*. Tutti pezzi pregiati, per i quali valeva la pena rimboccarsi le maniche. Molto probabilmente, valevano più del terreno su cui sorgeva la casa.

"Se vuoi occupartene tu, prego, accomodati pure! Io non ci capisco nulla di arte. Inoltre, mi serve una pausa da quel posto. Da quando ho visto il cadavere di nostro padre..."

Secondo l'ufficiale sanitario il cadavere di nostro padre aveva solo poche ore. Mia sorella lo aveva trovato morto in veranda. Lì, nel suo punto preferito, con la vista sul giardino di pietra, era morto tra dolori atroci a causa del collasso degli organi. Aveva un cancro.

"Ha rifiutato in maniera categorica ogni trattamento. 'Che venga, la morte. Sono pronto,' diceva."

"Mi sembra di sentirlo."

"Era testardo. E crudele. Gli ho dovuto promettere che per nessun motivo ti avrei informato della sua malattia. Ha insistito fino all'ultimo, quando ormai era ridotto a uno scheletro. Non voleva mostrarsi debole di fronte a te. A me non ci pensava. In pratica lo guardavo morire. Era il mio ruolo. Non particolarmente piacevole, ma pazienza... A qualcuno la patata bollente deve pur toccare."

"Grazie!" Chinai la testa.

Mia sorella tirò su col naso, imbarazzata. "Quanto ti fermi?" domandò.

Avevo in programma di riprendere l'aereo la sera stessa. Ma, considerato come stavano le cose, non potevo piantare in asso mia sorella un'altra volta. Volente o nolente, dovevo prendermi almeno un altro giorno di permesso dal lavoro.

Era il mio primo caso di *kodokushi*. Allora non lo sapevo. Però, nell'istante in cui aprii la porta di casa dei miei genitori e inspirai il familiare odore di legno, le carte in tavola erano cambiate senza che me ne accorgessi. "*Tadaima*," dissi, "sono arrivato." Indugiai a lungo vicino alle scarpe allineate nell'ingresso. Le suole consumate mi incutevano rispetto. Mio padre era stato testardo, testardo e crudele, come aveva giustamente affermato mia sorella, ma ci aveva anche dimostrato cosa significa tenere duro. A mio parere, ogni tanto bisogna anche cedere. Tuttavia, i tempi in cui litigavamo erano finiti. Lì nessuno avrebbe più litigato. Il silenzio avvolgeva ogni cosa. Attraversai le stanze, che dalla mia infanzia non erano cambiate quasi per niente. Ecco il laboratorio di mio padre. I vecchi utensili. Il telaio. I barattoli di colla. Su una tavola di legno aveva disteso la carta pressata ad asciugare. Era stata la carta a far pendere l'ago della bilancia? Oppure il telefono muto? O il fatto che in tutta la casa non trovai un solo antidolorifico? Nemmeno una maledetta aspirina. A dispetto della sua assenza, lo sfidai a un'ultima lite.

Litigammo accanitamente. Litigammo fino a notte fonda. E quando il giorno dopo mi svegliai, verso le due del pomeriggio, mi sentii fresco e riposato. Mi diedi da fare, pieno di energia. Con la collezione di oggetti d'arte me la sbrigai in fretta. Mio padre era stato scrupoloso, aveva catalogato ogni pezzo, così mi sarebbe bastato radunarli e il mio dovere lo avrei fatto. Ma per amor di disputa – non avevamo ancora finito di litigare –, decisi di dare un'occhiata anche ai suoi documenti privati. Saltarono fuori lettere. Fotografie. Un diario. Conobbi un uomo che aveva scritto poesie alla luna d'autunno. Quanto avrei voluto conoscerlo finché era ancora vivo!

Chiamai mia sorella. Dopo il nostro incontro del giorno prima, era tornata a casa. Le raccontai delle mie scoperte, ma lei rise del mio entusiasmo: "Attento a non esagerare con il culto degli antenati! Va a finire che lo perdoni, e il vecchio despota diventa il papà migliore del mondo".

Non correvo quel pericolo. Più ero impegnato a svuotare la sua casa, e meno la questione riguardava la figura di mio padre.

Che ci fossimo amati oppure odiati diventò un aspetto secondario. La nostra lite si dissolse. Al suo posto, dentro di me si diffuse una profonda soddisfazione. Mettevo in ordine le cose appartenute a qualcuno. Dato che non poteva farlo da solo, lo facevo io per lui. Era quello l'importante.

Oltretutto dormivo molto. Mangiavo sano. Riso non brillato, *miso* e un po' di verdura. Chiacchieravo con i vicini che passavano per una tazza di tè e feci amicizia con il gatto tartarugato che gironzolava in giardino. Ascoltai di nuovo musica dopo molto tempo.

Dieci giorni trascorsero così. Mia moglie, che era guarita dall'influenza e all'inizio si era mostrata comprensiva, cominciò a preoccuparsi. Quando mi decidevo a tornare? Per non parlare del mio direttore, che stava perdendo la pazienza. Appena chiesi altri quattro giorni di ferie, esplose: "Vuole le ferie per tirare a lucido la cucina del suo defunto padre? Ha tutta la mia comprensione, ma non può chiamare una donna delle pulizie?". Anche se malvolentieri, acconsentì alla mia richiesta. Ma era chiaro che avevo tirato troppo la corda. Al mio ritorno, della promozione a caporeparto che credevo di avere già in tasca, non se ne fece più nulla. Peccato, pensai. Non mi venne in mente altro.

***

"Mi piace sua sorella!" Di getto, diedi voce a quello che mi era passato per la testa ascoltando la storia del signor Sakai. "Vorrei essere come lei. Tosta. Però di cuore."

"Ma lo è, signorina Suzu."

Non lo sono, pensai.

Eravamo seduti tra noi da Master Shen, che nel frattempo ci aveva servito il quinto giro di birra. Incerta su che ora fosse, toccai lo schermo del cellulare, ma erano appena le nove. Nell'auto a noleggio le lancette dell'orologio si erano mosse a malapena. Oggi che aspetto aveva la sorella del signor Sakai?

Era ingrassata ancora? Attesi che lui proseguisse il suo racconto, ma non proseguì. Fumava. Il tanto parlare lo aveva stancato. Le macchie senili sulle tempie luccicavano d'argento, e si passò la mano ossuta tra i capelli radi, che a un tratto mi sembrarono più bianchi rispetto a un attimo prima.

"Il resto si riassume rapidamente," disse infine. "Quando due settimane dopo presi il volo di ritorno, niente era rimasto al suo posto. La terra era sopra e il cielo sotto. Era questa l'impressione che avevo mentre guardavo fuori dal finestrino il tetto di nuvole da cui spuntavano le montagne. Per circa un anno continuai a fare la solita vita. Fui felice. Fui infelice. Diventai più vecchio. Nulla di speciale. Se non fosse stato per l'immagine di quella casa vuota! Prima di lasciarla per sempre, avevo fatto un ultimo giro per le stanze. Le avevo liberate dalla polvere e dai ricordi, belli e brutti, e l'immagine di come si aprivano davanti a me, una dopo l'altra, immacolate e ariose, l'immagine di me stesso che mi inchinavo davanti a loro, mi portava a dubitare sempre più della mia vita di sempre. Mi licenziai. Mia moglie chiese il divorzio. Dal suo punto di vista ero uscito di senno. Rinunciare a un impiego sicuro con l'intenzione di mettermi in proprio, per giunta depredando cadaveri, così disse, per lei equivaleva a un tradimento nei confronti della famiglia che avevamo costruito insieme, e io non lottai per farle cambiare opinione. Naturalmente mi spiegai. Volevo averla con me, e coinvolsi anche i nostri figli nei miei progetti. Alla fine però mi rassegnai a realizzarli senza di loro e non opposi resistenza. Con il tempo avrebbero capito, mi dissi. E infatti è successo. Ma non siamo più tornati a essere la famiglia che eravamo stati una volta. Ogni tanto ci sentiamo per telefono, e con mia moglie... pardon, ex moglie... riesco perfino a ridere di nuovo... ci sono cose su cui posso ridere solo con lei..."

Forse era lei che il signor Sakai aveva sperato di veder arrivare al picnic per la fioritura dei ciliegi? La persona numero 21?

L'indecisa? Ricordai con quanta impazienza controllava il parcheggio.

"Ma basta rivangare vecchie storie!" Spazzò via dal tavolo la cenere caduta dalla sua sigaretta. "Ultimamente il passato mi raggiunge. Ieri, per esempio, no, era oggi!, quando Takada è esploso, mi sono sentito riportato indietro a quei giorni. 'Era meglio se restavano insieme,' ha detto. Quelle parole mi hanno fatto pensare alla mia ex moglie. Chi ci ama, in definitiva? Chi abbiamo amato? Le sue parole hanno suscitato in me pensieri di questo genere. Vede? Divento sempre più sentimentale! Che brutto!" Rabbrividì. "Comunque sia, dobbiamo tenere d'occhio il buon Takada!"

Perché? Da dove gli veniva quell'idea? Il brusco cambio di argomento mi spiazzò. "Cosa c'entra Takada?"

"I tipi come lui vanno in pezzi facilmente."

"Intende che potrebbe perdersi d'animo?"

"No, no. Intendo in senso letterale."

Andare in pezzi in senso letterale significava andare in pezzi. Non riuscivo a capire. Cosa voleva dire, esattamente? Che Takada era come legno secco che si sarebbe spezzato? O come porcellana? Vetro? Esistevano persone con le ossa di vetro? Confusa, guardai il signor Sakai. Di sicuro avrebbe aggiunto qualcosa. Non si poteva buttare là una frase simile e poi lasciarla in sospeso! Ma lui non riprese il discorso. Accennò brevemente ai figli, che a loro volta avevano avuto dei figli, poi parlò di nuovo di come era nata la ditta, e di quanto fosse assurdo che esistesse grazie a suo padre.

"Se lo sapesse! Mi ripudierebbe anche da morto. La sua collezione di oggetti d'arte si è rivelata una miniera d'oro. Erano tutti veri e propri tesori, e tranne il disegno a china, quello con il contadino, ho venduto la mia parte a un museo. Con il ricavato ho gettato le basi finanziarie della mia impresa."

Ormai non lo ascoltavo più. Andare in pezzi significava andare in pezzi. Mi balenò davanti il viso di Takada. La scena nell'appartamento di Ishikawa quel pomeriggio. Le mascelle serrate e le lacrime negli occhi piccoli e stretti, senza la doppia palpebra. Avremmo davvero dovuto scambiarci i numeri di telefono. Il signor Sakai ci aveva esortati a farlo, ma eravamo andati subito all'Home Center ed era sfuggito di mente a tutti e due; poi, dopo l'incidente con i teli da picnic, non eravamo più dell'umore. Erano già passati tre mesi. Incredibile. Non avevo ancora messo in pratica il mio proposito di scusarmi con lui. Non mi sentivo in colpa per questo. Secondo me sarebbe stato ridicolo tirare di nuovo in ballo l'episodio a distanza di così tanto tempo. Molto probabilmente mi avrebbe considerata puntigliosa. Oppure avrebbe pensato che lo giudicavo rancoroso. Inoltre, avevamo ricominciato a parlare dei suoi appunti.

Ne prendeva meno di prima, e spesso dovevo dargli un colpetto con il gomito quando qualcuno pronunciava una parola che supponevo volesse scribacchiare sul suo taccuino. L'ultima era stata *Acqua*. Nell'appartamento di una certa signora Yagi avevamo trovato centinaia di bottiglie d'acqua. Siccome non aveva pagato le bollette, le avevano chiuso l'acqua, e benché avesse provveduto di conseguenza, era morta di sete in seguito alla frattura del femore provocata da una caduta. Le erano mancate le forze per trascinarsi fino alle bottiglie. Al giorno d'oggi chi moriva più di sete? Takada si era segnato la parola *Acqua* abbinata a *Inferno*. Il collegamento era evidente. Eri disteso a terra a pochi metri dalla fonte e non riuscivi a raggiungerla. Il che mi riportò al suo numero di telefono che non avevo. Poniamo che lo avessi avuto. Cosa ci avrei fatto? Sii sincera, Suzu! Come il numero dell'estetista, lo avrei avuto e basta.

***

Contrariamente alle nostre previsioni, quelli della televisione non accennarono a sporgere denuncia contro di noi. Il signor Sakai ci lesse una lettera che gli aveva spedito il giornalista. Lui e il suo assistente si scusavano per il loro "comportamento privo di tatto". Che non bisognasse mettere sottosopra un letto era stata una scoperta che li aveva colpiti profondamente, e in quei giorni avevano convenuto entrambi che la questione si chiudesse lì, distinti saluti eccetera.

"Bah!" Suga sbruffò sprezzante. "Come se gli dispiacesse sul serio! Hanno paura, ecco tutto."

Takada approfittò del momento per chiedere formalmente scusa. Lo aveva già fatto varie volte, e ogni volta Yamamoto, un po' per scherzo e un po' sul serio, gli aveva mostrato la guancia gonfia, ma adesso arrivò al punto di prostrarsi davanti alla squadra riunita.

"Oh, ma per carità!" Il signor Sakai cercò di tirarlo su.

Takada però rimase in ginocchio. A testa china, e chinandola sempre di più, le mani appoggiate a terra, si scusò per i disagi che ci aveva creato. Non avevo mai visto di persona qualcuno eseguire il *dogeza*, solo nei film. Nei film era un intermezzo drammatico, e lo fu anche nella realtà. Nessuno sapeva bene come reagire. Calò un silenzio carico di disagio.

"Scuse accettate," disse infine il signor Sakai, e mentre la tensione iniziava a sciogliersi, aggiunse: "A una condizione!".

"Sì?"

"Che si compri un paio di scarpe nuove."

Scoppiammo a ridere, sollevati. In effetti le sneakers di Takada avevano resistito fin troppo. Erano consumate già in inverno, e le tante vie percorse da allora avevano fatto il resto. I lacci erano sul punto di strapparsi, e nella pelle diventata porosa si era depositata la polvere della strada. Nemmeno un senzatetto portava scarpe così malconce.

Takada, anche se rideva con noi, non sembrava sollevato. Aveva alzato la testa e ci guardava ridendo, ma rideva solo la sua bocca. Le occhiaie scure evidenziavano il pallore del viso. Aveva urgentemente bisogno di stare un po' all'aria aperta, pensai. Fare del movimento in mezzo alla natura. Seguire una dieta alcalina per ristabilire l'equilibrio acido-base. Mi vennero in mente i più svariati rimedi a buon mercato che lo avrebbero rimesso in sesto, tra cui una palla antistress, dei cerotti detox per i piedi, una visita allo zoo, e stavo ancora riflettendo su quale fosse il più efficace, quando realizzai che erano tutti ridicoli, dal primo all'ultimo. "Ehi, mi sembri un po' fuori. Perché non vai a vedere i cuccioli di panda?" Più ridicolo di così... Mi vennero in mente le ossa di vetro. Cosa si consigliava a qualcuno che rischiava di andare in pezzi in qualunque momento? Di certo non lo yoga. Quindi preferii tenere la bocca chiusa. Con un paio di scarpe nuove Takada si sarebbe ripreso. O no? A quanto pareva, di fronte alla sua fragilità, il signor Sakai era impotente quanto me.

Anche il caso del Cavalluccio marino fu dichiarato chiuso. La polizia aveva terminato le indagini, e non c'erano state grandi sorprese. Per un po' si continuò a parlare degli Ishikawa, ma dato che l'interesse mediatico era calato parallelamente alla graduale guarigione di Junki, i loro nomi furono presto dimenticati.

Solo i Fuji, i miei vicini, sembravano non voler archiviare la vicenda. Ogni volta che li incontravo, benché capitasse abbastanza di rado, manifestavano la loro compassione per il bambino disabile, e la sua sorte rendeva pessimista soprattutto la signora Fuji, in genere così piena di gioia di vivere.

"Il mondo è un brutto posto," sospirava. "Capita sempre qualcosa. Qui una guerra, là una carestia. I ghiacciai si sciolgono. Un bambino perde il proprio padre. Qualcun altro viene ucciso. Non ci capisco più niente."

"È perché siamo troppo vecchi," diceva il signor Fuji.

La signora Fuji annuiva. "Sarà per quello. Siamo troppo vecchi per tenere il passo."

La concordia di cui i Fuji davano prova in quel frangente

mi deprimeva. Nello stesso tempo però era naturale che, con i quasi novant'anni che avevano sulle spalle, non si facessero più illusioni. Senza i consueti strepiti, prendevano atto che il bicchiere era mezzo vuoto.

Era successo più o meno così anche con mia nonna. Dopo la morte del nonno, a poco a poco si era estraniata dal mondo. Il processo avvenne lentamente. E avvenne in silenzio. Non ci accorgemmo che stava avvenendo, e una volta avvenuto, non fu più un processo, ma il risultato di un ritirarsi in se stessa avvenuto nel tempo. Bastava un nonnulla per disorientarla. Il postino, per esempio. Era stato lo stesso per anni, e quando un giorno fu sostituito da un altro, mia nonna ne rimase talmente sconvolta che chiamò perfino l'ufficio postale per riavere il "suo". "Non possono cambiare persona come se nulla fosse!" Sì che possono, dicemmo. E che comunque non contava chi portava la posta. L'importante era che qualcuno la portasse. "Ma quello nuovo la porta dieci minuti dopo quello vecchio." Dieci minuti! Cos'erano dieci minuti? Il supermercato, in cui mia nonna andava a fare la spesa con il suo carrello di stoffa ogni lunedì e giovedì, si trasformò in un luogo dell'orrore. Una volta tornò a casa tutta sudata e ci riferì in preda alla disperazione che non tenevano più la fecola di patate. Non la tenevano più? Sicuramente si sbagliava. E per dimostrarle che doveva per forza trattarsi di uno sbaglio, la accompagnai al supermercato. "Vedi? Eccola lì!" Ma no, lei non intendeva quella. Lei intendeva quella con il disegno di una colomba sulla confezione. Tartassò il direttore, che si prese la briga di fare una serie di telefonate, e venne fuori che quella specifica fecola di patate non era più in produzione. Magari ne avevano ancora in magazzino? Il direttore passò in rassegna le giacenze, ma la fecola di patate con il disegno di una colomba sulla confezione era – e rimase – introvabile. Mia nonna, che sulla strada di casa camminava davanti a me strascicando i piedi, non si dava pace. Tornava di continuo sull'argomento. Aveva i capelli appiccicati alla nuca. "E adesso come faccio?" mi chiese, gli occhi puntati sul marciapiede. Una cedronella le svolazzava intorno. Per distrarla gliela feci notare, ma lei non alzò lo sguardo. Come se per lei il cielo sopra fosse troppo grande, troppo grande e troppo vasto, continuava a fissare la terra sotto di sé. Era più circoscritta. "Senza fecola," ricominciò, "non posso più preparare il *mochi.*" *Ma nonna!* Trattenni l'impulso di rimproverarla come una bambina che faceva i capricci. Invece dissi: "È proprio triste".

"Non è vero?" Si era fermata. "È proprio triste," ripeté.

La cedronella era volata via. Riprendemmo a camminare in silenzio.

***

Finita la stagione delle piogge vedevo più spesso i Fuji, che rimandavano le loro attività di giardinaggio alle ore più fresche della sera. Molte volte, però, quando tornavo a casa vedevo solo l'asfalto bagnato. Per contrastare il caldo che vi ristagnava, avevano l'abitudine di spruzzare un getto d'acqua nell'ingresso. E spesso l'acqua era già evaporata, allora vedevo solo i fiori che risplendevano nell'oscurità.

Non mi spiegavo come fossero riusciti a spostare fuori le piante. Per non parlare dei pesanti sacchi di terra! Come li avevano trasportati fin lì? Probabilmente avevano preso un taxi. Il mandarino appena trapiantato diffondeva un tenue profumo, e mentre lo inspiravo, immaginai quanta fatica dovevano aver fatto i Fuji per toglierlo da un vaso e metterlo in un altro. Deboli com'erano, senza dubbio era stata una bella sfacchinata. A quel pensiero inspirai il profumo ancora più a fondo. Era estate. Presto sarebbero iniziate le vacanze, e il cittadino medio sarebbe andato in campeggio al mare o in montagna. Avrebbe cotto i würstel sulla griglia e acceso candele magiche che si sarebbero consumate in un attimo. In fondo era bello. Lo invidiai un po' per il cocomero che avrebbe rotto sulla spiaggia giocando a *suikawari*. Con gli occhi bendati, avrebbe colpito con il bastone il più vicino possibile per far ridere i bambini.

Tuttavia, non avevo molto tempo per invidiargli la polpa succosa che avrebbe mangiato a morsi. Il signor Sakai accettava ogni incarico a cui in qualche modo riuscivamo a far fronte, e in pratica lavoravamo a regime continuo. Ciascun caso aveva caratteristiche che lo rendevano particolare. Contemporaneamente esistevano alcuni elementi comuni. La maggior parte dei *kodokushi* capitavano e basta. Nessuno viveva aspettandosi di morire oggi o domani, e nessuno metteva in conto di rimanere abbandonato nelle proprie secrezioni. Per questo la maggior parte degli appartamenti in cui entravamo erano come cristallizzati in una specie di shock. Con gli abitanti erano rimaste abbandonate anche le loro cose, e benché fossero oggetti inanimati, senza vita, la loro disposizione casuale rifletteva qualcosa del momento in cui una persona era diventata un cadavere. Erano stati testimoni. Di quel momento. E che si trattasse delle bacchette monouso scivolate di mano al deceduto, della rivista porno o del rotolo di carta igienica – tutti erano stati lì quando lui li aveva lasciati scivolare. La sedia dalla quale era caduto aveva emanato il suo calore nella stanza ancora per qualche secondo prima di diventare fredda, e il pettine che per l'ultima volta si era passato tra i capelli conteneva tutte le informazioni sul patrimonio genetico che aveva ereditato dai genitori e dai progenitori.

Uno degli elementi comuni che saltava di più agli occhi era la solitudine di quegli oggetti.

Per i familiari preparavamo delle cosiddette "scatole dei ricordi". Il signor Sakai aveva preso l'idea da un collega suo amico. Insieme alle cose di valore che entravano in loro possesso, ne consegnavamo due o tre il cui valore era puramente simbolico. Come una medaglia vinta a una gara di nuoto nel 1974. *Origami* a forma di gru. Un berretto da baseball. Gioielli che non faceva differenza se fossero veri oppure no. La maggior parte dei familiari – anche quello era un elemento comune – accettavano le scatole con un misto di commozione e rispetto. Spesso loro e il defunto si erano persi di vista negli anni, oppure era stato difficile comunicare con lui e avevano smesso di volerci comunicare. Dopo l'ennesima chiamata senza risposta, non lo avevano più cercato.

Talora la scatola veniva rifiutata. "Che me ne faccio?" chiese uno. "Sono solo cianfrusaglie." Non aveva tutti i torti. Quasi sempre erano solo cianfrusaglie.

Come non avevo molto tempo di invidiare al cittadino medio le meritate ferie, ne avevo poco anche per occuparmi dei siti di incontri. Ogni tanto accedevo ai miei account e qualche volta, quando non riuscivo ad addormentarmi, chattavo con uno dei tizi che avevano messo il like al mio profilo.

Non riesci a dormire?

Macché.

Allora siamo in due.

Il tenore delle conversazioni era grosso modo questo, e dato che non portavano da nessuna parte, erano come lo strimpellare di un pianista in un locale poco frequentato: piacevoli e senza implicazioni.

Per Punsuke mi prendevo più tempo. Il suo comportamento scostante continuava a preoccuparmi. Pubertà un corno! Considerate le sue aspettative di vita, quella fase non sarebbe dovuta durare più di un mese. Che fosse un *hikikomori*? Inserendo le parole chiave *criceto* e *hikikomori* si trovavano contributi interessanti in rete, e i forum dedicati pullulavano di gente afflitta che condivideva le proprie tristi esperienze.

Il veterinario online, che alla fine contattai, mi consigliò di installare una videocamera. *Controlli il pelo e faccia attenzio-*

ne a segnali come eruzioni o perdite di sangue, scrisse. *Questi e altri sintomi indicano che il suo criceto si isola per il dolore. Per essere certa che al suo animale non manchi niente, le suggerisco di tenere un diario. Installi una videocamera e riprenda le sue attività notturne. Se non nota nessuna delle suddette anomalie, gli lasci lo spazio di cui ha bisogno. Si ricordi: un criceto non è un peluche. Non lo obblighi a fare niente che non voglia. Cordiali saluti, dottor* XXX.

Il consiglio si rivelò arduo da mettere in pratica. Provai più volte a filmare al buio. Mi ero procurata perfino un treppiede per lo smartphone. Ma i circa trenta minuti di registrazione si rivelarono poco istruttivi. Tutto quello che mostravano era il nero assoluto. Per alcune sere tentai con diverse sorgenti di luce. Se l'illuminazione era troppo forte Punsuke non usciva nemmeno dal suo nido, se era troppo debole – feci dei tentativi usando lampade regolabili – l'immagine migliorava, ma più di un'ombra che zampettava qua e là non si vedeva. L'ombra si muoveva verso l'abbeveratoio. Poi l'ombra mangiava. E dopo faceva un bagno di sabbia e si puliva.

Stava bene, ne dedussi. Il ventilatore acceso al massimo, mi immergevo in compagnia di un bicchiere di birra ghiacciata nell'universo ingrandito popolato dall'ombra del mio criceto e seguivo anche il più piccolo movimento che mi diceva che stava bene.

***

"Di nuovo. E questa volta seriamente. Sta dicendo che non lo sapeva?"

Il signor Sakai era furioso. E non era certo la prima volta che lo vedevo furioso. Ma così furioso da sputacchiare non era mai stato. Eppure non gridava nemmeno. Al contrario del mio ex insegnante di educazione fisica, che quando sbraitava si toglieva il fischietto dalla bocca, lui si infilò come al solito una sigaretta tra le labbra. Nonostante ciò, la somiglianza era impressionante. La stessa vena che pulsava sulla fronte. Lo stesso sguardo fisso che mi trafiggeva.

Quella volta sul campo di terra battuta, mentre il mio insegnante mi urlava che la staffetta non era uno sport individuale, non avevo osato muovermi, e anche adesso – a distanza di anni, davanti alla scrivania del signor Sakai – mi ero trasformata in una statua di sale.

"Yamamoto lo sapeva. Suga lo sapeva. Io lo sapevo. E vorrebbe farmi credere che lei era l'unica a non averne idea? Su quale pianeta vive, signorina Suzu?" Alla fine il signor Sakai alzò la voce. Aveva spento la sigaretta appena accesa. "Ora basta!" gridò. "Se non sbaglio, ho assunto un essere umano, non un robot, e gli esseri umani – evidentemente ha bisogno di un aiuto su questo punto – si *interessano* agli altri esseri umani. Ecco qua!" Scarabocchiò su un foglietto un indirizzo e delle indicazioni su come arrivarci e lo lanciò verso di me. "Mi dimostri che è un essere umano!"

"Ma..."

"Niente ma! Ora lei va a fargli visita! E non si presenti a mani vuote! Le arance vanno bene. Anche le fragole o le pesche. Qualunque cosa ricca di succo e che contenga vitamine."

Si trattava di Takada. Si era dato malato. A quanto pareva era a letto con la febbre e il mal di gola. Però, dal momento che mancava da cinque giorni di fila e non rispondeva né alle telefonate né ai messaggi, il signor Sakai aveva cominciato ad agitarsi. "Sa il cielo cosa gli è successo. Non mi sembra proprio che abbia solo un po' di febbre." Era iniziato tutto così. "Qualcuno di noi dovrebbe andare al *manga kissa* a vedere se è tutto a posto."

Al *manga kissa*? Io ero l'unica a non sapere che Takada abitava in un *manga kissa*, ed era stata la mia ignoranza in proposito a far uscire dai gangheri il signor Sakai. Era dell'opinione che bisognasse sapere almeno a grandi linee dove abitavano i colleghi. Lui abitava in un 1K sopra un bar, una sistemazione a volte rumorosa, soprattutto quando verso mezzanotte attaccava il *karaoke*. Per contro, gli piaceva dormire proprio sopra i clienti che cantavano. Ormai ci si era talmente abituato che senza gli evergreen in cui si esibivano faticava a prendere sonno. Yamamoto abitava in un condominio dal risonante nome La vie en rose, il che gli creava un certo imbarazzo perché non era capace di pronunciarlo. E Suga abitava in subaffitto da un coreano, cosa che, considerando le generose quantità di *kimchi* che gli dispensava, aveva i suoi vantaggi alimentari. Inoltre, il coreano era appassionato di *pachinko* tanto quanto lui.

"Vede? Dove e come vive una persona dice qualcosa su di lei. Ci fornisce un elemento importante sul suo conto." Fortunatamente il signor Sakai si era calmato subito. Non urlava più, e anche la vena che pulsava e lo sguardo fisso erano scomparsi dal suo viso. "Di lei, per esempio, so che abita a pianoterra, che ha un criceto e che non le piace cucinare. E perché lo so? Lo so perché gliel'ho chiesto."

Era vero. Il signor Sakai si era informato parecchie volte su come vivevo. Non mi era venuto in mente granché da dire, e anche se il breve riassunto che aveva appena fatto non suonava come la trama di un romanzo che avrei voluto leggere, delineava in maniera piuttosto precisa tre elementi cruciali della mia vita.

"Lei invece non ha voglia di saperne di più sulla vita degli altri?"

"Certo che sì!" Se capitava. Altrimenti ne stavo fuori. Esisteva pur sempre una cosa chiamata sfera privata, ed esistevano delle regole. Sicuramente esisteva una legge che stabiliva come bisognava procedere in caso di inidoneità al lavoro. Fare visita a un malato – oltretutto tra colleghi – a quanto mi risultava non rientrava nelle misure prescritte.

Quando comunicai al signor Sakai le mie perplessità, lui

diede di nuovo in escandescenze. “Non deve mica infilargli una mano nelle mutande,” ribatté. “Bussa e gli chiede come sta. Gli consegna le arance. Se serve, gli offre il suo aiuto. Mi spiega cosa c’è di così privato, di grazia? E non venga a parlare di legge con me. Conosco i miei doveri, e si spera che lei conosca il significato della parola *scattare*. Le do dieci secondi per sparire!”

Ok. Non c’era niente da aggiungere. Dentro di me, però, qualche cosa la aggiunsi. Tra le altre, che il signor Sakai e le sue perle di saggezza potevano andare al diavolo! Erano le cinque del pomeriggio. Avevo una lunga giornata alle spalle. E ora mi spediva dalla parte opposta della città, con quel caldo che si soffocava, per fare da infermiera?

“Animo!” mi gridò.

Ma io avevo già superato il labirinto di scatoloni e raggiunto le scale. Neanche stessi partendo per un lungo viaggio, mi voltai a guardare indietro. Laggiù, dove i segnali di fumo si alzavano verso il soffitto, era seduto il signor Sakai, alle sue spalle il disegno a china e il calendario a strappo.

Come da molto lontano gridò: “Animo, signorina Suzu!”.

***

In un *manga kissa* c’ero stata l’ultima volta dopo il mezzo appuntamento, perché la metropolitana mi era passata sotto il naso. Ne avevo un ricordo confuso. La cabina odorava di vaniglia. Troppo stanca per dormire, avevo stuzzicato con il dito un buco nelle calze, finché il buco era diventato una smagliatura. Dalle cabine accanto arrivava un leggero russare. Un fruscio. Qualcuno che si soffiava il naso. Il rumore mi rimase impresso perché, chiunque fosse a soffiarsi il naso, se lo soffiava come se fosse stato solo. Doveva aver dimenticato che le pareti intorno a lui erano semplici divisori.

A un certo punto ero andata a fare la pipì. Mi aggirai come

un fantasma nei corridoi in cerca del bagno, e quando finalmente giunsi a destinazione, una sconosciuta mi fissò dallo specchio. Cavolo, ha l'aria stravolta!, pensai. La sconosciuta sostenne il mio sguardo. Non si girò dall'altra parte né trasalì mentre la squadravo dalla testa ai piedi. Il mascara colato indicava che aveva pianto. Indossava un top smanicato e una minigonna, e aveva una calza smagliata. *Fermi tutti!* Quella non ero io? Provai a sorridere. Lei però fece una smorfia. Presto si sarebbe rimessa a piangere, perciò le voltai in fretta le spalle. Con la coda dell'occhio vidi che infatti stava piangendo. Mi aveva voltato le spalle anche lei.

Tornando indietro, avevo incrociato altri fantasmi. Eravamo sgusciati veloci uno di fianco all'altro, cercando il più possibile di guardare le vie di fuga indicate sul pavimento. Uno era in pigiama. Una cosa per certi versi imbarazzante. Come in gita scolastica. All'improvviso ti presenti vestito da casa ma non sei a casa.

Avrei trovato Takada in pigiama? A quel pensiero mi prese il panico. La vecchia tachicardia si fece sentire. Se almeno avessi avuto il suo numero! Avrei potuto avvisarlo. *Tra circa mezz'ora sono da te*, gli avrei scritto. Al posto suo, io avrei tirato il freno a mano. *Non occorre*, avrei risposto. Mi sarei sbarazzata di lui prima di ritrovarmelo alla porta, e se me lo fossi ritrovato alla porta lo stesso, non lo avrei fatto entrare per nessuna ragione. Le visite ai malati appartenevano a un'epoca in cui la gente si scambiava pagine e pagine di lettere. Oggigiorno queste cose si risolvevano con un paio di sms. Si chiedeva al diretto interessato se voleva che andassimo da lui sapendo già che avrebbe detto di no. Si chiedeva comunque, pro forma, perché era gentile chiederlo. E se invece diceva di sì? *Sì, vieni, per favore.* Succedeva mai?

Lungo il tragitto comprai un cocomero. Uno intero. Solo per darmi della stupida subito dopo. Che se ne faceva Takada di un cocomero intero? Lo prendeva a morsi, buccia e tutto? Era poco probabile che nel *manga kissa* disponesse di coltello e tagliere, e anche se li avesse avuti, non sarebbe stata un'impresa facile tagliare a fette un cocomero di quel calibro. Per esprimere gli auguri di pronta guarigione da parte di tutti noi avevo scelto un esemplare particolarmente grosso. Pesava la bellezza di cinque chili e, stando al fruttivendolo, era una selezione premium, il cui sapore dolce si sposava bene con un formaggio tipo feta greca. L'abbinamento mi piacque. Mi piacque finché non scoprii quanto fossero pesanti cinque chili quando camminavi su una strada senza alberi, con trentasei gradi, e alla metropolitana più vicina mancavano ancora ottocento metri. Altro che feta greca! Il cocomero mi bastava e avanzava! Cosa avevo nella testa quando mi ero accollata quel bestione? Ebbi l'impulso di mollarlo da qualche parte. Dove, però? Abbandonarlo sul marciapiede mi sembrava un gesto da irresponsabili. E se poi qualcuno ci inciampava sopra? Per quanto inverosimile fosse, preferii non rischiare.

Mi trascinai faticosamente avanti. La strada senza alberi era una strada lunga, ed era la prima volta che la percorrevo. Non ero mai stata in quella zona della città. La stazione della metropolitana doveva essere da qualche parte laggiù in fondo. L'asfalto tremolava. Dovevo fermarmi di continuo per asciugarmi il sudore dagli occhi. Non sapevo che fosse possibile sudare anche dagli occhi. Ora lo sapevo. Le persone che arrivavano in senso inverso mi scansavano disegnando un'ampia curva intorno a me. Senza dubbio la vista del cocomero li spaventava. Avrebbe potuto tranquillamente essere usato come arma impropria per commettere un omicidio, e i miei occhi che sudavano non erano l'ideale per cancellare la loro paura. Solo una pazza se ne andava in giro con quel caldo trasportando un cocomero da cinque chili.

Mi tornò in mente il sacco di riso. Poco dopo che ero andata via di casa, mia madre mi aveva spedito un sacco di riso.

Anche quello pesava cinque chili. Al tempo vivevo ancora nello studentato.

"Ma allora qualcuno è molto preoccupato per lei." Il portiere, già anzianotto, che era uscito apposta dalla guardiola per consegnarmi il sacco di riso, cercò di sollevarmi il morale. Doveva aver intuito quanto fossi infastidita. Cosa credeva mia madre, che morissi di fame? E comunque, non sarebbe bastato un chilo? Il riso non si trovava mica solo in campagna. Rossa di vergogna, presi il sacco. "Su, su." Il portiere sorrise benevolo. "Pensi al cammino che si è sobbarcato il mittente!" Con quelle parole era rientrato nella guardiola. Senza più alzare lo sguardo, tornò a concentrarsi sul sudoku aperto accanto a un regolo calcolatore sulla scrivania. La sua testa china sullo schema, il sacco di riso e il regolo si erano fusi insieme in un unico ricordo.

Quindi, contava il cammino! Ero ancora per strada, ma ormai si scorgeva la stazione della metropolitana, e riacquistai un po' di coraggio. Che tuttavia mi abbandonò di nuovo subito dopo. La borsa di rete si strappò prima di arrivare alla stazione, e invece che solo una mano dovetti usarle entrambe per reggere il cocomero davanti a me, per cui non ne avevo nessuna libera per mostrare la IC card ai tornelli. E tutto questo in piena ora di punta! Merda, Suzu. Mentre trafficavo con il mio fardello, una donna in abiti da ufficio mi superò spazientita schioccando la lingua. Me lo meritavo e non potevo biasimarla. Era stanca. Voleva andare a casa. L'ultima cosa che le serviva era qualcuno che ostruiva il passaggio. La rividi sulla banchina, in una delle file di attesa. Se ne stava lì, con le spalle cadenti. Si era appisolata in piedi.

Sulla metropolitana la situazione non migliorò. Mi infilai in un posto libero tra due passeggeri addormentati, attenta a non occupare troppo spazio, e proprio in quell'istante si sentì una chiassosa musichetta. Il mio cellulare stava suonando.

Mi ero dimenticata di metterlo in modalità silenziosa, e per di più era sepolto in fondo allo zaino che avevo sulle spalle. Chi mi chiamava? Era morto qualcuno? Il mio primo pensiero fu mia nonna. Tentai disperatamente di girarmi, ma con il cocomero in grembo ero praticamente immobilizzata, quindi non mi restò che lasciarlo suonare. Nel frattempo i due passeggeri addormentati continuarono a dormire. O perlomeno facevano finta. Questa volta a schioccare la lingua fu un uomo con i capelli pettinati all'indietro con il gel che, uniti alla cicatrice sul mento e agli occhiali da sole, promettevano rogne. D'istinto chiusi gli occhi. In quel momento il cellulare smise di suonare. Alleluia! Nella fitta oscurità che si diffuse dentro di me mi concentrai sul respiro, sentendomi come una donna in gravidanza avanzata. Colpa del cocomero. Con quelle dimensioni e quel peso sembrava dotato di un'individualità propria. Mi imponeva la sua presenza come un essere vivente che voleva essere tenuto.

Nonostante ciò, quattro fermate più tardi avevo preso una decisione: avrei lasciato il cocomero sul sedile e mi sarei allontanata il più in fretta possibile, cercando di passare inosservata. L'uomo con i capelli pettinati all'indietro con il gel era sceso, e la maggior parte dei passeggeri, mi assicurai con uno sguardo, dormivano o erano impegnati con il cellulare. Uno leggeva. Fu annunciata la stazione successiva. Il treno sterzò per superare una curva. Mi tenni pronta. Ora!, pensai alzandomi. Con un movimento rapido mi liberai del cocomero. E stavo già per voltarmi e svignarmela di soppiatto, quando i due che dormivano si schiarirono rumorosamente la gola quasi all'unisono. "Il cocomero!" mi gridò uno di loro. La sua voce aveva un tono di rimprovero. Non si lascia così un cocomero, diceva il sottotesto. E uno come quello, poi. Che razza di madre abbandona suo figlio in un vagone affollato della metropolitana? Alcune persone sollevarono lo sguardo. "Tsè," sibilò uno. Era quello che leggeva. Mi scusai. Che sbadata.

Qualcosa del genere. In ogni caso, darsela a gambe ormai era fuori questione. Con il cocomero in braccio, feci appena in tempo a passare tra le porte che si stavano già richiudendo.

Nella fiumana di gente che scese insieme a me, oltre alla sottoscritta spiccava solo una coppietta di giovani turisti stranieri. Con due voluminosi zaini, uno davanti e uno dietro, caracollavano – simili a cammelli – verso l'uscita.

Di nuovo in strada, adesso una movimentata via dello shopping, mi guardai intorno in cerca di un cestino dei rifiuti. Ce n'era uno nel *konbini* all'angolo, ma il cocomero avrebbe dovuto essere di gomma per riuscire a infilarlo nella stretta apertura. Inoltre, eravamo solo a pochi passi dalla nostra destinazione. Io e il cocomero percorremmo gli ultimi metri senza ulteriori contrattempi e, quando finalmente arrivammo, fu tutto come allora. Dalla parete a specchio dietro la reception mi fissò una sconosciuta. Il mascara colato indicava che aveva superato un lungo cammino. Chiese di Takada.

"Takada Yūto," disse. Non aveva mai pronunciato il nome di battesimo. Il suo cuore galoppava.

"Takada... come?"

"Yūto," ripeté. "Sono venuta a fargli visita."

***

L'addetto alla reception, che aveva telefonato a Takada usando la linea interna, scosse la testa.

"A quanto pare non c'è," dichiarò, e si rivolse a un ospite con i capelli rossi e le lentiggini che domandò un *toothbrush*. In un inglese straordinariamente fluente, gli rispose che poteva prenderlo all'apposito distributore, in fondo a sinistra, terzo corridoio, tra la doccia e il gabinetto. "Quattrocentocinquanta yen al pezzo." Se non aveva monete, c'era anche la macchinetta per cambiare. Quella la trovava al bar automatico, avanti a destra, primo corridoio, proprio accanto agli scaffali dei *manga*.

"*Thanks.*"

"*You're welcome.*"

"Ehm." Mi inserii di nuovo. Non mi sarei lasciata scaricare con un "A quanto pare non c'è" buttato là. Non dopo la maratona che avevo affrontato. "Sarebbe così gentile da dirmi il numero della sua cabina?"

"Non si può."

"Perché no?"

"Altrimenti potrebbe entrare chiunque. I nostri ospiti vengono qui per stare in pace, e da regolamento non sono ammessi visitatori. *Sorry*. Io mi limito a seguire le direttive. Niente di personale. Non ho nulla contro di lei," sorrise l'addetto, e aggiunse solerte: "Ma se è una nostra socia, può aspettare il suo amico nella hall".

Socia? Amico? Cosa stava blaterando? Iniziai a ribollire di rabbia. Non avevo scarpinato per tutta la città, per giunta accollandomi uno stramaledetto cocomero selezione premium che si abbinava a uno stramaledetto formaggio tipo feta greca, per sentirmi dire che non era "niente di personale". Ah! Un commento così spocchioso sarebbe stato degno di Kōtarō067. Osservandolo meglio, notai alcune somiglianze, il che fomentò ulteriormente la mia rabbia. Nei suoi occhi c'era la stessa irritazione mista a disprezzo. Tedio, anche. La stessa evasività. Ma non mi avrebbe cancellata una seconda volta. *Fuck you*, stronzo! Mollai di peso il cocomero sul bancone a forma di rene. Toh! Ecco fatto! Ora sei preoccupato, eh? *Sorry!* Sai che ti dico? Anch'io ho ricevuto istruzioni dall'alto, perciò ascoltami bene! Con la pronuncia dialettale più marcata di cui ero capace, cominciai a raccontare all'addetto che era sbiancato una storia in effetti un po' sconclusionata, ma assolutamente plausibile nella sua sconclusionatezza. Che ero la sorella di Takada, gli raccontai, e che il viaggio fino in città mi era costato nove ore di pullman. “Questi sono i miei documenti.” Gli sbattei sotto il naso la patente. “Qui c’è scritto Takada.” Era innegabile. Lì c’era scritto Takada. Il motivo della mia visita era una questione di famiglia, dovevo parlare con mio fratello. I nostri genitori erano. A quel punto deglutii. All’addetto si leggeva in faccia che non lo voleva sentire. I nostri genitori avevano avuto un incidente ed erano. Deglutii di nuovo. Triste, vero?

Non fu necessario scendere nei dettagli. L’addetto spinse spontaneamente verso di me il numero della cabina. Alla parola chiave “incidente” lo aveva scritto di getto su un post-it. “Secondo corridoio,” disse in maniera meccanica. Oh, ci voleva tanto? Non era mica difficile! Il fatto che fossi tornata a una purissima lingua standard gli sfuggì, come del resto l’assurdità del cocomero in mezzo a noi sul bancone. Lo ringraziai del suo aiuto. Mi aveva reso un servizio inestimabile.

“Ne-nessun problema,” balbettò l’addetto. Dietro di me si era formata la coda, me ne accorsi solo quando mi allontanai barcollante con il mio cocomero. Era tornato anche il tizio con i capelli rossi e, benché non avesse capito niente della mia storia, mi lanciò uno sguardo compassionevole. Alcuni sentimenti – disperazione e dolore, tanto per dirne due – probabilmente si condividono senza bisogno di parole.

Davanti a me si allungava il corridoio dei fantasmi. Dal soffitto di cemento grezzo scendevano i tubi di ventilazione. Vero. Quella volta li avevo fissati, dopo essere tornata dal bagno, e alla fine, verso le tre, mi si erano chiusi gli occhi sulla poltrona con lo schienale reclinabile. Ma che effetto faceva se li fissavi ogni notte? Che effetto faceva se erano la prima cosa che vedevi ogni mattina appena sveglio? Ripensai all’idea delle celle insonorizzate del signor Sakai. Un *manga kissa* era di per sé un luogo in cui ritirarsi, però lì non eri mai da solo. Lì eri soltanto solo. Mi colse una vaga inquietudine. Più un’immagine. Una serie di immagini. Avrei bussato alla cabina di

Takada e non avrei ricevuto risposta. Sarei entrata e lo avrei trovato morto nel suo pigiama. No! No! No! Le immagini si susseguirono rapidamente. In un *manga kissa* venivano fatte le pulizie, mi rassicurai. Una squadra di inservienti spazzava e lavava più volte al giorno, e le possibilità che in un posto come quello un cadavere passasse inosservato per più di qualche ora erano estremamente ridotte. Già l'odore avrebbe dato l'allarme. Contro il tanfo della putrefazione, la vaniglia perdeva uno a cento.

Tuttavia, la vaga inquietudine mi spinse ad andare più veloce. Stavo quasi correndo.

Numero 2001... 2013... 2024.

Le scarpe di Takada. Erano le sue? Davanti alla porta erano allineate un paio di sneakers nuovissime, verdi con due strisce bianche. L'Adidas non avrebbe apprezzato l'imitazione scadente. Ma non importava. Le scarpe dimostravano che Takada c'era. Era proprio dietro quella porta.

Bussai. Nessuna risposta. Bussai più forte.

Dovevo entrare e basta?

Animo, signorina Suzu!

Spinsi la porta, che si aprì senza fare rumore.

"Takada-kun?" Valutai la situazione con un unico sguardo.

Era disteso. Raggomitolato su se stesso. Un relitto spiaggiato. Depositato in capo al mondo da un'onda. Mancava solamente la sabbia. Molta sabbia. Conchiglie. E pezzi di vetro levigati dagli anni. Invece, dove era disteso, non c'era altro che il duro pavimento, e le folate di aria fredda che soffiavano su di lui venivano dalla ventola del condizionatore.

Respirava? Rimasi in ascolto. Sì, respirava.

Dormiva? Sì, dormiva.

Indossava i vestiti con cui lo avevo visto l'ultima volta, cinque giorni prima. La T-shirt nera. *No logo, no shit.* I jeans strappati. Niente calzini. Dov'erano finiti? Ah, là! Li aveva appesi allo schienale della poltrona insieme alla giacca a vento e alla felpa scolorita e a qualche altro indumento.

Riflettei brevemente su cosa fare. Dovevo svegliarlo. Chiedergli come stava, mi balenò. Ma i miei polpastrelli, dopo avergli tastato la fronte, si ritrassero in automatico. Una piastra arroventata avrebbe scottato meno, e d'istinto decisi di lasciarlo dormire ancora un po'. Sopra il tavolo trovai una confezione vuota di compresse per la febbre. Diversi libri dai titoli seri. *Sulla natura del non essere*, lessi. Una torcia elettrica. Il taccuino. Senza pensarci, misi tutto nel mio zaino Anello. Dire che la sua vita stava tutta in una valigia sarebbe stato un eufemismo. Stava anche in una borsa. I vestiti e i prodotti da bagno, tra cui un gel doccia e uno shampoo 2 in 1, li infilai in due sacchetti di plastica. Appena finivo di impacchettare, e avevo finito, avrei svegliato Takada e lo avrei portato a casa con me.

A casa, fratello.

Un *manga kissa* non era il luogo adatto per guarire.

E se si ribellava? Non gli avrei dato retta. Una persona non era mica un cocomero, che si poteva lasciare dove capitava.

***

Takada non si ribellò. Al contrario.

Era un pupazzo di gomma privo di volontà e più che camminare strisciava, ma in confronto al cocomero, era nettamente meno complicato da maneggiare. Pesava di più, e siccome si appoggiava a me, dovetti distribuire il suo peso in modo che riuscissimo a rimanere in piedi entrambi. Anche aiutare un pupazzo di gomma a mettersi calzini e scarpe richiese una certa abilità. Almeno però aveva due piedi. E collaborò abbastanza da farsi caricare su un taxi fermato al volo, dove si riaddormentò in un secondo.

Il traffico del venerdì sera. Stagnante. Riesumai il cellulare e mi accorsi che la chiamata persa in metropolitana era del mio consulente bancario. Aveva lasciato un messaggio in cui mi illustrava per filo e per segno i vantaggi di un piano di risparmio. Mi sorprese scoprire di avere un consulente bancario personale. Fino a quel momento non avevo nemmeno la più pallida idea che esistesse. Sembrava gentile, e i termini che usava, come "rendimento" e "dividendi", mi diedero l'impressione di qualcuno che sapeva esattamente di cosa parlava. Per fortuna non era morto nessuno, pensai, e subito dopo telefonai al signor Sakai. Lui però non rispose. Grandioso. Avevo contato sul suo sostegno. Invece partì un segnale acustico. "L'utente da lei chiamato non è al momento raggiungibile," annunciò una sonora voce femminile.

Il signor Sakai era il centro decisionale. Senza di lui, pensai, eravamo quindici teli per il picnic sparpagliati in un campo da calcio. Avevo bisogno di lui. Facevo affidamento sulla sua saggezza. Oltre a tornare a casa, non avevo in serbo nessuna strategia, e più il taxi avanzava lentamente in quella direzione, più mi sentivo scoraggiata. Non sarebbe stato meglio andare in ospedale? Lì avrei potuto lasciare Takada in consegna a qualcuno. Una bella infermiera – una come Asuka – si sarebbe presa cura di lui. "Ora abbassiamo subito questa leggera febbre," avrebbe detto. La vidi misurargli il polso e applicargli una compressa fredda sulla fronte. Aveva i lunghi capelli lisci raccolti in uno chignon, e quando li scioglieva, cadeva una pioggia di fiori di ciliegio bianchissimi. Quell'immagine mi depresse. Come il mio consulente bancario, anche Asuka emanava la sicurezza di chi, in ciò che faceva, poteva attingere a solide conoscenze. Dopotutto, occuparsi dei malati era il suo mestiere. Io, dal canto mio, mi ero limitata a prendere una decisione istintiva, e mentre eravamo ancora imbottigliati me ne pentivo già. In che pasticcio mi ero cacciata? Mi ero sbarazzata del cocomero. Lo avevo lasciato nella cabina di Takada. E adesso? Mi ritrovavo con un pupazzo di gomma sul sedile posteriore di un taxi che non si schiodava da lì!

Per non perdermi completamente d'animo, ricordai le parole dell'addetto alla reception al *manga kissa*. Quando avevamo pagato il conto, ci aveva augurato "buon ritorno a casa". Era successo appena un quarto d'ora prima. Mi sembrava fosse passata un'eternità. Nel giro di pochi minuti, la Suzu energica si era trasformata in un disastro totale. Guardava smarrita Takada che farfugliava nel sonno, e si chiedeva come sarebbe riuscita a fargli superare la notte. Presto sarebbe stato buio. I lampioni si sarebbero accesi uno dopo l'altro sfarfallando, e lei si sarebbe ritrovata da sola, con nessuno al suo fianco all'infuori di se stessa. Quanto invidiava le persone che svolgevano i loro incarichi senza dubitare di essere adeguate o di avere le capacità necessarie. Sì, invidiava perfino il tassista, il cui lavoro consisteva nel portarli in silenzio da A a B. Non faceva domande e non esprimeva opinioni su ciò che accadeva alle sue spalle. Una volta sbirciò lo specchietto retrovisore e lanciò uno sguardo preoccupato a Takada, che borbottava cose sempre più sconnesse a voce sempre più alta. A parte questo, era concentrato su quello che aveva davanti. Le sue mani, infilate nei guanti bianchi, non stringevano il volante. Sembravano piuttosto inviargli impulsi sottili, in virtù dei quali si muoveva da solo. Che si trattasse di frenare dolcemente a un semaforo rosso o di accelerare dolcemente al verde, le sue azioni possedevano un'eleganza fluida, e il rumore della freccia, tic-tac, quando cambiava corsia, la metteva ancora più in risalto. Fu la ciliegina sulla torta, e avrei invertito molto volentieri i ruoli. Per quello che avevo davanti *io*, infatti, non mi sentivo per niente all'altezza.

Dal finestrino vedevo la città. Strade che sfociavano in altre strade che sfociavano in altre strade e via di seguito. Noi – io, Takada e il tassista – eravamo parte di una gigantesca rete stradale, che si estendeva oltre la città legando insieme la nazione intera. Eravamo solo una piccola parte. Visti dall'alto, eravamo una macchinina giocattolo che avanzava millimetro dopo millimetro.

Finalmente a casa, cedetti a Takada il mio *futon*. Nel suo stato di semincoscienza, aveva puntato dritto in quella direzione senza neppure lasciarmi il tempo di cambiare le lenzuola. Ci si era buttato sopra così com'era prima che riuscissi a toglierle. Con gli occhi lucidi di febbre, perlustrò il soffitto della stanza. Forse si stava chiedendo dove fossero i tubi di ventilazione. Poi – visto che non li trovava? – voltò la testa di lato, fece un sospiro profondo e si addormentò.

Dormì senza mai muoversi per due ore, durante le quali cercai di fare meno rumore possibile. Per non svegliarlo, rimasi seduta a una certa distanza sul cuscino da pavimento e ascoltai il suo respiro, inframmezzato di tanto in tanto dal rumore di un criceto che rosicchiava. Punsuke apriva con i denti i suoi semi di girasole.

"Bevi, devi bere." Quando si svegliò per un attimo, Takada buttò giù qualche sorso di tè d'orzo, che avevo preparato insieme a una veloce crema di riso. Quest'ultima però non la toccò, e anche lo sciroppo per la febbre che mia madre mi aveva spedito a Capodanno se lo lasciò somministrare controvoglia. Il latte rosa, disse, gli provocava dolore al molare sinistro. "Stai delirando," lo rassicurai, al che lui farneticò qualcosa a proposito dello zucchero filato. "Lo zucchero filato è amaro," stabilì sorpreso, guardando la luna che splendeva tra le tende accostate. Avevo aperto la finestra per far entrare un po' d'aria, e la brezza della sera portò l'odore di pollo alla griglia dal vicino chiosco di *yakitori*. Sapeva dell'oscurità in cui risplendevano i fiori dei Fuji. E sapeva – cos'era? Annusai l'aria. Nell'appartamento si erano stratificati più odori. C'era l'odore dei fiocchi di pesce che avevo mescolato alla crema di riso e c'era l'odore del mio shampoo. Ma quell'odore specifico – quello che cercavo di catalogare annusando l'aria – non era nessuno dei due. Sapeva di Takada. Ecco cos'era. Sapeva chiaramente di Takada. Non che avesse un odore marcato. Era più un sentore. Un sentore di Takada. E descriverlo era difficile. Sapeva di matite appena temperate, di un foglio di carta scritto fitto e alla lontana di Coca-Cola.

Ricordai l'odore di sapone e ammorbidente di Tomo. L'odore di mia madre dopo un bagno in inverno. L'odore di sigarette del signor Sakai. L'odore del profumo discreto della mia estetista. Ogni singolo odore si era impresso nella mia mente, e rievocandoli uno per uno mi resi conto di quanto fosse impersonale, perché sempre uguale, l'odore dei cadaveri con cui avevamo a che fare tutti i giorni al lavoro. Ti faceva dimenticare che le persone odoravano, e non solo quando erano morte. Anche da vive sprigionavano un odore distintivo.

Alle undici – era ora! – il signor Sakai richiamò. Avrebbe voluto telefonare prima, ma non ce l'aveva fatta. Era stato trattenuto da un qualche impegno. Udii della musica in sottofondo e un vociare animato. Doveva essere nel bar sotto il suo appartamento a concedersi l'ultimo bicchiere della giornata. "Cosa c'è?"

Gli raccontai a grandi linee quello che era successo.

Il signor Sakai rise: "La mando a fare visita a un collega malato e lei apre un bed and breakfast! Vedo che non perde tempo. Complimenti! Non la facevo così intraprendente. Gli ha già misurato la febbre?".

Non gliel'avevo misurata.

"Sopra i quaranta, consiglierei le frizioni."

"Frizioni?"

"Sì. Deve massaggiare braccia e gambe, sempre dall'alto verso il basso, con movimenti uniformi, né troppo energici né troppo delicati, come farebbe con un bambino. Meglio se con dell'aceto freddo. Ce l'ha, no? Lo metta in frigo e aspetti un'oretta, dovrebbe bastare."

"E poi?"

"Poi niente. Rimane con Takada finché non guarisce. E non si preoccupi, gliele calcolo come ore lavorative, con una sostanziosa gratifica a fine anno. Conto su di lei, signorina Suzu. Qui ci vuole..." a quel punto il suo cellulare dovette perdere il segnale, la comunicazione si interruppe, e dopo aver gridato più volte "Pronto? Pronto?" mi arresi. Eccetto un fruscio, seguito da un silenzio assoluto, non si sentì più nulla.

Il termometro che infilai in bocca a Takada segnò 40,1 nel giro di due secondi. Accidenti! Avevo sperato si fermasse a quaranta. Rassegnata al mio destino, andai in cucina per raffreddare l'aceto, che di solito usavo per pulire l'angolo dove Punsuke faceva la pipì. Il metodo delle frizioni mi sembrava altamente discutibile. Cercandolo su Google sarebbero sicuramente venute fuori orde di ciarlatani, streghe e nemici dichiarati della medicina. Niente Google, mi imposi. In certe cose bisognava crederci e basta, altrimenti non funzionavano. Tanto più che lo sciroppo per la febbre non aveva fatto effetto e i cubetti di ghiaccio, che avevo avvolto in un canovaccio e messo sulla fronte di Takada, si erano sciolti in un attimo. Non avevo altri assi nella manica.

***

E allora frizioni.

Nel frattempo si era fatta mezzanotte. Takada, braccia e gambe di gomma divaricate, era sdraiato sul *futon*, madido di sudore, e respirava a fatica. Ogni tanto gli si contraevano le palpebre o faceva una smorfia sofferente, più o meno come se avesse morso un limone. A parte questo, però, non muoveva un muscolo. Era completamente floscio. Quando mi inginocchiai accanto a lui e gli tirai su le maniche della T-shirt scoprendogli le spalle, emise solo un flebile gemito. Agitai più volte il pugno davanti al suo viso fingendo di colpirlo. Nessuna reazione. E andava bene così. Dell'esorcismo che stavo per praticargli non doveva percepire niente di niente.

Immersi le mani in una bacinella che avevo riempito di aceto. Era piacevolmente freddo. Poi, dopo essermi sfregata i palmi uno contro l'altro, circondai il braccio destro di Takada e lo massaggiai lentamente dalla spalla fino al gomito e dal gomito fino alla punta delle dita. Per distrarmi dal fatto che stavo massaggiando Takada, immaginai di annaffiare una pianta. Con cura, perché la terra non si impregnasse troppo. Lasciandole il tempo necessario di assorbire l'acqua. Dall'alto verso il basso. E ancora: dall'alto verso il basso. Più ripetevo il procedimento, più naturali e ritmici diventavano i miei movimenti. Appena arrivavo alla punta delle dita, ricominciavo a frizionare dalla spalla fino al gomito, lungo l'avambraccio, sul polso e di nuovo giù fino alla punta delle dita. L'aceto penetrava nella pelle, che trasmetteva il proprio calore alle mie mani. Avvenne un transfert. E come era successo tra me e Mrs Manolesta, da un certo punto in poi non fu più chiaro chi dava e chi prendeva.

Dopo il braccio destro venne il turno del sinistro. E dopo il braccio sinistro passai alle gambe. Riuscii a tirare su i jeans di Takada soltanto fino alle ginocchia. Può bastare, pensai, e quello fu l'ultimo pensiero concreto che formulai quella notte. Ero intenta a frizionare, come in trance e senza chiedermi neppure una volta cosa stessi facendo. Non pensavo a niente e non sentivo niente. Ero il procedimento stesso. Né troppo energica né troppo delicata. Rimasi inginocchiata accanto a Takada fino all'alba e non smisi mai di massaggiare via la febbre dal suo corpo. A essere sincera: non ci credevo. Lo facevo perché era tutto ciò che potevo fare. Quando l'aceto nella bacinella si scaldava, ne prendevo altro in frigo, e quando l'aceto finì, andai avanti con un asciugamano imbevuto di acqua fredda. La luna diventò sempre più pallida. Alla fine era una falce trasparente. I primi pendolari si trascinavano verso la stazione, e in lontananza si udiva lo sferragliare dei treni che arrivavano e ripartivano. I Fuji tirarono lo scarico. Davvero era già mattina? Avevo perso la cognizione del tempo. Oggi era ieri e domani insieme. Da nero, il cielo si era fatto grigio, e poco alla volta si sarebbe colorato. All'inizio sarebbe diventato rosso, poi giallo, poi azzurro.

Quando ormai non riuscivo a tenere gli occhi aperti, Takada era ancora caldo. Però non scottava più, il nucleo interno del calore era diminuito sensibilmente. Gattonai carponi fino al mio cuscino da pavimento e crollai di colpo in un sonno plumbeo, in cui aveva accesso solo Punsuke che sgranocchiava. Correva in tondo all'infinito. Nel sogno correva all'interno di un cocomero svuotato e mi sputava addosso i semi. Piccoli semi neri, completamente inodori. Poi correva giù per la curva della temperatura in un precipizio di zucchero filato. Al tentativo di ripescarlo, lo zucchero filato si era liquefatto in latte rosa.

"Fame?"

"Un po'."

Takada si era svegliato non molto dopo di me. Ricordava che lo avevo aiutato a mettersi le scarpe. Ma non ricordava il tragitto in taxi. E nemmeno come era finito sul mio *futon*. Quindi limitai il più possibile il mio resoconto, per non confonderlo inutilmente. Il signor Sakai, mentii, mi aveva incaricata di portarlo lì, nel mio appartamento. Preferii evitare di dirgli che era stata una decisione mia, una decisione mia anche se istintiva, e non accennai neanche alla faccenda delle frizioni. Adesso era imbarazzante essere a conoscenza del neo sul suo polpaccio destro, e che avesse un'unghia del piede incarnita non mi riguardava, esattamente come la forma del suo ombelico, che la T-shirt sollevata aveva lasciato scoperto quando a un certo punto si era voltato.

"Sono io?" chiese Takada.

"In che senso?"

Si annusò le braccia. "Questo odore di aceto."

"Hai sudato parecchio."

"Mmh," fece lui, rimestando la crema di riso della sera precedente. Parlare lo aveva sfinito.

"Nel caso volessi farti una doccia," a quelle parole arrossii come una scolaretta, "il bagno è laggiù. Gli asciugamani puliti sono nel mobile sotto il lavandino, e i panni sporchi buttali pure nella lavatrice."

Takada annuì debolmente. Era troppo intontito per notare il mio disagio.

"Le tue cose," gli posai davanti i due sacchetti di plastica con i vestiti e i prodotti da bagno. "Mettiti comodo," aggiunsi. "Non c'è molto spazio, ma... fa' come fossi a casa tua... Ah, il condizionatore è rotto... uso il ventilatore... e in frigo... ecco..." I convenevoli non erano il mio forte. Sapevo come ci si rivolgeva a un ospite. All'atto pratico però – visto che non ne avevo mai avuto uno – faticavo a trovare il tono giusto. L'unico ospite che avessi ricevuto era stato il tecnico del gas, che era venuto per un controllo circa due anni prima, e con lui non avevo dovuto intavolare una conversazione. Gli avevo offerto un bicchiere d'acqua, e lui aveva declinato l'offerta. Fine della storia *Suzu fa gli onori di casa*. Una storia estremamente breve, estremamente povera di contenuto.

Takada, che era sparito in bagno con i due sacchetti di plastica, rimase un bel po' sotto la doccia. Approfittai di quel tempo per cambiare le lenzuola al *futon*. Il pungente odore di aceto che le impregnava aveva eliminato del tutto quello di matite, carta e Coca-Cola. Iniziò a battermi forte il cuore. E se Takada fosse uscito dal bagno in mutande? Dove avrei dovuto guardare? In basso verso i suoi piedi? Ma lì c'era l'unghia incarnita. Meglio scegliere un punto poco oltre le sue spalle, qualcosa di neutro, per esempio le riviste di moda e lifestyle impilate sulla mensola.

Ma fu solo un momento, e come tale passò. Takada, che ricomparve in pantaloni della tuta logori e maglietta *no name*, si ridistese subito sul *futon*. Ora dallo spiraglio tra le tende filtrava la luce forte del sole. Il pulviscolo scintillava, simile a minuscoli animaletti danzanti, e ripensai alla neve che mulinava intorno a noi la sera del colloquio di lavoro. La danza degli animaletti aveva la stessa leggerezza impalpabile.

Mentre Takada dormiva, uscii per fare la spesa. Se non si contavano riso e fiocchi di pesce, qualche confezione di noodles istantanei e una lattina di mais, in dispensa non avevo provviste, e in quel forno di appartamento la poca frutta rimasta si era ammosciata. Le banane marroni non le avrebbe volute nemmeno Punsuke.

Al supermercato, dove vagavo disorientata tra gli scaffali, cercai su internet "dieta per malati". Servire a Takada un *bentō* già pronto sarebbe stata la soluzione più semplice. Ma alla vista delle crocchette e dei gamberetti fritti, scartai immediatamente l'idea. Quando ti ammalavi dovevi riguardare lo stomaco. Comprai *dashi* in polvere, pesce e uova per una zuppa di pesce sana e digeribile. La ricetta indicata sembrava facile. Un po' di *mitsuba* tritato alla fine, ed era fatta. Il cocomero che misi nel cestino era più piccolo rispetto a quello del giorno prima e non aveva ottenuto nessun premio. In caso di febbre, diceva il dottor Google, i frutti ricchi di acqua erano l'ideale per compensare la perdita di liquidi. Un ananas mi sorrise. Ma dato che non sapevo come si tagliava a fette e non intendevo sorbirmi un tutorial di dieci minuti su YouTube, cocomero fu. Il vantaggio era che ne avrebbe beneficiato anche Punsuke. L'ananas, lessi in un forum dedicato ai criceti, era sconsigliato.

Tornata a casa, prima di tutto mi cadde l'occhio sul corpo addormentato di Takada che si delineava sotto la coperta di cotone. Era ancora lì. Sollevata, mi chiusi la porta alle spalle. La preoccupazione recondita che se ne fosse andato per non essermi di peso si era rivelata infondata quanto il timore di vederlo in mutande.

"*Tadaima*," dissi con voce sommessa, e fui sorpresa dal fruscio altrettanto sommesso che mi rispose. Punsuke era dritto sulle zampette posteriori al centro della gabbia e spiava curioso lo sconosciuto che dormiva. Anche lui sentiva che c'era qualcosa di diverso dal solito. O aveva troppo caldo nel suo nido di ovatta? Mi avvicinai con cautela. Non fuggì subito. Invece di svignarsela come di consueto non appena accorciavo la distanza tra noi, rimase dov'era, e contai fino a dieci, poi fino a venti, prima che si ritirasse nella sua tana, lemme lemme e senza la minima traccia di agitazione. Meglio di niente. Aveva resistito a farsi guardare da me per venti secondi. E come diceva il proverbio? Anche un viaggio di mille miglia... O una cosa così.

Iniziai a sminuzzare il pesce per la zuppa. Un altro odore nuovo. Mi arrivava l'aroma di terra delle foglie di *mitsuba* tritate, e insieme a quello più fresco del cocomero che avevo tagliato a piccoli pezzi creava una miscela unica nel suo genere. Il mio appartamento non era mai stato così profumato come in quel momento, quando sollevai il coperchio dalla pentola e si diffuse il vapore del brodo *dashi* che sobbolliva.

***

Nei due giorni successivi, Takada si ristabilì solo per gradi. Dormiva quasi tutto il tempo. Dopo l'esorcismo di mezzanotte la febbre non si era più impennata. Era addirittura scesa a un ritmo costante e si era stabilizzata su un moderato 37,6. Ma Takada era ancora molto lontano dal recuperare le forze. Continuava a essere un pupazzo di gomma più che un essere umano, e scambiammo due parole solo sul signor Sakai, che chiamò varie volte per informarsi sulle sue condizioni. "Tipico del capo," disse Takada. "Non ti lascia mai in pace."

In quel caso gli diedi ragione. Due telefonate al giorno erano davvero eccessive. D'altro canto però: chi – oltre al signor Sakai – ti chiedeva come stavi?

Takada era un paziente facile. Ogni tanto si lamentava per il freddo perché aveva scalciato via la coperta, e io lo coprivo di nuovo. Ogni tanto scacciavo con la mano una zanzara che gli ronzava intorno. Di conseguenza, sia il sabato sia la domenica non si discostarono molto dai fine settimana che trascorrevo da sola. Furono altrettanto monotoni. La presenza di una seconda persona, tuttavia, implicava che dovessi pensare ogni cosa per due. Per esempio, avevo impostato il ventilatore in modo che ruotasse per fare aria a entrambi, e considerata la quantità di tè d'orzo che Takada ingurgitava a mano a mano che guariva, rinunciai alla mia parte e passai all'acqua del rubinetto. Dal momento che non avevo un *futon* per gli ospiti, mi arrangiai con il cuscino da pavimento, e quando andavo in bagno tiravo l'acqua mentre facevo la pipì perché non si sentisse il rumore dall'altra stanza. Per di più, mi ero abituata in fretta a quella situazione insolita. Takada c'era. C'era ancora. E ogni volta che lo vedevo disteso sul *futon* era sempre meno insolito vederlo disteso lì.

Il lunedì mattina Takada si era ristabilito abbastanza da potersi alzare. Non aveva più febbre, e mentre gironzolava per l'appartamento, ancora incerto sulle gambe ma con il viso decisamente più colorito, si imbatté nelle *Opere complete* di Shakespeare e sprofondò tutto contento nella lettura. Si dedicò anche a Punsuke, che aveva scambiato la notte per il giorno. Bello pimpante, rosicchiò la carota che Takada gli teneva davanti al nasino che fremeva e non si tirò indietro nemmeno quando mi avvicinai anch'io. Smise brevemente di rosicchiare e drizzò le orecchie. Dopodiché ricominciò.

Durante la giornata di martedì ci fu un netto miglioramento, e la sera Takada uscì per la sua prima passeggiata. Voleva esplorare l'edificio. Mi chiesi cosa ci fosse da esplorare. Non mi sarebbe mai saltato in testa di avventurarmi in una ricognizione del palazzo dove abitavo da quasi quattro anni, e poiché il mio appartamento era al pianoterra, non mi ero mai neppure spinta in quelli superiori. Mi fece uno strano effetto andarci, e al pensiero che qualcuno potesse prenderci per degli intrusi entrati senza permesso, il mio rispetto per le leggi ebbe la meglio.

"Torniamo indietro," dissi a metà strada. "Sei ancora debole... non dovresti esagerare..."

Ma Takada salì imperterrito anche l'ultima rampa. Niente più traccia di stanchezza! Gettò al vento le mie remore e a ogni passo che lo avvicinava alla meta sembrava più determinato a raggiungerla.

"Proprio come immaginavo. Guarda," indicò una scala antincendio che portava a un lucernario.

"Di sicuro sarà chiuso a chiave."

"Dici?" Si arrampicò sui pioli arrugginiti e spinse forte il pannello. "Non era chiuso," gongolò. Aveva infilato la testa nell'apertura e si tirò su con agilità. "Vieni?"

Non mi restò che seguirlo. Almeno non c'erano cartelli che vietavano l'accesso, e a giudicare dalle ragnatele attorcigliate intorno alla scala, nessuno andava lassù da un bel pezzo. Era poco probabile che ci scoprissero.

"Non è che si richiude?" domandai con un'occhiata al lucernario.

"Anche se fosse," Takada allungò la mano per aiutarmi a superare il bordo. "Ne vale la pena," disse.

"È bellissimo." Una volta fuori, su una piattaforma che mi ricordò la prua del *Titanic*, perché terminava a punta e il parapetto somigliava alla battagliola su cui stavano in piedi Kate e Leonardo, si spalancò un panorama che mi tolse il respiro. Tutto intorno, case. Finestre e ancora finestre, in cui si muovevano delle persone. Un uomo suonava il pianoforte. Aveva le cuffie e ondeggiava al ritmo di una melodia che sentiva solo lui. Una donna si alzò da un tavolo con sopra dei mandarini. Come pianeti, erano disposti secondo un ordine preciso. Tende mosse dalla brezza. Un altro stirava una camicia. Nulla di insolito. Ma la prospettiva faceva la differenza. Dietro di noi c'era la strada. E di fronte, sotto il cielo caliginoso della sera, era già l'imbrunire, c'era quello che dalla strada non si vedeva. Un mondo di cose nascoste si estendeva davanti ai nostri occhi. Un piccolo giardino. Due amache. Una cassapanca. Un gatto che passeggiava su un tetto di lamiera ondulata. Un altro gatto. Pace.

"Vero?" Prima di lasciare la mia mano, Takada la strinse per un attimo.

"È bellissimo," ripetei. Dopo le giornate vuote che avevamo trascorso nel mio angusto appartamento, era come essere al cinema. Restando in silenzio, accogliemmo in noi quella pace.

"Grazie."

"Di cosa?" Con la mano lasciata da Takada mi scostai una ciocca dal viso. Era più calda dell'altra mano, con cui mi tenevo al parapetto.

"Di avermi portato a casa con te."

"Figurati," minimizzai.

"Forse sembrerà strano, ma per me questo," Takada fece un giro su se stesso, "è veramente come una casa."

"La piattaforma, intendi?"

"Esatto."

Seguì una breve pausa. Takada, che sembrava indeciso se continuare oppure no, si sporse dal parapetto e guardò il mare di case, finestre e persone. Poi – dopo aver inspirato una lunga boccata d'aria – iniziò a parlare.

"All'Home Center, ricordi?" chiese. "Quando hai riso delle sedie da campeggio."

Ricordavo perfettamente.

"Non ho avuto un'infanzia molto felice."

Cosa c'entravano le sedie da campeggio con l'infanzia non molto felice di Takada? E cosa avrei dovuto dire? Avrebbe aggiunto una spiegazione o era già quella, la spiegazione? Si interruppe di nuovo. Non c'era un collegamento che univa i due enunciati. Erano slegati l'uno dall'altro, e proprio mentre pensavo che li avrebbe lasciati così, lui riprese a parlare.

"Un paio di *tabi*" fu la frase successiva che pronunciò.

Un paio di *tabi*?! Ehm, mi ero persa un pezzo? Qual era il filo del discorso, sempre che ce ne fosse uno? Takada spargeva parole. Un po' come quelle che collezionava sul suo taccuino perché non volassero via, e si vedeva quanto gli costasse tirarle fuori. Erano rimaste a lungo chiuse dentro di lui.

***

"C'era una volta un bambino di sei anni," ricominciò da capo Takada. "Diciamo che si chiamava Yūto."

"Nel senso di Takada Yūto?"

Sbatté le palpebre imbarazzato. Evidentemente per lui era più facile parlare di sé in terza persona, e dato che era chiaro a chi si riferiva, stetti al gioco.

"E com'era, il bambino che si chiamava Takada Yūto?" domandai nel tono più discorsivo possibile.

"Ecco, non era un bambino semplicissimo da gestire. Aveva le sue stranezze."

"Le aveva anche la bambina di nome Takada Suzu."

Ridemmo appena.

"Yūto aveva dei tic," continuò Takada. "Faceva parecchie smorfie, roteava gli occhi e cose così. Oppure doveva correre tre volte intorno a una macchina prima di salirci sopra. Per un certo periodo saltellò divaricando braccia e gambe. Poi fu la volta dei versi strampalati. Grugniti, per esempio."

Ok. Quello era un altro campionato. Io non potevo competere con delle stranezze di tale livello. Le mie erano di natura più discreta. Avevo visto lo spirito di mio nonno, per dire. Ma dal momento che si trattava di Yūto e non di Suzu, preferii tacere.

"Dove era cresciuto Yūto c'era una piattaforma. Era fatta più o meno come questa. E quando i tic erano fuori controllo e sua madre lo minacciava di legarlo alla sedia per punizione, così avrebbe smesso di saltellare, lui correva a rimpiattarsi lassù. Poteva restarci per ore, immerso nei suoi pensieri."

"Era una specie di nascondiglio segreto?"

Takada annuì. "Oltre a lui lo conosceva soltanto suo padre, e non lo avrebbe rivelato a nessuno. Era un uomo tranquillo. La sera, quando andava a prenderlo, si metteva accanto a lui senza parlare, fumava una sigaretta o due, diceva qualcosa tipo che si era fatto tardi, e scendeva dalla scala in silenzio come era salito."

"E Yūto?"

"Lo seguiva!"

"Sembra che fossero una squadra molto affiatata."

"Sì, è così. Finché c'era suo padre, Yūto non aveva niente da temere. Una vera roccia. Anche sua madre era impotente contro di lui. Per quanto si lamentasse e gridasse che era troppo permissivo con il figlio, non riusciva ad averla vinta sulla sua calma. Per il padre, i tic di Yūto non erano un problema. 'Passeranno con la crescita,' diceva, e secondo lui non c'era altro da dire sull'argomento. Non perdeva mai la pazienza con Yūto e non gli dava l'impressione di essere uno scherzo della natura."

"Mitico!" commentai.

"È proprio il termine giusto! Se esiste qualcuno di mitico, quello era lui. Ma poi..."

"Ma poi cosa?"

"Ma poi una sera lo aspettai invano."

La fiaba, che non era una fiaba, aveva raggiunto la sua conclusione provvisoria. Una sera lui – il bambino che si chiamava Takada Yūto – si era rifugiato su una piattaforma fatta più o meno come quella e aveva aspettato inutilmente di sentire i passi di suo padre. Era diventato buio. E come adesso, alle finestre si erano accese le luci.

"Era?..."

"No, no!" Takada guardò di sfuggita verso il lucernario. Non spuntò nessuna testa. E nessuna testa sarebbe spuntata. "Semplicemente non c'era più. Capisci? Puf! Andato! Come se qualcuno lo avesse spazzato via. Non c'era più e basta." Che in definitiva era la stessa cosa, pensai. Il padre di Takada – in un modo o nell'altro – era sparito dalla circolazione, e per chi lo aveva aspettato non faceva alcuna differenza che fosse morto o ancora vivo. La fiaba andò avanti senza il padre, e Takada, che era passato a parlare di se stesso in prima persona, ne era il protagonista solitario.

"Quella sera venni a sapere che mio padre ci aveva lasciati. Mia madre me lo comunicò senza ulteriori spiegazioni. 'Ci ha lasciati,' disse, tormentando un fazzoletto appallottolato. Io volevo sapere perché. Lei però non rispose e, quando glielo chiesi di nuovo, mi mollò un ceffone. 'Per colpa tua! O credevi che lo avrebbe accettato per sempre, che non sei suo?' Mi bruciava la guancia. E non capivo una parola. Per colpa mia? Non ero suo? Ma se la mattina, prima di uscire di casa, mi aveva strizzato l'occhio due volte. Era un codice tra di noi. Strizzare l'occhio una volta significava: Stammi bene! Strizzare l'occhio due volte significava: Tieni duro! Me lo rividi davanti. Con la tuta da lavoro blu e i *tabi* neri che usava per andare in cantiere, era salito sul motorino e mi aveva strizzato l'occhio. Niente aveva indicato che fosse un addio. Forse mia madre mentiva e lui sarebbe tornato?

"Mi aggrappai a un barlume di speranza, ma era come tentare di reggersi a una lastra di ghiaccio che si sta sciogliendo. Piano piano, le poche cose che erano rimaste di mio padre sparirono. Sparirono come lui. Puf, e non c'erano più! Prima i suoi vestiti. T-shirt bianche senza niente stampato sopra. Un berretto da baseball. Poi le sue riviste. Una pila di riviste di automobilismo. Un pacchetto di Seven Stars, quelle forti. Uno zippo. Non era molto, quello che aveva lasciato, e una volta svanito e lontano dagli occhi, fu come se non ci fosse mai stato. Era esistito davvero quell'uomo tranquillo che si metteva accanto a me sulla piattaforma?

"Setacciai l'appartamento in cerca di lui. Mi sarei accontentato anche solo di un capello! Ma non ce n'era nemmeno uno. Nelle foto che trovai, foto della mia nascita, foto del mio primo giorno all'asilo, se c'era stava in disparte, di lato, oppure lui era il dito che aveva coperto l'obiettivo. Mi rassegnai. In ogni modo, presto altri presero il suo posto, e io feci del mio meglio per dimenticarlo, così come dimenticavo gli altri che si susseguivano a vicenda. Le loro angherie. Anche quelle. Dimenticai che mi infilavano un sacco della spazzatura in testa quando roteavo gli occhi, e dimenticai che là sotto non respiravo. Dimenticai che mi tappavano la bocca quando facevo versi strampalati. I tic che non riuscivo a controllare li facevano infuriare, e non avevano l'indulgenza necessaria per aspettare che passassero con la crescita. Ma passarono. Crebbi, e a dispetto delle loro angherie, a un certo punto i tic passarono.

"A scuola però, dove mi avevano già bollato, continuarono a considerarmi uno scherzo della natura. Per questo a tredici anni iniziai a marinarla. Invece di andare a lezione, bighellonavo per la città. La città diventò la mia piattaforma. Potevo restarci per ore, immerso nei miei pensieri. Ed era fantastico! Anche se indossavo l'uniforme della scuola, riuscivo a essere invisibile. Nessuno faceva caso a me. Nessuno mi fermava per strada o chiamava il mio nome. Takada Yūto. Odiavo il mio nome. Sullo stato di famiglia, che avevo cercato, alla voce 'padre' c'era la dicitura 'ignoto'. Fu tutto quello che riuscii a decifrare. Perciò mia madre aveva detto la verità. L'uomo che si metteva accanto a me sulla piattaforma era solamente un uomo. Uno qualsiasi.

"A volte, quando tra la gente notavo qualcuno che gli somigliava, gli andavo dietro e imitavo il suo modo di camminare. Diventavo la sua ombra e lo seguivo fino a che non lo perdevo di nuovo tra la gente. Camminavo per chilometri, sempre cercandolo. Lo avrei riconosciuto dalla sua tranquillità, pensavo, dalla tranquillità con cui metteva un piede davanti all'altro. E poi? Cosa avrei fatto? Per molto tempo non mi fu chiaro. Lo avrei affrontato? Non ne avevo il diritto. A quanto mi risultava ci aveva lasciati di sua spontanea volontà. Quindi, a che scopo ricordargli cose che presumibilmente non voleva ricordare?

"Soltanto dopo, anni dopo, venni a sapere che era stata mia madre a rompere con lui. In un attacco di nostalgia, uno di quelli che aveva sempre quando beveva troppo, cominciò a tormentare un fazzoletto appallottolato, e fu tutto come allora, esattamente come allora, solo senza il ceffone. A sprazzi mi raccontò che con mio padre si annoiava. Peccato. Era un brav'uomo. Ma quella sua mania di educare le dava sui nervi. Va be'. Che ci poteva fare? Tra loro c'erano vent'anni di differenza. Non sorprendeva che non avesse funzionato. Adesso però si pentiva di averlo messo alla porta. Non era arrivato niente di meglio. E sarebbe stato più saggio anche nei miei confronti, tenerselo. Aveva una vera e propria adorazione per me, il brav'uomo, e quando infine aveva ceduto alle sue insistenze di chiuderla lì, le aveva chiesto espressamente di farmi credere che era stato lui a tagliare la corda. La delusione mi avrebbe aiutato a superare il dolore. Che idiozia! Rise di quell'idea, poi pianse di nuovo. Se almeno fosse arrivato qualcosa di meglio! Non se la sarebbe passata così male eccetera eccetera.

"Le chiesi dov'era andato. Non lo sapeva. Le aveva telefonato un paio di volte, ma lo conoscevo, no? Non era certo il tipo più ciarliero del mondo. Mi bruciava la guancia. Mi bruciava senza bisogno del ceffone. Riaffiorarono i ricordi. Tra cui uno: noi tre, in riva a un fiume, seduti su delle sedie da campeggio. Non ci muoviamo. Restiamo seduti anche quando si fa scuro. È come se fossimo una cosa sola con le sedie, e nessuno di noi vuole rompere la magia alzandosi o anche soltanto cambiando la posizione dei piedi. Il sole tramonta. Poi è tramontato. Ma noi restiamo seduti. È il ricordo più felice che ho della mia infanzia, e nello stesso tempo quello che fa più male, perché alla fine ci siamo alzati.

"Cosa farei se ritrovassi mio padre? Con gli anni mi è diventato chiaro. Mi metterei accanto a lui, forse gli strizzerei l'occhio una volta, forse due, e non permetterei, non permetterei in nessun modo che si scusasse con me. Guarda, gli direi, sono cresciuto ed è passato tutto.

"Ero deluso. Ma non ero triste. Non ero affatto triste. Un'idea infantile. Mi rendo conto di quanto sia infantile. Ma è il bambino di sei anni dentro di me che non riesce a smettere di reggersi alla lastra di ghiaccio già sciolta da un pezzo. Adesso mio padre, e non mi importa se posso o non posso chiamarlo così, è l'unico che ho, dovrebbe avere più o meno sessantacinque anni. Sicuramente è ancora vivo. Nella mia fantasia conduce una vita solitaria. Tranquilla e modesta. Altrettanto sicuramente, però, un giorno morirà, e la sua morte me la immagino come la sua vita. Un paio di *tabi* neri nell'ingresso. Una tuta blu appesa all'attaccapanni. Da quando lavoro per il signor Sakai, penso che sia possibile trovarlo tra i *kodokusha*, e anche se mi auguro di no, vorrei essere lì, quando arriverà il momento. Mi farebbe piacere bussare alla sua porta."

***

Tutto intorno a poco a poco si erano accese le luci.

Una madre chiamò i figli per cena. Un'altra stendeva il bucato. Il pianista aveva smesso di suonare. Uno dei mandarini era stato sbucciato. Gatti e stelle. Passò un aereo diretto a ovest. Takada, che si sfregava l'unghia del pollice sinistro, lo sollevò brevemente contro il cielo grigio e catturò l'ultima sfumatura rosa. Fece lo stesso con l'unghia del pollice destro. L'ultimissima sfumatura rosa la catturò con le unghie di entrambi i pollici.

"Un tic, vero?"

"Indovinato! Per fortuna ho smesso di saltellare in giro. Ma uno o due tic li ho ancora, e a essere sincero sono contento di averli. Li considero un po' degli scocciatori con cui negli anni ho fatto amicizia, e in un certo senso mi rassicura che siano rimasti."

"Non hai molto altro," lo punzecchiai.

"Hai proprio ragione!" Takada la prese sul ridere. "Quello che ho non è molto. In questo somiglio a mio padre. Un tetto sulla testa, diceva sempre, qualcosa da mangiare e qualche vestito, che altro serve?"

"Riso non brillato, *miso* e un po' di verdura." Ripensai alle parole del signor Sakai, quando mi aveva raccontato di come era nata la sua ditta.

"*Ame ni mo makezu.*"

"Mmh?"

"Miyazawa Kenji. Una sua poesia dice: *Mangiare quattro gō di riso non brillato / Miso e un po' di verdura ogni giorno.*"

Non conoscevo quella poesia. Cioè, l'avevo studiata a scuola, ma non ricordavo più di preciso di cosa parlava.

"Sembra che Miyazawa l'abbia scritta poco prima di morire." Takada recitò i versi finali: "*Quando c'è la siccità, versare lacrime / Quando arriva un'estate fredda, andare in giro agitato / Essere chiamato buono a nulla da tutti / Senza ricevere mai una lode / Né essere oggetto di preoccupazioni / Una persona del genere / Vorrei diventare*. Straordinario, eh? Uno sta morendo e scrive che vorrebbe diventare una persona del genere".

"Doveva essere proprio testardo, questo Miyazawa."

"Mi sa di sì. Esprimere un desiderio simile di fronte alla morte dimostra una certa caparbietà."

Parlammo ancora un po' del collegamento tra la poesia e lo stile di vita al quale Takada si era votato, e ne parlammo senza eccessiva serietà. Dopo la sua storia, stranamente non era sopraggiunta nessuna pesantezza. L'aria, sebbene calda, non gravava su di noi più pesante di quanto fosse stata prima. Al contrario. Sembrava addirittura più leggera, e il mio cuore batteva calmo, non a un ritmo accelerato. Ognuno aveva la sua storia. Già solo all'interno delle case che stavamo guardando, molte storie erano sul punto di iniziare o di finire.

"Quante forme di solitudine esistono," dissi. "Ne esistono tante quanti sono gli uomini."

"Gli uomini *e* le cose," precisò Takada.

"Dovremmo compilare una lista. Che ne pensi? La solitudine della buccia di mandarino su quel tavolo laggiù, per esempio."

"La solitudine di una balenottera azzurra."

Riflettei. Una balenottera azzurra poteva essere sola? Se poteva esserlo una buccia di mandarino, a maggior ragione poteva esserlo una balenottera azzurra, che si immergeva nelle profondità dell'oceano.

"La solitudine del diventare adulti."

"Quella di un'arma."

"Quella di un pony express." Takada lo era stato.

"La solitudine di un maratoneta."

A turno elencammo quello che ci passava per la testa, e appurammo che in pratica tutto – perfino un cocomero – poteva essere estremamente solo. D'accordo, forse il cocomero era un tantino esagerato, "ma supponiamo che venga abbandonato nella cabina di un *manga kissa*?", presi le sue difese, e alla fine lo mettemmo nella lista insieme al profumo di riso al curry portato da chissà dove e alla scia lasciata dall'aereo che non era ancora svanita.

A lungo andare, la ricerca del padre aveva logorato Takada. Cercava qualcuno che era partito in motorino da vent'anni buoni, e lo cercava ovunque, tra i vivi come tra i morti. Lo avrebbe trovato? Quasi certamente no. Lo sapeva anche lui, che le probabilità erano poche. Forse però, mentre lo cercava, trovava qualcos'altro.

Gli diedi un colpetto con il gomito. Poi, quando si voltò verso di me, gli strizzai l'occhio due volte.

"Così?"

"Sì, così!" Anche Takada mi strizzò l'occhio.

In realtà volevo approfittare dell'occasione e finalmente scusarmi per la faccenda dell'Home Center, ma lì, in silenzio uno accanto all'altra, immersi ognuno nei propri pensieri, mi sembrò più insensato che mai ritornare sull'argomento. Non ci muovemmo. Nemmeno quando si fece scuro. Nessuno dei due voleva rompere la magia, che consisteva nel rimanere ai nostri posti. E quando più tardi sgusciammo comunque attraverso il lucernario, avvenne senza il minimo rumore, come attraverso un buco nel tempo. Al ritorno nel presente non era cambiato nulla. O sì? C'era qualcosa di diverso, di appena un po' diverso. Mi giunse all'orecchio un mormorio, era la pioggia che cadeva incessante. Arrivava simultaneamente dall'alto e dal basso. "Lo senti anche tu?" domandai.

"Cosa?"

"Questo mormorio..."

"No." Takada si concentrò nell'ascolto, ma non sentì niente.

"Allora me lo sono solo immaginato," dissi, e scesi le scale insieme a lui. I nostri passi riecheggiavano tra le pareti. Sovrastarono il mormorio che avevo solo immaginato.

***

Il signor Sakai ci accolse con un caloroso benvenuto.

Gli eravamo mancati, ammise apertamente, e anche Yamamoto e Suga espressero, benché con minor esuberanza, la loro gioia per il nostro ritorno. Era piena estate ed entro Obon, soltanto dieci giorni dopo, dovevamo occuparci ancora di molti casi. "Troppi," sbuffò Yamamoto, "ma a quanto pare quello zuccone si è messo in testa di farci morire tutti. Ogni anno la stessa storia."

"Piena estate significa anche piena stagione," rise il signor Sakai. "Non abbiamo altra scelta."

In effetti lavoravamo dall'alba al tramonto, e dopo il *sentō* nessuno era più in vena per una serata bevereccia da Master Shen. Ognuno andava a casa propria, stremato. Io salivo in autobus con Takada, che era ritornato al *manga kissa*, fino alla stazione della metropolitana più vicina. Lì le nostre strade si dividevano. Lui prendeva il treno in una direzione, io in quella opposta. Dopo che ci eravamo separati ai tornelli, ci vedevamo di nuovo, fermi sulla banchina di fronte. Era come prima, ma non del tutto come prima. Prima mi nascondevo dietro una colonna perché i nostri sguardi non si incrociassero. Mi metteva a disagio salutarlo un'altra volta con la mano o anche solo fargli un cenno. Ora non soltanto lo salutavo con la mano e gli facevo un cenno, ma addirittura gli strizzavo l'occhio. Strizzare l'occhio una volta significava: Buonanotte. Strizzare l'occhio due volte significava: A domani. Avevamo leggermente modificato il codice. Perciò, quando Takada mi strizzò l'occhio cinque volte di seguito, rimasi spiazzata. E quello cosa significava? Disegnai in aria un punto interrogativo. Ma la mia domanda non ebbe risposta. Il treno di Takada era arrivato, e nella concitazione della ressa lo persi di vista.

Da parecchio ormai il mio appartamento odorava di nuovo solo di me e di Punsuke. Punsuke era arrivato al punto di mangiare dalla mia mano. Però non si lasciava prendere. Se giocavo d'astuzia, si lasciava grattare tra le orecchie. Forse gli avrebbe fatto bene un compagno? Ma le fonti consultate concordavano: se non a scopo riproduttivo, i criceti non instaurano relazioni durature. E anche il veterinario online, lo stesso che avevo contattato a proposito del criceto fantasma, mi sconsigliò fermamente di tenere due criceti nella stessa gabbia. *I criceti sono animali solitari*, scrisse. *Al contrario di noi umani, tollerano solo in rarissimi casi di condividere il territorio. Oltretutto, il sistema nervoso delle specie più diffuse nel nostro paese è estremamente sensibile, e la vicinanza di esemplari della stessa specie, di cui noi umani abbiamo bisogno, per loro è sinonimo di stress, che a partire da una determinata soglia critica può avere ripercussioni potenzialmente letali.*

E con ciò il discorso era chiuso. Niente partner per Punsuke. Quanto a me, dopo cinque giorni di coabitazione, dovetti riabituarmi a vivere da sola, e fu più difficile di quanto volessi ammettere con me stessa. Era stato piacevole alzarsi la mattina e come prima cosa dire buongiorno. Certo, senza trucco mi ero sentita un po' nuda, ma quella sensazione mi abbandonava al più tardi durante la colazione – riso con *nattō* e uova –, e a quel punto stavo attenta solo che non mi restasse un pezzetto di cipolla tra i denti.

Takada e io ci eravamo scambiati i numeri di telefono, e una volta, dopo una giornata particolarmente impegnativa, gli mandai una foto che avevo scattato sulla piattaforma. Non era una foto molto significativa. Mostrava soltanto la luna sopra i tetti. Takada commentò con l'emoji del pollice in su, e nonostante il pollice dicesse poco come la luna, mi sopresi a toccare di continuo lo schermo per impedirgli di scomparire.

Contemplai l'acquisto di un *futon* per gli ospiti. L'esperienza mi aveva insegnato che dormire sul *tatami*, con un cuscino da pavimento arrotolato come unico sostegno per la testa, procurava un considerevole mal di schiena. Inoltre – e la cosa mi diede da pensare – la maggior parte dei *kodokusha* non possedevano un *futon* per gli ospiti, e se non volevo fare la loro stessa fine, dovevo adottare per tempo le dovute precauzioni. L'acquisto di un secondo cuscino da pavimento sarebbe stato il minimo.

Riempii il frigo di prodotti a lunga conservazione. Salamini e cubetti di formaggio. Birra. Sottaceti. Giusto in caso Takada avesse avuto un guizzo estemporaneo e si fosse presentato all'improvviso. Ormai sapeva dove abitavo, e io avevo formulato un vago invito, del tipo che se una volta o l'altra voleva passare non mi avrebbe disturbato, al quale lui aveva riposto con un vago "sì". Sì, quando capitava in zona sarebbe passato. Ma capitava mai in zona? Guardavo la strada buia dallo spiraglio tra le tende. Alle dieci le chiudevo. A volte, però, non prima delle undici. A volte a mezzanotte. Ma tranne un ubriaco che orinava sui cespugli alla luce del lampione, a quell'ora in giro non c'era più nessuno, e io lo seguivo con lo sguardo allontanarsi barcollando, le spalle stropicciate curve in avanti, come se portasse un fardello.

I Fuji si erano accorti che avevo avuto un ospite, e quando li incontrai vicino alle piante, la signora Fuji faticò a trattenersi. Eccitata, mi chiese chi fosse il "giovanotto" con quella "bella voce". Ci aveva sentiti – sorda com'era – chiacchierare.

"Un collega?" Aveva la delusione stampata in faccia. "E io che credevo avessi preso all'amo uno spasimante! Come ci si sbaglia, a volte. Ai miei tempi, devi sapere, esistevano solo due tipologie di visite maschili. O rientravano nella categoria A, alla quale appartenevano anche cugini e precettori, o rientravano nella categoria B, ossia pretendenti che venivano per un tè, sotto stretta sorveglianza, s'intende. Si conversava un po'. Erano essenzialmente i genitori che conversavano. E ci si conosceva davvero solo dopo essersi accasati. Messa così, era tutta questione di fortuna. Potevi fare centro, andarci vicino, oppure pescare un biglietto perdente. Anche in quel caso, però, non era la fine del mondo. Un'intesa si trovava sempre. Come noi, giusto?" Intanto il signor Fuji aveva iniziato a spruzzare uno spray contro i pidocchi sulle foglie di un cespuglio carico di rose, e quando la moglie gli diede una leggera gomitata nel fianco, rispose con un "sì" preventivo. La signora Fuji era soddisfatta. "Visto? Tra noi ci capiamo senza bisogno di troppe parole! Del resto, ci conosciamo come le nostre tasche. Oggigiorno le persone si conoscono prima del matrimonio, e da un lato è un bene perché così sanno a cosa vanno incontro, dall'altro però è un male perché iniziano a farsi domande."

"Ma io non voglio sposarmi," mi uscì di getto. "Perlomeno non adesso. Cioè, non subito," ridimensionai conciliante, dato che la mascella non era caduta soltanto alla signora Fuji. Anche il signor Fuji per un attimo aveva smesso di spruzzare.

"E chi parla di sposarsi?" La signora Fuji si era ripresa in fretta.

"Be', tu!" gridò il signor Fuji, nonostante la moglie fosse proprio lì accanto a lui.

"Cosa? Io? Veramente, ho solo domandato chi fosse il giovanotto con quella bella voce." Alquanto piccata, la signora Fuji rivolse la propria attenzione alle rose. Potò un paio di rami. "Quest'anno è davvero cresciuta!" esclamò, e per un istante pensai che parlasse di me. Invece parlava della rosa.

Quel giorno la signora Fuji non tornò più sull'argomento, ma da allora, ogni volta che la incontravo, mi interrogava sul mio "collega". Come stava, chiedeva, e se sarebbe venuto di nuovo a fare due chiacchiere. Forse, rispondevo io, e lei annuiva con aria eloquente. Su cosa intendesse dire con il suo annuire – come sulla quintupla strizzata d'occhio di Takada – potevo solamente avanzare delle ipotesi.

***

I *kodokusha* di cui ci eravamo occupati fino a quel momento avevano tutti dai sessant'anni in su. Perciò rimanemmo sconvolti quando il signor Sakai ci preparò al caso di una ventenne.

"Succede di rado," spiegò, "ma non è così anomalo. Non bisogna essere vecchi per morire, e per essere soli non occorre avere la gobba."

"Lei e le sue massime," lo interruppe Yamamoto con uno schiocco spazientito della lingua. "Quanto tempo ha detto che ci hanno messo a trovarla?" volle sapere.

"Secondo la polizia, circa tre settimane."

"Ma non aveva amici?" In bocca a me, una domanda del genere era piuttosto inappropriata. Chi avrebbe sentito la mia mancanza se fossi morta all'improvviso? Probabilmente, giusto le persone con cui lavoravo ogni giorno. Quindi la domanda più appropriata sarebbe stata se la ragazza non aveva un lavoro.

"A quanto pare no" fu la risposta del signor Sakai. "L'unico che frequentava era l'amante."

"Bell'amante." Yamamoto schioccò di nuovo la lingua. "Cosa ha fatto in queste tre settimane? Si è girato i pollici?"

"La relazione tra i due era praticamente finita," ci informò il signor Sakai. "Negli ultimi tempi Rie," così si chiamava la ragazza, "si era chiusa sempre di più in se stessa. Soffriva di depressione, e siccome l'amante si era stancato di prendersene cura, aveva ventilato più volte di lasciarsi, ma lei gli chiedeva sempre di aspettare."

"E i genitori? Dove sono?"

"Rie era scappata di casa a diciotto anni."

Il signor Sakai ci fece vedere una foto di Rie che aveva avuto dall'amante. La foto mostrava una giovane donna. Non una ragazza. Una giovane donna che doveva averne passate tante. In ogni modo non sembrava felice. Ci provava. Diceva *cheese* e si sforzava di sorridere. Due dita leggermente curve come orecchie di coniglio formavano uno sciocco segno della vittoria. Tra le dita dell'altra mano stringeva una clutch.

"Louis Vuitton," dissi.

"Louis che?" Il signor Sakai non aveva mai sentito quel nome.

"La clutch."

"Per l'amor del cielo, signorina Suzu! Mi faccia un favore e la smetta di parlare per enigmi. Cosa sarebbe una clutch?"

"Una borsa senza manici che si tiene in mano o sotto il braccio."

"E allora?"

"Come niente, è costata trecentomila yen."

"Intende quella borsetta lì? Ma se dentro ci staranno al massimo mezzo portafoglio e un quarto di cellulare." Il signor Sakai non se ne capacitava. "La fibbia è d'oro?"

"Non credo proprio," si intromise Yamamoto. "Conta la marca, capisce? L'essenziale è indossare qualcosa di costoso. Non importa di cosa è fatto."

"A-ha. Ora mi è chiaro." Ma si vedeva che non gli era chiaro per niente. Come il sorriso di Rie che non era un sorriso, la faccia del signor Sakai rivelava che quanto era stato appena detto andava oltre la sua comprensione. "Comunque sia," continuò, "non sappiamo cosa abbia fatto Rie tra i diciotto e i diciannove anni. Non lo sa nemmeno l'amante. Quando l'ha conosciuta, aveva appena festeggiato il suo diciannovesimo compleanno. L'ha conosciuta su internet, e poi si sono incontrati."

"Quanti anni ha questo tizio?" Adesso fu Takada a intervenire.

"Questo tizio è il nostro committente e a occhio e croce è sulla cinquantina."

"Che schifo," si lasciò sfuggire Suga. "Cosa ci fa uno di cinquant'anni con una di venti?"

"Le regala borse costose," azzardai.

“E cosa ci fa una di vent’anni con uno di cinquanta?”

“Ci va a letto, presumo.”

“*Chapeau!*” Il signor Sakai batté le mani. “Il suo pragmatismo mi esalta. Deve essere andata così.”

Guardammo di nuovo la foto davanti a noi sulla scrivania. Rie cercava spasmodicamente di essere come la ragazza che doveva apparire, e in parte ci riusciva anche, ma appunto solo in parte. Il debole sorriso non nascondeva che in realtà le veniva da piangere. Conoscevo quello sguardo. Era lo stesso con cui mi ero sorrisa quella volta nel bagno del *manga kissa*, solo che il suo era ancora più cupo, ancora più triste, ancora più smarrito.

“Per un po’ è filato tutto liscio.” Il signor Sakai ripeté quello che gli aveva detto l’amante a proposito della sua relazione con Rie. “Lei aveva bisogno di qualcuno che le garantisse la vita per la quale era scappata di casa. Lui aveva bisogno di qualcuno che addolcisse la sua. Poi però era iniziata la depressione di Rie. Non usciva più dall’appartamento che le aveva messo a disposizione e...”

“...invece di andarci a letto, come prevedeva l’accordo, gli faceva una testa così dalla mattina alla sera.”

Il signor Sakai sorvolò sul commento velenoso di Yamamoto. “Erano in una situazione di stallo,” proseguì. “L’amante non se la sentiva di mandare via Rie. D’altro canto, la sua iniziale passione per lei si era rivelata un affare in perdita. In un certo senso, investiva soldi in qualcosa che non lo ripagava.”

“È quello che ho detto anch’io. La mucca non dava più latte.”

“Non si sono sentiti per sei settimane, e quando lui si è presentato a casa sua per provare di nuovo a convincerla che dovevano lasciarsi, l’ha trovata morta nella vasca da bagno. Il suo cuore non aveva retto.”

“A vent’anni! Caspita!” Suga gonfiò le guance e buttò fuori l’aria lentamente.

"La causa sembra essere stata un'insufficienza cardiaca congenita."

Seguirono alcuni dettagli relativi al luogo in cui era stato ritrovato il cadavere, e malgrado il signor Sakai si sforzasse di fornire un resoconto obiettivo, ascoltando le informazioni che ci riferiva mi si strinse la gola. L'acqua calda era diventata fredda e marrone. La tealight si era spenta. In sottofondo, l'aria di un'opera si ripeteva in loop. Puccini. Non me ne intendevo. Come il signor Sakai non aveva mai sentito parlare di Louis Vuitton, io non avevo mai sentito parlare di Puccini, e quando pronunciò il termine *Bohème*, all'inizio pensai che parlasse di un paese straniero. Un paese lontano, oltremare, talmente distante che non ne conoscevo neppure il nome.

"I genitori sono partiti ieri sera."

"Quindi li hanno rintracciati?"

"Sì. Ma non vogliono entrare nell'appartamento finché non abbiamo finito. Ho parlato con loro per telefono. Due persone davvero squisite. Molto discrete. Viene da chiedersi per quale ragione Rie se ne sia andata. Dicono che non c'è stata una lite. Solo segnali. La figlia aveva sempre puntato in alto. Voleva scappare dal villaggio di campagna. Via dalla monotonia. Per questo non l'hanno cercata, nella speranza che tornasse da sola."

"Che razza di genitori sono?" Yamamoto scosse la testa. "Non si lascia andare via un figlio così, senza cercarlo. Puntare in alto un accidente!"

"Insomma, l'appartamento è un attico. Pertanto..."

"...Rie è caduta parecchio in basso!"

"Era una principessa in una torre di vetro. Io la vedo così. Di sicuro quella borsa di Louis Vattelappesca l'ha pagata cara quanto l'amante. Tra l'altro, è stato estremamente chiaro al riguardo. Tutti gli oggetti di valore che troviamo all'interno dell'abitazione dobbiamo donarli a un'organizzazione di beneficenza. Lui ha chiuso con questa faccenda. Ha rilasciato le sue dichiarazioni, e appena possibile, prima è meglio è, autorizzerà lo sgombero. Ci tiene a non creare ulteriore scompiglio. È sposato. E a suo parere, di scompiglio ce n'è già stato anche troppo. Che in effetti è vero. Uno si costruisce un nido d'amore bello isolato dal resto del mondo, un castello tra le nuvole, e poi? Tutto svanito! Solo rogne. Un vero incubo!"

"Le dispiace per Mr Sugardaddy?"

"Certo," rispose il signor Sakai. "In fondo, ognuna delle persone coinvolte voleva solo prendere al volo la felicità. E l'aveva anche presa. Per un attimo l'ha stretta tra le dita, poi però le è scivolata via. Che cosa tragica! Forse, alla fine l'uomo non è nato per essere felice. Con ciò non voglio dire che sia nato per essere infelice. Ma forse non è né questo né quello."

"Cosa, allora?"

Il signor Sakai si strinse nelle spalle: "E io come faccio a saperlo?".

Rie avrebbe potuto essere mia sorella. Aveva soltanto cinque anni meno di me. Avremmo potuto fare shopping insieme, truccarci a vicenda e rimpinzarci di cioccolata calda e biscotti prima di andare a dormire. Il signor Sakai aveva detto che non sapevamo cosa avesse fatto tra i diciotto e i diciannove anni. Ma lo aveva detto tanto per dire. Ovviamente lo sapevamo. Una ragazza scappata di casa, se non voleva finire su una strada, aveva un'unica possibilità per tirare avanti. Il film che scorreva nella mia mente era un film muto. Non aveva bisogno di parole. *Rie in un appartamento. Rie in molti appartamenti. Rie con un uomo. Rie con molti uomini.* Con l'ultimo aveva vinto il jackpot. *Rie che bacia la clutch.* La vedevo mentre se la stringeva al seno. Per un breve momento era stata felice. Poi di nuovo infelice. A lungo infelice. *Rie da sola. Nella sua torre di vetro. Sotto di lei la città, che le appare come le fauci di un mostro. Circondata dalle ombre, guarda le luci che sono i suoi occhi e che la fulminano con lo sguardo.*

***

Quella volta toccò a me occuparmi del saluto ai defunti.

Ultimamente il signor Sakai sembrava molto ansioso di delegare compiti, e anche se continuava come sempre ad accollarsi la maggior parte del lavoro, avevo l'impressione che ci coinvolgesse più di prima. Forse dipendeva dal fatto che dall'inizio dell'estate restava subito senza fiato? Facendo le scale doveva fermarsi sempre più spesso, e se c'era l'ascensore lo usava. Niente più vette da scalare! I tempi in cui saliva i gradini a due a due erano finiti. Dava la colpa all'afa. Anche noi davamo la colpa all'afa. Appena fosse arrivato l'inverno, avrebbe ricominciato a superarci di corsa ricordandoci di respirare.

Nonostante ciò, mi addolorava sentir ansimare il signor Sakai mentre ci precedeva salendo un gradino alla volta, e dentro di me mi chiedevo quanti fogli avesse ancora in serbo per lui il calendario a strappo sulla sua schiena. Di sicuro centinaia. Ma quali centinaia, migliaia! Cercando di autoconvincermi gli andavo dietro, possibilmente con Yamamoto in mezzo a noi, che con la sua corporatura squadrata mi copriva la visuale impedendomi di vederlo.

Un giorno il signor Sakai volle sapere quanti anni gli davamo io e Takada.

Gliene davamo più o meno sessanta.

"Sessanta, capo! Più o meno sessanta!" Yamamoto e Suga scoppiarono in una fragorosa risata, e il signor Sakai, che si unì a loro, fu quello che rise più forte dei tre. "Allora ho ancora parecchia strada davanti!" esclamò.

"Sul serio, quanti anni ha?" insistemmo.

Ma il signor Sakai si posò l'indice sulla bocca. "Sono abbastanza giovane," disse infine, "da fare mistero della mia età."

***

Agli occhi del signor Sakai il rituale del saluto era una componente essenziale del nostro lavoro. Glielo avevo visto eseguire dozzine di volte, e malgrado l'importanza che gli attribuiva, tutto sommato era una procedura semplice. Recitava il *sūtra*. Ogni tanto, quando lo riteneva opportuno, bussava alla porta. Ogni tanto no. Poi rivolgeva qualche frase alla persona che aveva abitato dall'altra parte. "Non si preoccupi" era una frase standard. "Non deve vergognarsi del disordine che ha lasciato." Frasi banali. Frasi non particolarmente sofisticate né particolarmente solenni. Nemmeno particolarmente personali. Lo scopo era piuttosto consentire al defunto un certo grado di partecipazione. Non doveva essere colto alla sprovvista.

"Come vi sentireste se qualcuno entrasse all'improvviso in casa vostra senza essersi presentato? Scommetto che vi prendereste un bello spavento. Giusto?"

"Sì, certo, ma..."

"Ecco, appunto! Presentandoci al defunto lo prepariamo al nostro ingresso. Gli spieghiamo che abbiamo buone intenzioni."

"E questo benché sia morto?"

"E questo benché sia morto," confermò il signor Sakai.

"Ma le nostre parole lo raggiungono?" Non potei fare a meno di pensare a mio nonno. Il suo spirito si era seduto al tavolo da pranzo a pochi metri da me. Non mi era venuto in mente di parlargli, tuttavia dubitavo che avrebbe reagito.

"È una questione di fede. Per quanto mi riguarda, sì, credo che lo raggiungano. E se anche non lo raggiungono? Vorrà dire che ci sono servite per sistemarci ai nostri posti. Non male lo stesso, no?"

Davanti alla porta di Rie, una pretenziosa porta con una colonna a destra e una a sinistra sulle quali si arrampicava un'edera finta, cercai innanzitutto di immedesimarmi in Rie. Mentre recitavo il *sūtra* la visualizzai di nuovo. Era stata una giovane donna. Aveva deciso di percorrere una delle vie secondarie che si diramavano dal sentiero battuto dalla maggioranza, e non era certo la via secondaria che avevo scelto io, la sua era più sassosa della mia, e il vento che la sferzava era più aspro. Eppure sia io sia lei, quando avevamo iniziato a percorrerla, potevamo fare affidamento solo su noi stesse. Bisognava tenere conto di quello.

"Rie-san," esordii. Ma già a quel punto avvertii una resistenza nell'aria. Era come se davanti a me si innalzasse una parete di roccia e la mia voce fosse una palla sgonfia che veniva rimandata indietro. Provai con "Rie-chan". Andò meglio. Perlomeno, dall'aria che aveva ricominciato a diffondersi, mi sembrò di percepire un netto calo della tensione. Vuole essere adulta, pensai. Vuole essere presa sul serio. Ma c'era anche un altro aspetto. L'aspetto che avrebbe potuto essere la mia sorella minore e che voleva essere coccolata da me, la maggiore.

"Rie-chan, siamo arrivati," dissi. "Siamo qui per aiutarti a mettere in ordine. Non ti spaventare. So che non è piacevole lasciar avvicinare degli estranei alle proprie cose, ma ti prometto che rispetteremo la tua sfera privata, e nel caso fossi preoccupata per la tua clutch... la tratteremo con ogni riguardo."

Digitai un codice che sbloccava la serratura elettronica. La porta si aprì. "Ora entriamo."

All'interno, nell'ingresso, per prima cosa mi cadde l'occhio su un paio di infradito, che Rie doveva aver indossato per l'ultima delle sue uscite diventate sempre più rare. Era andata velocemente a prendersi qualcosa da mangiare e altrettanto velocemente era corsa di nuovo a casa. Accanto alle pumps pitonate con il tacco a stiletto sistemate nella scarpiera, le infradito facevano una figura davvero patetica. Più avanti era appesa la sua giacca. Una giacca di jeans camouflage, con degli strass rosa sul colletto. Di fianco, un trench beige sobriamente classico. Aveva provato stili diversi. Non aveva ancora trovato il suo, mi passò per la testa. Che persona sarebbe diventata se non fosse morta? Camouflage o trench? Oppure gilet lavorato a maglia, come quello che era caduto sul pavimento?

A dispetto delle temperature quasi tropicali che regnavano nell'appartamento, stranamente l'odore di cadavere non era così tangibile come quella volta dal signor Ono. Era forte. Non si poteva negare. Ma non somigliava tanto a una massa solida, e nemmeno al misto cioccolato-pesce dagli Ishikawa, quanto piuttosto a un fiore della giungla che, per favorire l'impollinazione, spande un intenso odore di materia organica putrefatta. Avevo visto da poco un documentario sull'argomento. Aro titano, si chiamava la pianta, e naturalmente non sapevo che odore avesse e se fosse paragonabile a quello di un cadavere. Solo il collegamento sembrava appropriato: *Rie. Fiore.*

Mi inoltrai sudando fino al bagno. Al pari dell'ingresso aveva dimensioni generose, con parecchio argento e marmo e un'ampia portafinestra che dava su una terrazza. Un'altra di quelle piattaforme, pensai, dove si aspetta. Invano. Si aspetta che qualcuno venga a prenderci. Al centro della stanza troneggiava una vasca su zampe di leone. Con la fotocamera digitale che il signor Sakai mi aveva affidato al momento di entrare, scattai una foto del prima. L'acqua che riempiva la vasca non era ancora stata fatta defluire. Era di un marroncino torbido, e sulla superficie galleggiavano bolle di grasso. Residui di pelle neri erano rimasti attaccati al bordo. Dopo tre settimane nell'acqua, il corpo di Rie si era macerato. Il suo accappatoio con le maniche rivoltate era posato su un pouf rivestito di pelliccia. Se di giaguaro o di leopardo, non avrei saputo dirlo. Giaguaro, probabilmente. Le macchie erano grandi. Rie – oppure l'amante? – doveva avere avuto un debole per le bestie feroci. Sulla mensola dello specchio sopra il lavandino erano allineati cosmetici di ogni tipo. Profumi. Dischetti di cotone. E smalto. Una spazzola. Una piastra per capelli. Imbambolata, scattai fotografie per catturare ogni dettaglio. Se Rie non fosse morta. Magari ora sarebbe seduta proprio là, sul pouf, a laccarsi lentamente, senza fretta, le unghie dei piedi. Forse si chiederebbe come venirne fuori. Dalla prigione in cui era finita. Forse canticchierebbe l'aria di un'opera.

Dopo il briefing del giorno precedente, a casa avevo cercato online Puccini e subito mi ero imbattuta nella *Bohème*. *Sì, mi chiamano Mimì*. "La storia mia è breve," cantava Mimì. E: "Vivo sola soletta, là in una bianca cameretta". L'appartamento di Rie era un loft che si estendeva per un intero piano. Non si poteva certo parlare di una bianca cameretta. Eppure l'immagine calzava. Lì era iniziato, il grande sogno di felicità, e lì si era anche concluso. Quando ci affacciammo sulla terrazza per prendere una boccata d'aria fresca, di fronte a noi i grattacieli con le finestre che riflettevano il cielo, non riuscii a scacciare l'impressione che la città fosse formata da nient'altro che camerette bianche.

***

La scatola dei ricordi che consegnammo ai genitori di Rie conteneva un peluche.

Era un Monchhichi con gli occhi che si chiudevano e il pollice da succhiare. Di tutti i peluche che avevamo trovato sul letto di Rie, quello era il più logoro, e visto che l'odore del cadavere non era arrivato fino in camera, lo avevamo messo nella scatola insieme al suo diario e a un paio di foto scattate poco prima che morisse. La clutch, invece, era praticamente senza valore. Takada l'aveva scovata nell'ingresso, sotto il gilet lavorato a maglia caduto sul pavimento, e con i mezzi di cui disponevamo, fu subito chiaro, non saremmo stati in grado di salvarla. La pelle aveva assorbito completamente il tanfo di decomposizione.

"Oh, guarda! L'ha presa!" La madre tirò fuori la scimmietta dalla scatola. Poi la annusò. "Ha ancora il suo profumo," disse. "Senti."

Anche il padre annusò la scimmietta. "Bobo, vero?"

"Sì, Bobo! Fin da bambina Rie non riusciva a dormire senza Bobo. Se lo portava dietro ovunque."

"Addirittura in bagno," ricordò il padre.

Entrambi inspirarono il profumo della figlia. In silenzio attraversarono le stanze vuote, dove ormai nulla indicava che vi fosse morto qualcuno, e mentre loro si muovevano da una all'altra, la madre con in braccio Bobo che cullava dolcemente, noi, la ditta, scivolavamo sempre più in secondo piano. Un'esperienza che avevo già fatto molte volte. Appena arrivavano i familiari, diventavamo semplici comparse. Erano loro a riempire le stanze di ricordi, e noi facevamo un passo indietro per lasciargli lo spazio necessario. In un certo senso il nostro lavoro era terminato. Adesso toccava a loro. La maggior parte dei familiari volevano raccontare ancora qualcosa. Volevano rivelare qualcosa di sé e della persona con cui avevano perso i contatti. Giustificarsi, anche quello. Spiegarsi ancora una volta.

"Forse abbiamo sbagliato a lasciarla andare via così." Anche la madre di Rie volle riferirci la sua versione dei fatti. "Per due anni abbiamo dovuto sentire tutte le accuse possibili. Che razza di genitori sono. Non fanno niente per riportare a casa la figlia. Non ne denunciano la scomparsa. Ma la verità è che non volevamo ostacolarla. Sapevamo ciò che lei intuiva soltanto, ossia che il suo cuore diciottenne aveva una data di scadenza. Sì, i pareri dei medici erano contrastanti, c'era chi le dava uno, due anni al massimo, e chi di più purché si riguardasse, ma in un modo o nell'altro il tempo che le rimaneva era limitato. E doveva trascorrerlo come voleva. Non è stata una decisione facile. Poi però abbiamo anche sperato che tornasse da noi di sua spontanea volontà. Si faceva viva. Di tanto in tanto. Perlomeno, credevamo fosse lei a telefonare. Di solito chiamava la sera, quando entrambi eravamo a casa. Suonava il telefono. Uno dei due rispondeva. Pronto? Ma nessuno parlava. In un primo momento abbiamo pensato a uno scherzo. O che qualcuno avesse sbagliato numero.

Dopotutto sono cose che capitano. Però c'era quel respiro. Calmo e regolare. E noi avevamo orecchio, dopo anni passati a controllare che avesse abbastanza aria, che non si fosse affaticata troppo. Avevamo sviluppato un udito quasi soprannaturale. Vero? Non era così?"

"Era così." Il padre confermò annuendo.

"Abbiamo iniziato ad aspettare quelle chiamate," proseguì la madre. "Stavamo insieme vicini al telefono, il volume al massimo, e la ascoltavamo respirare. Non riattaccava subito, stava lì cinque o dieci minuti, e per tenerla in linea il più a lungo possibile, non dicevamo una parola nemmeno noi. Prima o poi avrebbe parlato. Ne eravamo sicuri. E alla fine lo ha fatto. È stato soltanto un suono. Appena percettibile. Ha espirato un po' più forte. Come quando sospirava. Nient'altro. Ma doveva aver raccolto tutte le sue energie per emettere quel singolo suono, e la sua vibrazione è giunta fino a noi superando tutta la distanza. Abbiamo ascoltato ancora, ansiosi di sentire di più, ma lei è rimasta in silenzio. Eppure, avevamo lo stesso l'impressione di parlarle. È stato un dialogo intenso. Di quelli che si hanno una volta sola. Ci siamo detti cose come 'Grazie', 'Mi dispiace'. E: 'Non devi scusarti'. Avevamo veramente l'impressione di assolverci a vicenda. Di perdonarci. Noi per le preoccupazioni che ci aveva dato. Lei per essere stata trattata da malata per gran parte della sua vita. Le nostre premure dovevano averla oppressa. Non la perdevamo mai di vista, e perfino quando dormiva, uno di noi entrava in punta di piedi in camera sua per assicurarsi che respirasse. Lei reagiva. Mai con veemenza. Sempre con calma. La cosa più veemente che ha fatto è stata andarsene, e anche quella è avvenuta senza porte sbattute. Nella lettera che ci ha lasciato ci pregava di darle una possibilità. Voleva vivere, scriveva. Provarla almeno una volta, la vita. Come non accogliere una simile preghiera? Mentre parlavamo in silenzio con lei, ci sembrava giusto averla esaudita. Poi però, dopo che aveva riattaccato, ne dubitavamo di nuovo."

"La vita non si prova," disse il padre. "Si vive e basta. Non ci sono prove generali, che se sbagli riprendi dall'inizio della scena. Non ci sono repliche." Gli tremava il mento. "E quando hai finito, hai finito. Cala il sipario. Nessuna richiesta di bis. Nessuna chiamata alla ribalta. Nessun inchino."

Perciò fummo noi, a inchinarci davanti all'altare che avevamo allestito nella stanza da bagno, questa volta con i crisantemi ping pong lilla, che avevo scelto perché erano più allegri rispetto alla varietà comune, in qualche modo più infantili, e quindi più graziosi. Rie aveva finito e non tornò alla ribalta. Il sipario era calato. C'era il fumo dei bastoncini di incenso che saliva verso il soffitto. Saliva in alto, sempre più in alto, come un lamento prolungato. Solo per un attimo, quando i genitori si accasciarono a terra, cambiò direzione a causa dell'improvviso spostamento d'aria, si arricciò su se stesso, per poi riprendere subito a salire dritto, perfettamente dritto, verso il soffitto.

***

Non ci sono prove generali. Non ci sono repliche.

Quando un paio di giorni dopo salii sullo Shinkansen per andare in campagna dai miei genitori, sembrava che fossero queste parole ad alimentarlo. Era Obon. Il momento in cui le anime dei morti facevano ritorno. E non facevano ritorno solo loro. Mezza città era seduta sul treno, in viaggio verso i paesi di provincia da dove era venuta. Nei nodi ferroviari si suddivideva. Saliva su un treno locale, e di colpo non era più mezza città ma una singola persona, che alla vista delle montagne e delle risaie che le scorrevano davanti si ripiegava su se stessa. Com'era vasto il cielo, lì! Nel paesaggio erano sparse fattorie solitarie. Alcune erano diroccate, e con esse erano diroccate le tombe di famiglia, sparse nel paesaggio come le fattorie alle quali appartenevano. A un certo punto erano diventate parte della terra.

Ripiegata su me stessa, pensavo alla conversazione che Rie aveva avuto con i suoi genitori. Anche a me sarebbe toccato averne una con i miei. Erano passati sette mesi, da quando avevo iniziato a lavorare per il signor Sakai. Davvero erano già sette? Feci il conto. Sì, in pratica erano sette mesi. Involontariamente mi lasciai sfuggire un sospiro. Rie aveva sospirato in modo simile. Al contrario di lei, tuttavia, non potevo sperare che i miei genitori si accontentassero di un sospiro. Affinché capissero cosa mi tratteneva dal signor Sakai, avrei dovuto fornire delle motivazioni solide. Ma cosa mi tratteneva da lui? Non era chiaro neppure a me, e alla domanda "Perché pulire proprio le case dove è stato ritrovato un cadavere?" non avevo in serbo una risposta valida. Andava bene dire che quel lavoro mi piaceva?

Tutto capita solo una volta nella vita.

Il treno locale, alimentato da queste parole, prese velocità. Il fatto che trasportava una singola persona, sempre più ripiegata su se stessa, non lo preoccupava. Avanzava risoluto verso il paese di provincia da dove era venuta, e che lei fosse pronta o no, lo avrebbe raggiunto in meno di un quarto d'ora, come da tabella di marcia. Montagne e risaie scorrevano davanti a lei. Fattorie solitarie. Tombe di famiglia solitarie. Qui e là era accovacciata una vecchietta che grattava via il muschio dalle lapidi. Sotto il cielo vasto e alto era un puntino infinitesimale che si perdeva nel panorama. I morti avevano bisogno dei vivi. Senza di loro che lavavano le tombe, le loro anime non sarebbero riuscite a ritrovare la strada di casa. Avevano bisogno dell'acqua offerta dai vivi. Avevano bisogno dei fiori e delle lanterne che illuminavano il loro cammino. Come avrebbero potuto fare ritorno nel mondo terreno, se non ci fosse stato più nessuno ad accoglierle?

Sospirai di nuovo. Il treno aveva superato l'ultima curva. Adesso attraversava in linea retta una pianura, lungo un fiume altrettanto rettilineo. Il luogo dove ero nata – che in realtà non era un paese ma una città, dopotutto contava circa settantamila abitanti – iniziava nel punto in cui il fiume si allargava, e da quanto potei giudicare a un primo sguardo, era rimasto immutato. Mi saltò all'occhio una nuova sala da *pachinko*. Un KFC. Il business hotel andato in fallimento, di cui per un certo periodo era stato detto che sarebbe diventato un residence. Il finanziatore però, l'unico disponibile, si era tirato indietro all'ultimo, e da allora non si era presentato nessun altro.

Mio padre mi aspettava nell'atrio della stazione. Lo individuai prima che lui individuasse me, e in quel breve istante di cui non si accorse, notai subito che era invecchiato. Era naturale che lo fosse. Anch'io nell'anno e mezzo che non ci eravamo visti ero invecchiata. Proprio di recente mi ero strappata un capello bianco. A venticinque anni! Lo ammetto, era stato un trauma, e da allora mi esaminavo minuziosamente la testa. Come funzionava, mi domandai mentre gli andavo incontro. Invecchiare?

"Finalmente!" Quando mi avvicinai, il viso di mio padre si rischiarò, e lui fu di nuovo quello che conoscevo, solo con le tempie ingrigite. Anziché mostrarsi felice per il mio arrivo, se la prese con l'amministrazione cittadina. "Sono anni che promettono di rinnovare la stazione," inveì. "Altro che priva di barriere architettoniche! Prima che costruiscano un ascensore, ne passeranno altri cento. Guarda quell'uomo laggiù! Quello con il bastone! È costretto a scarpinare sul ponte pedonale! Non c'è da meravigliarsi che nessuno viaggi più in treno. E chi lo fa, salta sul primo che parte e non torna più. Arrivederci e grazie!"

Il suo argomento preferito: il declino delle piccole città. Sapevo cosa avrebbe detto dopo, ma non lo disse. Con mia grande sorpresa smise subito di brontolare. "Sono felice che tu sia qui!" sorrise, e siccome non lo avevo messo in conto, rimasi disorientata. Cosa significava quel sorriso? Il copione prevedeva che tenesse una conferenza sullo spopolamento della campagna e le sue conseguenze finché non salivamo in macchina! Prevedeva altresì che mi elencasse le varie contromisure esistenti finché non eravamo a casa! Che stesse per abbracciarmi? Di solito non era incline ai sentimentalismi. Era una lacrima quella all'angolo dell'occhio? Non poteva essere invecchiato fino a questo punto!

Mi preparai a una scena alquanto imbarazzante. Ma lui si stava già allontanando a passo di marcia. Tirandosi dietro il mio trolley, avanzava spedito in direzione del parcheggio, dove un tassista solitario attendeva i clienti. Quando e come avesse preso il mio trolley era un mistero. Doveva essere successo nello stesso momento in cui aveva sorriso e con la stessa delicatezza, con la stessa naturalezza. Forse invecchiare era un processo simile. Succedeva e basta. Ripensai a Mrs Manolesta. Negli ultimi tempi, se la incontravo al *sentō*, le insaponavo sempre la schiena. Non ricordavo più quando e come avessi iniziato. Era capitato, e una volta che avevo iniziato, era diventata un'abitudine. Ormai sapevo per istinto quanto doveva essere calda l'acqua con cui le lavavo la schiena insaponata, e se si lamentava dei dolori, aggiungevo una seduta extra di *shiatsu*. "A-ha!" gemeva, e appena si scioglieva un nodo, trattavo il successivo. Uno dopo l'altro i nodi si scioglievano sotto la pressione delle mie dita.

A fine anno Mrs Manolesta si sarebbe trasferita dalla figlia. Asuka, insieme a Shun'ichi, era riuscita a convincerla a essere di peso per il resto della sua vita, e poi, se un giorno non l'avessero più sopportata, l'avrebbero abbandonata in montagna. Naturalmente era una battuta. "In passato," mi spiegò Mrs Manolesta, "era una forma di senicidio piuttosto diffusa. Quando qualcuno diventava vecchio, lo portavano a morire in un bosco."

"Sul serio?" Stentavo a crederci.

"*Obasute*, si chiamava l'usanza di buttare via i vecchi."

"Sicuramente è una leggenda," obiettai.

"Può darsi," rise Mrs Manolesta. "Ma non lo ritengo così improbabile. La necessità aguzza l'ingegno, si dice, e da qualche parte, in un villaggio sperduto, sarà capitato qualcosa del genere. Altrimenti come sarebbe nata la leggenda? Ci sono tante montagne e tanti boschi, nel nostro paese."

Era vero. Solo che, abitando troppo a lungo in città, si dimenticava.

"Queste le ho comprate!" dichiarava adesso Mrs Manolesta ogni volta che mi allungava un paio di caramelle gommose, e benché fossero le stesse che prima rubava, secondo lei avevano un sapore "diverso". Io non notavo alcuna differenza. Erano altrettanto dolci e altrettanto appiccicose. Le lasciavo sciogliere lentamente in bocca. Cosa intendeva Mrs Manolesta con "diverso"? Forse che potevano essere mangiate con la coscienza pulita? Messa in questi termini, le caramelle comprate avevano davvero un sapore "diverso" da quelle rubate.

"Allora?" Mio padre, che non amava i climatizzatori perché il getto d'aria gli faceva venire il torcicollo, abbassò i finestrini.

"Allora cosa?"

"Come stai?"

"Non c'è male," risposi.

Superammo la mia vecchia scuola superiore. Era un bell'edificio, europeo, rivestito con assi di legno. In alcuni punti la vernice si era scrostata, e passando immaginai come sarebbe stato ripitturarla con un grosso pennello.

"Gli studenti sono sempre di meno," avrebbe dovuto dire mio padre a quel punto. Invece fissava muto la strada. Che gli prendeva? Una misera lamentela sulla mancanza dell'ascensore in stazione e finiva lì? Una specie di lamentela-farsa, solo per salvare le apparenze, e in realtà aveva smesso di arrovellarsi sul futuro della città?

"Gli studenti sono sempre di meno!" Sollevai l'argomento al posto suo.

"Così va il mondo," replicò lui, e non era la risposta che mi aspettavo. La nota di rassegnazione nella sua voce, unita all'aria calda davanti allo *shōtengai* con gli altoparlanti che diffondevano una filastrocca per bambini, quella di Momotarō, il ragazzo della pesca, che partì per affrontare i demoni – tutte queste cose messe insieme alimentarono un'atmosfera malinconica, che tentai disperatamente di coprire pitturandola con un grosso pennello. Con esagerata allegria, iniziai a raccontare di Punsuke, cosa che in effetti ci aiutò a entrare nello spirito giusto e a chiacchierare di buonumore per il resto del tragitto. Omisi con cura di specificare che era lui il motivo per cui mi sarei fermata soltanto una notte e non due. Già al telefono mia madre aveva reagito con perplessità. Non potevo portarlo con me? Escluso! Per un roditore ipersensibile il viaggio sarebbe stato uno strapazzo troppo grande, le avevo spiegato, e alla fine aveva capito. Fatto sta che non ne aveva più parlato. Che cosa ridicola! Mentre ancora mi sdilinquivo per la pelliccia da peluche di Punsuke e per le sue evoluzioni acrobatiche, mi resi conto di quanto fosse ridicolo rinunciare per lui a un giorno in più con i miei genitori. Ma così era. Indole solitaria o no: un criceto tenuto in gabbia come Punsuke aveva bisogno di qualcuno che gli desse cibo e acqua pulita, e quel qualcuno ero io. Solo allora mi vennero in mente i Fuji. Se glielo avessi chiesto, di sicuro avrebbero accettato di tenerlo durante la mia assenza, e per ringraziarli avrei comprato una scatola di *kibidango*. Erano morbidi e si masticavano facilmente. Il regalo perfetto per due persone anziane, pensai, forse avrei dovuto portarglieli lo stesso? Senza una ragione particolare. Solo perché tenevo a loro? A quel pensiero provai un senso di benessere. Come se così potessi rimediare a qualcosa.

***

Mia nonna dormiva, quando arrivammo, e mia madre stava mettendo il pranzo in tavola.

Aveva ordinato tre vassoi di sushi che dispose nei piatti, e ci spremette accanto tre bustine di salsa di *miso* pronta. "A dire il vero, volevo cucinare qualcosa. Ma poi ho pensato che con il poco tempo che abbiamo poteva andare bene anche così, giusto?" domandò in tono di scuse.

Certo che andava bene.

"Prenderesti anche la salsa di soia? E le ciotole piccole. Lo sai quali, quelle blu!"

In piedi davanti alla credenza, lasciai vagare lo sguardo sugli oggetti familiari. La lunch box con il coperchio ammaccato e la fascia elastica sformata. Il bicchiere che da bambina usavo sempre per bere. Ricordavo ancora perfettamente la sensazione di passare il dito sul bordo bagnato e farlo risuonare. Fu come rivedere un conoscente, di cui ci si ricorda solo nell'istante in cui si rivede per dimenticarlo di nuovo subito dopo.

"Indovina chi ho incontrato un paio di giorni fa. Non ci crederai!"

"La zia Fumiko?"

"Non sarebbe mica una novità! No, no. La tua amica. Quella delle superiori. Come si chiamava?"

In effetti, che avessi avuto un'amica era davvero una novità.

"Yumi. Ecco come si chiamava. Natsukawa Yumi."

Già, lei. Un altro conoscente di cui mi ricordavo per dimenticarlo di nuovo subito dopo. Eravamo state in classe insieme per un anno. Ma non l'avrei definita un'amica. Qualche volta eravamo andate a prendere un gelato. E qualche volta mi aveva invitata a casa sua, dove aveva suonato il pianoforte per me. Rividi le sue dita. Il modo in cui correvano sui tasti. Poi – insieme all'impressione di non averlo mai guardato davvero – rividi anche il suo viso. Gli occhiali che le scivolavano di continuo e mentre camminava si appannavano in fretta perché sudava copiosamente. Gli incisivi sporgenti.

"Ha chiesto di te. Voleva sapere cosa facevi. Ha detto che ti pensa spesso. Al tempo, quando non se la passava granché bene, le hai tolto un gran fardello dalle spalle."

Chi, io? Cercai di mettere meglio a fuoco il suo viso. Ma non ci riuscii. Invece dei suoi occhi, visualizzavo solo le lenti appannate. La pelle grassa. I punti neri sul naso. Nel complesso non era un bello spettacolo. Non era stata bullizzata. Ignorata, piuttosto. Tuttavia, che ne avesse sofferto era fuori discussione. Contrariamente a me, era molto affettuosa. A volte, all'uscita della scuola mi aveva aspettata al cancello per accompagnarmi dall'altra parte del ponte, dove lei girava a destra e io a sinistra, e lungo il tragitto avevamo parlato un po' di tutto, ma non del fatto che non se la passasse granché bene. Ogni tanto mi regalava qualcosa. Biscotti fatti da lei, per esempio, e la carta in cui erano avvolti aveva il suo odore. All'improvviso lo risentii. Sapeva di umido, ma non di muffa, come bucato bagnato steso ad asciugare al sole. La nostra amicizia durò finché restammo in classe insieme, ossia per circa un anno. Dopo che ci divisero non avevamo più occasione di incontrarci, e se ci incrociavamo per caso agli armadietti delle scarpe o in corridoio, era strano salutarsi. O almeno lo era per me. Quasi non avesse più senso dirsi "ciao". Perciò smisi. Lei anche.

"E ora come sta?"

"Insegna alla scuola di musica. E, ta-dah!, aspetta il suo primo figlio. Si è sposata l'autunno scorso! Non è splendido?"

Annuii. Sì, era splendido.

"Se ti fa piacere, posso procurarmi il suo numero."

"Non occorre," stavo per dire. Invece dissi: "Perché no". Essere stata amica di qualcuno senza saperlo era una sensazione incredibilmente bella.

"Purtroppo, c'è anche una brutta notizia." Mia madre abbassò automaticamente la voce. "Il tuo ex insegnante di educazione fisica è morto un mese fa. L'ho letto sul giornale. Non aveva nemmeno sessant'anni, pensa un po'! Ho saputo da una vicina che era molto malato ed è peggiorato in fretta."

Il fischietto! Come per Yumi, faticavo a visualizzare il viso del mio insegnante di educazione fisica. Vedevo le gocce di saliva che gli schizzavano dalla bocca. Lo sentivo sbraitare. Avvertivo il suo sguardo, fisso su di me, che mi trafiggeva. In definitiva però erano solo tessere di un puzzle, quelle che andavo incastrando, e dato che erano troppo poche non formavano un quadro d'insieme. In più, ci si metteva anche il signor Sakai a intralciarmi. I due uomini sembravano sovrapporsi, e il risultato era una bizzarra accozzaglia di tuta da ginnastica, lembi di camicia fuori dai pantaloni, testimone da consegnare al compagno di staffetta e fumo di sigarette. Forse lo sconforto che mi prese dipendeva da quello? Che pensavo più al signor Sakai che al mio insegnante? In ogni modo, l'odore che avevo nel naso era quello di fumo.

***

Feci vari tentativi di parlare ai miei genitori del mio non più così nuovo lavoro, ma sempre, quando mi dicevo "ora!", mi sfuggiva il momento.

La solitudine del diventare adulti! Pensai a Takada. Cosa stava facendo? Aveva accennato che avrebbe trascorso i giorni di festa a leggere. Quindi, probabilmente era seduto nella sua cabina al *manga kissa* e leggeva della natura del non essere. Il signor Sakai era andato dalla sorella. Yamamoto e famiglia erano volati a Guam. E Suga – non era una sorpresa – aveva in programma di giocare a *pachinko* con il suo compagno di *pachinko*. Facevo parte di un sistema. Ero arrivata a un punto in cui le cose andavano avanti per la loro strada. Nessun momento ta-dah. I miei genitori avevano avuto per me i sogni di tutti i genitori. Studiare. Trovare un lavoro sicuro. Be', quanto a "sicuro" avevo fatto la scelta giusta. Niente era più sicuro della morte. Niente più a prova di crisi. Ma la morte era anche qualcosa che non si toccava nemmeno con un dito. Se capitava in famiglia, allora sì. Allora non restava che affrontarla. Ricordavo chiaramente mia nonna che prendeva dall'armadio i completi del nonno. Li sfilava uno per uno dalle stampelle. Lisciava le maniche. Toglieva i pelucchi. Li avvolgeva nel cellofan. Li metteva uno sopra l'altro. Eccetto uno, che non voleva dare via benché fosse il più logoro, li aveva portati tutti alla raccolta degli abiti usati. Fare lo stesso con i vestiti di un estraneo era completamente diverso. Ciò che era appropriato in un caso era inopportuno nell'altro, e se qualcuno non aveva alle spalle una famiglia che metteva in ordine per lui, la colpa era sua.

Dopo pranzo eravamo passati a salutare la nonna. Si era svegliata e doveva andare in bagno. La procedura richiedeva un certo tempo, perché aveva bisogno di aiuto per alzarsi dal letto.

"Per fortuna oggi tuo padre è in casa. Di solito devo fare tutto da sola. E quando un corpo ti si aggrappa addosso, credimi, è davvero pesantissimo. Eppure tua nonna è così leggera. Guarda come sono diventate sottili le sue braccia! È perché non mangia quasi niente. Chi soffre di demenza senile si dimentica perfino di mangiare, e se non la tenessi d'occhio morirebbe di fame, te lo dico io."

Appena tre anni prima sarebbe stato impensabile parlare tanto apertamente delle condizioni di mia nonna in sua presenza. Evitavamo anche la più piccola allusione. Poi, di pari passo al suo deterioramento mentale, era diventato normale parlare di lei come se non ci fosse. All'inizio ne avevo sofferto.

Lo trovavo brutale, trattarla come un oggetto inanimato. In fondo non erano le sue orecchie a essersi ammalate. D'altro canto non dicevamo nulla che non corrispondesse alla realtà dei fatti, e ci sembrò liberatorio, anche per lei, smettere di nascondersi dietro un dito.

"E se provassi con i pannoloni?"

Mia madre però non ne voleva sapere. "Finché riesco a tirarla su, preferisco che faccia i suoi bisogni come tutti gli altri. I pannoloni li uso solo quando devo uscire a fare la spesa e di notte, naturalmente." Mi indicò gli strumenti che aveva comprato dalla mia ultima visita. Tra cui una cannula per l'aspirazione del cavo orale. "Per via della bava," spiegò.

Mia nonna, di nuovo sdraiata nel suo letto, mi lanciava occhiate diffidenti.

"Sono io. Suzu. Mi riconosci, sì?"

"Purtroppo non ti risponderà," mia madre sprimacciò la trapunta. "Da un po' riconosce anche me soltanto nelle giornate buone, che ormai sono rare. Pensa che una volta mi ha chiamata mamma! E tutto sommato ha ragione. Un tempo mi nutriva lei, oggi la nutro io. Giusto, mamma? Ci-hai-azzeccato!"

Parlava a voce volutamente alta e scandendo le parole. Ma la nonna non manifestò alcuna reazione. Continuava a squadrarmi. Chi è questa qui?, forse si stava chiedendo. Alla diffidenza si era unita la curiosità. Anche una punta di smarrimento. Di rammarico. Le accarezzai la guancia, così familiare con la grossa voglia. Il contatto non le diede fastidio. Prima avrebbe storto la bocca. Non era mai stata un tipo tenero. Aveva sempre respinto i miei baci. Adesso invece – perché era indifesa? – mi permise di baciarle la guancia, e addirittura lo gradì. Schioccò leggermente le labbra, come se ne volesse ancora. Prima. Adesso. Dov'era il confine che separava le due cose? Ne esisteva uno? Magari erano entrambi degli odori? Come quelli di due persone che si trovavano nella stessa stanza?

"Ora," mormorò mia nonna.

"Mmh?" Non ero sicura di aver capito bene.

"Ora è sempre la scelta migliore."

"Dici-di-nuovo-sciocchezze!" Mia madre l'aveva coperta, e mio padre le stava porgendo una molletta per scostarle i capelli dalla fronte.

Ora!, pensai. Non dovevo lasciarmi sfuggire il momento un'altra volta! Ora era sempre la scelta migliore!

"C'è una cosa che vorrei dirvi," mi sentii iniziare. E fu come con il trolley. A posteriori, non era più possibile stabilire quando e come fosse passato di mano. Era successo e basta.

La mia confessione fu breve e andò dritta al punto, e conteneva non una mezza ma tutta la verità. Ossia che non solo mi piaceva. Il mio lavoro. Lo amavo. La motivazione più solida che fornii furono le persone con cui lavoravo. Raccontai ai miei genitori del signor Sakai. Raccontai loro cosa lo aveva spinto a fondare la ditta. Raccontai di Yamamoto e di Suga. E raccontai di Takada. Dissi che pulivo le case dove erano stati rinvenuti dei cadaveri. Non che pulivo le case. Chiamai le cose con il loro nome. *Kodokushi. Kodokusha.* Le parole erano parole, e mi uscirono di bocca senza opporre resistenza. Le usai per ciò che erano. Parole, che mentre descrivevano qualcosa si avvicinavano il più possibile a quel qualcosa. Grasso cadaverico e pelle staccata. Sangue e feci. Raccontai del signor Ono e degli Ishikawa, della signora Yagi e di Rie.

Il silenzio che seguì fu talmente lungo da risultare quasi insopportabile. Un supplizio.

Mia madre, impietrita con la molletta in mano, riprese ad appuntare i capelli alla nonna. Mio padre si schiarì rumorosamente la gola. Tra di noi era disteso il corpo di mia nonna, leggero e pesante insieme. Mi avevano ascoltata? Dentro di me anticipai la loro disapprovazione. *Quindi, ti abbiamo messa al mondo per questo? Le altre alla tua età si sposano. Fanno figli. E tu? Sostieni di amare il tuo lavoro! Ma hai mai anche solo lontanamente pensato a noi?*

Tuttavia, quando mia madre infine prese la parola, non disse niente del genere. Disse soltanto: "Ne riparliamo dopo. È l'ora del tè. Lo preparo".

Il tempo di dirlo ed era già uscita dalla stanza. Mio padre dietro di lei.

***

"E poi?"

Eravamo seduti da Master Shen, che ultimamente, visto il caldo, era passato agli spaghetti di soia. Spaghetti di soia con gamberetti e lemongrass. Non era una ricetta del suo paese, era una sua creazione, ma doveva pur accontentare i clienti, e un cinese, commentò asciutto, non è un cinese se non si sa adattare.

"Poi abbiamo bevuto il tè."

"E poi? Non si faccia pregare, signorina Suzu!" Il signor Sakai tamburellava con le dita sul tavolo, impaziente.

"Poi abbiamo parlato."

"Mi arrendo. Takada, assuma lei il ruolo dell'intervistatore. Tenga," gli consegnò un microfono immaginario. Takada lo prese e me lo mise davanti alla bocca.

Gara di sguardi.

Ci sforzammo di non ridere, con il risultato che ridemmo ancora più forte.

"No, così non va!" Il signor Sakai riafferrò il microfono. "Ricominciamo dall'inizio! E con un po' più di ritmo, per favore! Avete bevuto il tè. Avete parlato. E poi?"

"Siamo giunti alla conclusione che spetta a me scegliere il

lavoro che voglio, e ai miei genitori spetta farsene una ragione. Naturalmente non nego che fossero delusi, e per il momento non informeranno zia Fumiko. Ma in linea di massima hanno capito di cosa si tratta."

"Ah sì? E di cosa si tratta?"

"Di fare per un estraneo ciò che di solito si fa solo per la propria famiglia." Ero particolarmente fiera di quell'intuizione. Il signor Sakai, però, non sembrava molto colpito. "Si può vedere anche in questo modo," disse. "Personalmente prediligo la seguente variante: si tratta di fare per i morti ciò che di solito si fa solo per i vivi."

Andava bene lo stesso.

"È buffo," aggiunse. "Noi esseri umani pensiamo sempre per contrapposizioni! La vita qui, la morte là. Come se non riuscissimo a tollerare che sono due cose intimamente connesse. Ovvio, la contrapposizione è evidente. O si respira o non si respira. Ma il non respirare non è forse insito nel respirare? Non ne fa parte? Non iniziamo a morire già dal primo respiro?"

"Be', ora come ora mi sento piuttosto vivo," scherzò Takada. "L'unica cosa morta in me è la lingua, ma quello è per il pepe del Sichuan."

"Beviamoci su!" Il signor Sakai alzò il bicchiere.

Brindammo. Il microfono immaginario giaceva abbandonato sul tavolo. Era lì. E non era lì.

I Fuji furono contenti dei *kibidango* che gli avevo portato. Mangiandoli, sarebbero diventati muscolosi come il ragazzo della pesca.

Era la prima volta che suonavo da loro, eppure, quando mi vide sulla soglia, la signora Fuji non apparve sorpresa. Entravo a bere un bicchierino di *shōchū*? Aveva messo in frigo una bottiglia. No, non volevo disturbare. "Ma non disturbi mica.

Tu che dici?" chiese al signor Fuji, che era comparso alle sue spalle. Uno dietro l'altra, sembravano una divinità con due teste e quattro braccia. "Dico quello che dici tu," rispose il signor Fuji, al che la moglie mi allungò un paio di pantofole a fiori. Ecco cosa ci avevo guadagnato a essere stata gentile. Bere *shōchū* con due quasi novantenni che si urlavano a vicenda. Una quindicina di minuti potevano andare bene, pensai. Le nostre conversazioni davanti a casa non erano mai durate di più, ma c'era una bella differenza tra incontrarsi fuori e incontrarsi dentro. Fuori le possibilità di fuga erano maggiori.

"Per di qua!" La signora Fuji mi precedette in soggiorno. Il signor Fuji – di certo per gentilezza – preferì seguirmi, perciò mi ritrovai imbottigliata in mezzo a loro nello stretto corridoio. Anche i Fuji indossavano le pantofole. Adesso formavamo una divinità in pantofole con tre teste e sei braccia che oscillavano ritmicamente avanti e indietro. Il rumore dei nostri passi strascicati era quasi sincronizzato.

L'appartamento aveva una stanza in più rispetto al mio, intravidi una camera con un letto singolo. Dunque uno dei due dormiva sul pavimento in legno, che non doveva essere molto comodo. In ogni caso, in soggiorno non c'era un posto dove dormire. Contai cinque bergère. Perché così tante? E ogni schienale era corredato da un centrino di pizzo. "Siediti su quella. Ha la funzione massaggio. Se premi qui," la signora Fuji premette un pulsante sul lato del bracciolo, "ti massaggia la schiena. Ma puoi premere anche qui. Lo senti? Questo è il massaggio al sedere." Sentii una serie di rulli che si muovevano sotto il mio posteriore. "Ci vuole un po' per abituarsi, dopo però è come cavalcare le onde."

Cavalcare le onde.

La signora Fuji aveva mai cavalcato un'onda in vita sua? Ne dubitavo.

"La velocità è regolabile. Sbizzarrisciti pure. Io intanto prendo lo *shōchū* in frigo."

Il signor Fuji si era accomodato davanti al televisore. Sembrava indeciso se accenderlo o no. "Prego," gridai rivolta verso di lui, "non faccia caso a me." Con un sorriso riconoscente, il signor Fuji afferrò il telecomando e passò da un canale all'altro finché non trovò quello che cercava: un programma sugli spiriti. Un chiaroveggente visitava le case di persone morte in un infortunio e comunicava con loro. "Il problema," stava dicendo, "è che queste persone non riescono ad accettare di essere morte. Sono fermamente convinte di essere vive."

"Oh no, ancora lui!" La signora Fuji tornò con lo *shōchū*. "Da quando sono caduta questo inverno, mio marito è fissato con quel tizio. Ma non posso biasimarlo. Non abbiamo ancora superato lo shock, e dopo certe esperienze, uno inizia a farsi delle domande. Cosa c'è dopo la morte. Che fine fa l'anima."

Quell'inverno da loro era tutto tranquillo. Me lo ricordavo. Non li avevo sentiti gridare per parecchio tempo.

"È stata una cosa improvvisa." La signora Fuji riempì tre bicchieri fino all'orlo. "Un capogiro. All'inizio pensavo che non fosse niente. Poi però sono caduta, di là in cucina, e ho perso conoscenza. Tutto bianco qui dentro," si picchiettò l'indice sulla tempia. "In un primo momento mio marito, che ha telefonato al pronto soccorso, credeva fossi morta. Mi hanno portata in ospedale, dove qualche ora dopo ho ripreso i sensi."

Chiesi quando fosse successo.

"Poco prima di Capodanno." Poco prima di Capodanno io soffrivo per amore di là della parete, raggomitolata sul *futon* a piangermi addosso. Non mi ero minimamente accorta che la signora Fuji era stata portata via su una barella spinta dai paramedici. Il lampeggiante rosso dell'ambulanza non era filtrato attraverso le mie tende. Oppure lo avevo visto e non gli avevo dato peso?

"Sono rimasta ricoverata per due settimane. Mi ero rotta il femore. A dire il vero, per me è stato come essere in vacanza.

I giovani studenti di Medicina erano tutti molto gentili. Ma per mio marito... Sì, insomma, non è difficile indovinare come è stato per lui. Ritrovarsi solo dall'oggi al domani. Senza nessuno che la sera si addormentava al suo fianco. Dice che è stata quella, la cosa peggiore. Non avere la mia testa posata sulla spalla."

Quindi dormivano insieme nel letto singolo. Regolai al massimo la velocità del massaggio. La poltrona iniziò a sballottarmi. Volevo essere sballottata.

"A casa sono stata a riposo ancora per un bel po'. Per il capogiro non c'è stata una diagnosi precisa. Sono cose che succedono. Causa sconosciuta. Se mi riguardo, camperò cent'anni. Una magra consolazione. Che faccio se mi ricapita, ma questa volta per sempre? Se qui dentro rimane tutto bianco? Quel bianco mi risucchiava con una forza mostruosa. Io lottavo per resistere, e prima di essere risucchiata, proprio un attimo prima, ho trovato una via d'uscita. Sono tornati i colori. La felicità che ho provato per ogni rosso che rivedevo, per ogni blu, ogni giallo, verde e marrone! Non riesco a immaginare come sarebbe vivere in un mondo senza colori."

Dal televisore arrivarono dei fischi. Il chiaroveggente fischiava per chiamare gli spiriti e li accompagnava fuori dalle case che non volevano credere di aver lasciato già da un pezzo.

"È solo un ciarlatano! Però si guarda volentieri." La signora Fuji aveva posato i *kibidango* accanto ai bicchieri. Una bella natura morta, pensai. "Da allora mio marito è molto preoccupato per me. Non lo dice. Ma lo so. Si inventa di continuo qualcosa per semplificarmi la vita. Le poltrone, per esempio. Sostiene che mi riposo troppo poco. Io invece credo che alla nostra età dovremmo iniziare a ridurre tutto al minimo. Cosa ci serve?"

Guardai la schiena del signor Fuji, leggermente protesa in avanti. Era completamente assorbito dal programma, ma allo stesso tempo stringeva tra le dita il telecomando, come se volesse cambiare canale da un momento all'altro, e la signora Fuji dovette toglierglielo con delicatezza di mano perché finalmente si girasse verso di noi. Lei gli avvicinò alla bocca un *kibidango* infilzato su uno stuzzicadenti. "Mangia!" gridò.

"Sì, sì. Ora mangio," gridò lui.

Chi era il più sordo tra i due? Forse quello a cui erano rivolte le grida lo era meno di quello che gridava. Ma poteva essere anche il contrario. Da lassù, sulla cresta dell'onda che stavo cavalcando, le loro grida sembravano richiami amorevoli.

...autunno e di nuovo inverno

L'autunno era arrivato prima del solito.

Già a metà settembre avevano iniziato a cambiare colore le prime foglie, e il cielo, anche se era ancora azzurro, non era più di un azzurro così luminoso come in estate. Una leggera punta di giallo si era mescolata all'azzurro. Se ne sentiva perfino il sapore. L'aria sapeva di spezie, ora dolce ora amara, con un accenno di marcio che veniva dalla terra. Un tifone portò scompiglio in città. Sferzò le strade per una notte intera. Ci furono un morto e numerosi feriti. Forse era dipeso da quello? Quando passò, l'estate era finita davvero.

Ormai suonavo più spesso dai Fuji, e nel tempo libero sbrigavo piccole commissioni per loro. Un giorno li portai a vedere la piattaforma. Ci volle molta forza di persuasione per convincerli a infilarsi nello stretto lucernario. Fu soprattutto il signor Fuji a opporre resistenza. Era troppo vecchio per simili passatempi, disse. Ma non appena furono lassù non riuscirono a trattenere lo stupore, e restammo a lungo davanti al parapetto a gustarci la pace che regnava sopra il mare di tetti. "È meglio della televisione," commentò il signor Fuji. La signora Fuji lo prese sottobraccio e in via eccezionale non lo corresse. "Sì," concordò con lui, che annuì e le accarezzò la mano posata nella piega del gomito.

Facemmo progetti insieme. E se in primavera avessimo

creato una zona verde, lì sulla piattaforma? Con un pizzico di fortuna, potevamo coltivare un orto. I Fuji sognavano pomodori e cetrioli. Io sognavo i cocomeri. Iniziammo a battibeccare. I Fuji erano dell'opinione che i cocomeri fossero "difficili". Io però non cedetti. Niente cocomeri, niente orto! La nostra piccola disputa durò per un po'. E fu bello. Discutere per qualcosa che tanto sarebbe rimasto solo un sogno. Che fossero i pomodori e i cetrioli dei Fuji o i miei cocomeri, sulla piattaforma le piante sarebbero state sotto il sole cocente. E come ce la portavamo, l'acqua, fin lì? Con un montacarichi? Ben presto risultò chiaro che il sogno dell'oasi era destinato a fallire, però battibeccammo comunque. E in qualche modo fu bello proprio nella sua futilità.

Takada non era passato. Ogni tanto, quando mi veniva in mente, controllavo la data di scadenza dei salamini che avevo comprato nel caso in cui fosse capitato in zona. Sarebbero durati fino a inverno inoltrato. Il whisky Nikka, uguale. Praticamente non era deperibile. I cubetti di formaggio li avevo già dati a Punsuke, e le patatine formato XXL – be', quelle me le ero sbafate io. Da quando Punsuke era ritornato quello di una volta, non aveva più senso filmarlo. Perciò, invece di girare video su un criceto, guardavo serie su Netflix, e mangiare patatine mentre le guardavo era diventato il mio nuovo hobby. Provai tutti i gusti possibili. Al primo posto della mia classifica personale c'erano quelle al lime e peperoncino, un'edizione speciale della mia marca preferita.

A fine settembre riposi il ventilatore nell'armadio a muro. Vedendo il *futon* per gli ospiti che tenevo lì, dovetti ridere di me stessa. Come i salamini e il whisky Nikka, lo avevo comprato insieme a un secondo cuscino da pavimento "nel caso in cui". Risi di me stessa fino a piangere. Risi talmente forte e talmente tanto che mi scesero davvero le lacrime lungo le guance.

Avevo ripreso le mie attività di dating online. Conoscere

qualcuno per cui srotolare il *futon* per gli ospiti si rivelò tuttavia "difficile". Far crescere i cocomeri senza l'acqua sarebbe stato senza dubbio più facile. Nonostante qualche superficiale punto di contatto, con la maggior parte dei tizi non condividevo nessun interesse più profondo, e gli argomenti che sollevavo – il collegamento tra una lampadina e una ciambella salvagente, per esempio, o la solitudine dei cubetti di ghiaccio in un bicchiere da cocktail – incontravano la loro totale incomprensione. Per non parlare del tema *kodokushi.* Quando raccontavo del mio lavoro, reagivano tutti nello stesso modo. Consideravano affascinante che esistesse una categoria professionale specifica che si occupava delle cose di chi moriva in solitudine. Addirittura facevano domande che denotavano una certa curiosità. Poi però davano un'occhiata all'ora e improvvisamente avevano una gran fretta.

"Inquietante!" Soltanto uno rimase seduto. "Ma sai che ti dico? Mi piacciono queste cose! Non so se mi spiego."

No, non si spiegava.

Esplicitò: "Sesso con gli zombie e roba così".

Fu il mio turno di dare un'occhiata all'ora e improvvisamente avere una gran fretta.

Mia madre mi aveva mandato un messaggio con il numero di Yumi, e quando la chiamai, sulle prime fu strano. Come a scuola davanti agli armadietti delle scarpe, svicolammo. Piano piano però, mentre tiravamo fuori vecchie reminiscenze, la conversazione cominciò a fluire, e ricordai com'era camminare al suo fianco. Era leggero. Leggero nel senso di semplice. Avevamo quasi lo stesso passo, e anche lei, come me, non rivelava molto di se stessa. Ripensandoci, camminavamo fianco a fianco e basta. *Gli amici non si trovano.* Mi tornò in mente il verdetto della mia compagna del gruppo di teatro all'università. Forse la frase giusta era: con gli amici si fa un pezzo di strada insieme?

I ricordi di Yumi erano diversi dai miei. Lei ricordava chiaramente certi dettagli che io avevo dimenticato. Per esempio, ricordava che poco dopo il divorzio dei suoi genitori l'avevo invitata a mangiare un parfait alle fragole.

"Eravamo al Loco Loco."

Giusto. Al Loco Loco, un bar per studenti, facevano i parfait alle fragole più buoni in assoluto.

"Quel giorno ero piuttosto depressa." Yumi non disse altro. Ma in un attimo, rivedendo il Loco Loco, le due coppe di vetro e i lunghi cucchiaini con cui mangiavamo i parfait, ricordai cosa era successo prima. Camminavamo fianco a fianco, e al ponte sul fiume di colpo Yumi aveva iniziato a parlare di morire. Era stata solo una frase lasciata cadere, e pronunciata così piano che l'avevo udita a malapena. "Vorrei morire," aveva sussurrato.

Non sapevo quanto fosse seria. Magari aveva solo dato voce a uno stato d'animo momentaneo. In ogni caso, il parfait alle fragole era il mio modo di dirle che valeva la pena essere vivi. Il sapore di fragole, panna montata e gelato alla vaniglia doveva convincerla che c'era almeno qualcosa per cui valeva la pena continuare a vivere. E se non si viveva per un parfait alle fragole con i Pocky, allora per cosa?

"Dovremmo farlo di nuovo," proseguì Yumi dopo una pausa. "Andare a mangiare un gelato, intendo."

"Se mi inviti, volentieri," scherzai.

"D'accordo."

Abbandonando le vecchie reminiscenze, chiacchierammo del figlio che stava per mettere al mondo. Yumi promise di spedirmi delle foto del bambino, quando nasceva, e in effetti appena due settimane più tardi me ne mandò per email una in cui teneva in braccio il piccolo Ichirō. Era identica a prima. Gli occhiali storti. Lo sguardo di chi è cieco come una talpa. A differenza di prima, però, emanava una tranquilla sicurezza.

***

All'inizio di ottobre il signor Sakai era tornato al cento percento.

Quando saliva le scale aveva ancora l'affanno, a cui si era aggiunta anche una tosse ostinata, ma alla sua età e con tutte le sigarette che fumava, non c'era da stupirsene. Una volta aveva provato a smettere di fumare. "Ora basta," aveva annunciato con la sua tipica determinazione. Ma quella rinuncia lo aveva reso talmente irritabile, per non dire insopportabile, che eravamo stati tutti felici quando, dopo appena tre giorni, mise di nuovo mano al pacchetto.

Già da un po' il signor Sakai parlava di voler introdurre alcuni cambiamenti. La ditta andava bene. Molto bene, perfino. E dopo un'estate così produttiva, un altro al suo posto si sarebbe rilassato. Ma non il signor Sakai. Ciò che andava bene poteva sempre andare meglio. Era letteralmente un vulcano di idee, e quando si trattava di metterle in pratica, era pressoché impossibile fermarlo. Tra le varie cose, aveva in mente di comprare un nuovo attrezzo. "Nuovo di zecca" doveva essere, e "funzionale".

"Funzionale?" Yamamoto prese una delle pinze che il signor Sakai ci aveva allineato davanti in bella mostra. Tante versioni di una pinza combinata. "Sono tutte uguali, capo."

"A una prima occhiata le do ragione. Questa però," il signor Sakai gliene consegnò un'altra perché le confrontasse, "è un pelo più leggera."

"Cavilli," brontolò Yamamoto.

"La provi, allora." Il signor Sakai aveva fissato alla parete un'asse di legno in cui erano piantati dei chiodi, e Yamamoto iniziò a toglierli servendosi delle due pinze.

"Perfettamente uguali," constatò.

Suga, che era il secondo della fila, diede la stessa valutazione.

"Ora lei, Takada!"

"Quella rossa sembra più robusta," commentò lui, allungandomi la pinza.

"E lei cosa dice, signorina Suzu?"

"Ecco... secondo me quella verde si adatta meglio a... il manico è più..."

"...morbido, vero?"

"Sì," annuii.

"La signorina Suzu ha ragione. Quella verde è decisamente la pinza più pinzosa delle due."

"Sta dando i numeri!" Yamamoto alzò gli occhi al cielo. "Una pinza è una pinza. Fine della storia."

"Non è così semplice. Lasciate che vi spieghi. Una pinza deve svolgere determinate funzioni. Afferrare, tagliare, stringere. Inoltre, deve avere una forma ergonomica. Vale a dire che la mano di chi la usa deve stancarsi il meno possibile. Dev'essere contenta di lavorare con lei. Se in più una pinza è bella da vedere, male non fa. Sì, lei ride, Yamamoto, ma anche una pinza può essere bella. Mi riferisco a tutto questo quando parlo della sua pinzosità."

Yamamoto incrociò le braccia sul petto. "Sta dando i numeri," ribadì. "Dove vuole arrivare? Di questo passo tirerà fuori la mascherosità delle maschere."

"Ha fatto bene a ricordarmelo! Non avevo ancora pensato ai dispositivi di protezione. Naturalmente, anche in quell'ambito dobbiamo puntare all'ottimizzazione. Per esempio, ci sono delle tute con il passante per il pollice per impedire che le maniche salgano. E visto che ha citato le maschere, quelle a doppio filtro sarebbero considerevolmente più comode per la cervicale. La ringrazio del suggerimento, Yamamoto."

"Sfotte?"

"No, no. Al contrario. Le sono sinceramente grato." A riprova del fatto che diceva sul serio, il signor Sakai prese un rapido appunto riguardo alle maschere, e nei giorni successivi lo sentimmo filosofare spesso sulla “x-osità” di x. Secondo lui, perfino un guanto di lattice poteva essere più guantoso di un altro.

Tra le idee che non davano pace al signor Sakai, c’era quella di una gita aziendale. “Un fine settimana in un *onsen*,” doveva essere, “non troppo chic, possibilmente con vista panoramica, e in montagna.”

La prospettiva di un viaggio tutti insieme con pernottamento in albergo stranamente non mi provocò un attacco di panico, e rimasi calma anche quando il signor Sakai mi chiese di cercare delle offerte. Niente tachicardia. Al suo posto provai qualcosa di simile all’emozione dell’attesa. Non andavo in un vero *onsen* da un’eternità e avevo voglia di gozzovigliare. Ultimamente avevo iniziato a cucinare, ma non brillavo ancora per estro culinario. I piatti che preparavo potevano essere riassunti da un unico nome collettivo: pasta. Fine.

“Promette bene.” Il signor Sakai indicò una foto su uno dei cataloghi che avevo rimediato: tre donne avvolte in un telo da bagno, sedute sul bordo di una vasca naturale all’aperto, contemplavano trasognate un boschetto di aceri con i colori dell’autunno. “Saranno comprese nel pacchetto?”

“Probabilmente no. Ma che gliene pare di questo?” Sfogliai alcune pagine. “Spa con relax assicurato,” lessi a voce alta. “Eccellente cucina *kaiseki* con vista sul Monte Fuji. Sono ammessi bambini e animali domestici.”

“Bambini *e* animali domestici? Che esagerazione. E non ho un grande feeling con il Monte Fuji. In genere non appena gli vado vicino piove, e tutto ciò che mi mostra di sé è una parete di nebbia grigia. Si nasconde da me. Non so spiegarmelo altrimenti.”

Il signor Sakai ne era certo. La sua sfortuna con il Monte Fuji sarebbe ricaduta anche su di noi, perciò continuammo a scartabellare la pila di cataloghi, senza riuscire a metterci d'accordo. Ognuno voleva una cosa diversa. Tipo fare rafting. La proposta era di Yamamoto. Ma il signor Sakai la scartò all'istante. Se voleva morire, c'erano metodi più semplici. "A questo punto, meglio le tre donne," concluse. Sarebbe stata una morte più dolce.

Alla fine il progetto Gita aziendale venne rinviato a data da destinarsi. Il primo motivo fu il mio corso specialistico in pratiche di disinfezione. Era suddiviso in moduli con lezioni il venerdì e il sabato, e la domenica toccava sgobbare sui libri. Batteriologia e disinfestazione. Il secondo motivo erano gli incarichi che arrivavano di continuo, e dato che il signor Sakai non poteva dire di no, spesso dovevamo occuparci di più casi contemporaneamente. A ciò si aggiungeva la rimozione degli scatoloni dall'ufficio del signor Sakai. Quando avevamo un po' di tempo libero, portavamo le cose da un rigattiere e gliele svendevamo in contanti. In questo modo il labirinto si era progressivamente ridotto, e ormai solo singole scatole sparse qua e là nella stanza, desolate come durante un trasloco, ricordavano la baraonda originaria che io e Takada avevamo attraversato la prima sera. L'impressione era simile a quella degli appartamenti che svuotavamo. Una volta sgombri, sembravano grandi la metà rispetto a quando erano ingombri. Eppure avrebbe dovuto essere il contrario, pensavo. Anche la scrivania con i raccoglitori sembrava più piccola, e il signor Sakai seduto dietro, con il calendario a strappo e il disegno a china alle sue spalle, sembrava quasi minuscolo.

A tratti il signor Sakai fantasticava di una lounge. Il suo sogno era trasformare parte dello spazio che si era liberato in un accogliente angolo salotto. "Ora che ci siamo sbarazzati degli scatoloni, potremmo mettere un divano e un jukebox. In alternativa, posso rimediare una slot-machine. Un mio amico ha una collezione di vecchi flipper a casa sua. Ci conosciamo da anni, sono sicuro che mi farebbe un prezzo onesto." Il signor

Sakai possedeva una Gibson Les Paul, che voleva appendere alla parete insieme a locandine di film degli anni sessanta. Alcune erano autografate, e per aggiudicarsi la firma del protagonista era rimasto in coda per ore.

"Ma non abbiamo tempo per rilassarci," feci presente. Il suo sogno era come quello di una zona verde sulla piattaforma. A quanto pareva, gli stava più a cuore averlo che realizzarlo.

"Giusto." Il signor Sakai rise imbarazzato. "È solo che... la stanza..." A quel punto gli venne la tosse. Si coprì la bocca con un fazzoletto e con l'altra mano mi fece cenno di aspettare. Per fortuna l'accesso passò in fretta. Il signor Sakai si raschiò la voce più volte. Poi proseguì: "La stanza all'improvviso rimbomba".

"È perché mancano gli scatoloni."

"Mmh." Rifletté brevemente. "Quello che ha appena detto, signorina Suzu, è meraviglioso!"

"Scusi? Meraviglioso?"

"Qualcosa manca. In parole povere: qualcosa non c'è più. E tuttavia esercita un'azione sulla stanza."

"E questo è meraviglioso?"

"Sì, meraviglioso!" Il signor Sakai era balzato su dalla sedia e passava lentamente in rassegna le pareti ingiallite dal fumo delle tante sigarette. "Adesso credo di sapere cosa fare dello spazio che si è liberato. Esistono questi... oh, come si chiamano? *Memorial walls!* Li conosce, no? Muri su cui dopo una guerra o una sciagura si incidono i nomi dei morti per ricordarli. Potremmo realizzare anche noi un muro così."

"Intende per i caduti della Seconda guerra mondiale?" Confusa, guardai prima lui, che si era voltato verso di me con gli occhi che brillavano, e poi la parete davanti alla quale si era fermato.

"Ma no, sciocca! Per i *kodokusha*, naturalmente! Da oggi in poi attacchiamo alla parete qualcosina di ogni caso trattato, che so io, un ago o un calzino. E scriviamo su una targhetta il nome del proprietario. Come in un museo. Per i clienti che vengono qui in ufficio sarebbe una testimonianza suggestiva del lavoro che svolgiamo. Endō Kōji, tanto per dire, un bottone. Ōyama Kazuko, un barattolo di caffè. Che ne pensa, signorina Suzu?"

"Sembra..."

"...meraviglioso, vero?"

Eravamo solo noi due nella stanza. Yamamoto & Co. erano già andati via. Da fuori la luce rosa del tramonto si riversava sui piedi del signor Sakai. Indossava le stesse pantofole di plastica marrone che indossavo io. Però nella luce rosa del tramonto non erano più marroni ma rosa, e anche la parete ingiallita era immersa in un rosa delicato.

Un ex compagno di università, uno dei chitarristi che avevano suonato al picnic per la fioritura dei ciliegi, prima di andare in pensione lavorava come designer di interni. Il signor Sakai lo incaricò di realizzare una serie di schizzi della parete commemorativa che aveva in mente, e per un certo tempo quell'occupazione sostituì il suo filosofare sulla "x-osità" di x. Saltava di palo in frasca. Una volta era il suo bambino, il furgone, che sottoponeva a una revisione generale, e la volta dopo i magazzini al pianoterra, che avevano bisogno di una mano di vernice.

"Una specie di crisi di mezza età, ma tardiva," ipotizzai.

"Dici?" Takada, con cui camminavo stancamente verso la stazione alla fine di una lunga giornata, inclinò la testa di lato, dubbioso. "A me sembra piuttosto che voglia aprire un nuovo capitolo. Prendi l'idea della supervisione. Parlare con una persona esterna del nostro lavoro. Di quello che proviamo. Lo trovo bello."

"Davvero?" Dal canto mio lo trovavo – va be'.

"Parlare rimette a posto le cose," disse Takada, e si fermò di colpo. "Lo senti? Un grillo!"

Eravamo arrivati al gruppo di ciliegi che allungavano al cielo i rami contorti. Come il progetto Gita aziendale, l'abbellimento del canale era stato rinviato a data da destinarsi. La panchina con il listello staccato era ancora lì. Non c'era seduto nessuno, e nei mesi passati non avevo mai visto nessuno che ci si sedesse.

"E io che credevo che i grilli non ci fossero più!"

"Certo che ci sono."

"Forse da dove vieni tu. Ma in città?"

Ascoltammo il penetrante canto serale del grillo solitario, che dalla campagna si era smarrito nella città. Era possibile che fosse lo stesso di quella volta nell'area di sosta, quando ero seduta sul marciapiede con il mio istruttore di guida? No. Era escluso che fosse lo stesso. Era la stessa solo la sensazione che mi pervase.

"In passato, nel periodo Edo, venivano chiusi in gabbia a migliaia. Il loro canto doveva allietare la buona società. Lo sapevi?"

Lo sapevo, ma lo avevo dimenticato. Ricordarmelo in quel momento mi riempì di una malinconia infinita.

***

Nel frattempo, il signor Sakai aveva creato un gruppo su Line.

Il suo obiettivo dichiarato era diventare ancora più veloci, ancora più efficienti, e per farlo ci voleva la "comunicazione moderna", come la chiamava lui. A malincuore si era addirittura separato dal suo preistorico cellulare con i tasti.

Prova, prova, prova, fu il suo primo messaggio, e la prima foto che ci inviò era un'immagine ravvicinata di una foglia di ginkgo giallo brillante. Dopodiché, sul gruppo era calato il silenzio. Ci vedevamo tutti i giorni. E se c'era qualcosa di cui parlare, ne parlavamo di persona. Perciò, quando una mattina arrivò il suo secondo messaggio, fu come rompere il silenzio. Il suono della notifica e la successiva vibrazione avevano una componente surreale, come se la foglia di ginkgo fosse caduta di schianto dall'albero. *Oggi non posso venire. Yamamoto, mi sostituisca lei. Vi avviso appena*, a quel punto doveva essersi messo in mezzo il correttore automatico, perché la parola "Capodanno" non aveva senso: *Vi avviso appena Capodanno.*

???, approfondii. Ma non ci fu risposta.

Ok, scrisse Yamamoto, e sia Suga che Takada mandarono l'emoji del pollice in su. Evidentemente ne sapevano più di me, e come al solito io ero l'unica all'oscuro. Su quale pianeta vivevo? Ci muovevamo tutti sulla stessa terra? O io ero un robot? Che fosse successo qualcosa era fuori dubbio. Ma né il testo né il tono del messaggio lasciavano dedurre cosa. *Oggi non posso venire* era facile. Era come il messaggio ubriaco di un marito che su due piedi aveva deciso di trascorrere la notte in città. E io mi sentivo proprio così. Come la relativa moglie che avvolgeva nella pellicola la cena cucinata, e a ogni piatto che avvolgeva si lanciava in supposizioni. *Vi avviso appena Capodanno.* Mancavano due mesi. Il signor Sakai era andato in vacanza all'estero? Era assurda solo l'idea. Non era il tipo da vacanze all'estero. Uno, due giorni in un *onsen* non troppo chic, possibilmente con vista, erano il massimo del riposo che si concedeva, e anche quello se lo era concesso solamente in teoria. Migliorare. Diventare più rapidi e più efficienti. Il ritmo che aveva tenuto nell'ultimo periodo era degno di un coniglio della Duracell sotto anfetamina che fumava senza sosta. Solo il giorno prima ci aveva fatti correre come matti, e alla mia domanda "Perché tutta questa fretta?", si era impuntato. "Perché sì!" aveva ribattuto in tono brusco.

Mi venne in mente un treno a vapore. Noi – io, Yamamoto, Suga e Takada – eravamo i vagoni trainati dal signor Sakai, la locomotiva che sbuffava fumo. Senza, non eravamo in grado di avanzare. Avevamo bisogno di lui e della sua forza di trazione. Mi avviai al lavoro con un brutto presentimento. Controllavo di continuo se per caso il signor Sakai avesse risposto. Lui però era offline. Fissai a lungo i tre punti interrogativi. Poi scorsi verso l'alto fino alla foglia di ginkgo, che avevo commentato con uno smile. *Prova, prova, prova*, lessi, e scorsi di nuovo verso il basso fino alle emoji del pollice in su. Il signor Sakai non aveva ancora caricato un'immagine del profilo. Ma cosa significava, in fin dei conti? Significava che non ne aveva ancora caricata una. Gli occhi puntati sulla sagoma vuota, mi sforzai di valutare la situazione in maniera obiettiva. Quel giorno il signor Sakai non sarebbe venuto. D'accordo. Nessun problema. Ci avrebbe avvisati appena. Non c'era niente sotto.

Risultò che neanche gli altri sapevano nulla. Perlomeno, nulla di più preciso. Stando a Yamamoto, qualche settimana prima il signor Sakai aveva detto di voler fare un controllo per via della tosse. Non era un appassionato delle visite di screening, saltava sempre fuori qualcosa, del resto era quello lo scopo, che qualcosa saltasse fuori, ma un medico di cui era recentemente diventato amico bevendo whisky, uno pneumologo, gli aveva fatto un discorsetto al riguardo.

"Deve essere per questo," concluse Yamamoto.

"Tipico del capo! Diventare amici di qualcuno è una cosa da bambini." Suga rise. Una risata che esprimeva per metà sarcasmo e per metà ammirazione. "Da adulto non ti fai degli amici. O ce li hai o non ce li hai."

"Sotto questo aspetto il signor Sakai è un caso a parte," convenne Yamamoto. "Ma è fatto così."

"Sakaioso," disse Takada, centrando il punto.

"Come fa, alla sua età?" Finalmente il mistero fu svelato. Il signor Sakai aveva settantacinque anni. Quattro anni prima aveva accarezzato l'idea di andare in pensione. "Voleva prendere in gestione un pezzo di terra," ricordò Yamamoto.

"È vero!" Lo ricordava anche Suga. "Si era messo in testa

di realizzare il sogno dell'agricoltura biologica che aveva da studente. Il suo concetto di pensione: coltivare patate, mungere mucche e produrre formaggio. Come al solito, aveva mille progetti contemporaneamente. Tra cui un impianto a energia solare per il raffreddamento del latte. Per fortuna è stata solo una fase. E anche questo è tipico del capo. Le fasi si hanno da adolescenti. Poi ti passano."

Riflettei. Nella mia vita c'erano state delle fasi? Come no. Tuttavia era difficile isolarle le une dalle altre. Una fase sfociava nella successiva. Fino a quel momento non si erano verificati cambiamenti radicali o grandi sconvolgimenti, e ripensandoci anche la fine della relazione con Kōtarō067 e il successivo licenziamento dal *famiresu* non erano stati niente di trascendentale. La mia vita procedeva senza alti e bassi. Somigliava a una superficie pianeggiante. Ogni tanto incespicavo su una piccola asperità del terreno. Oppure il vento mi soffiava in faccia togliendomi per un attimo il respiro. Nel complesso però le fasi che attraversavo non erano contraddistinte da una particolare drammaticità. Territorialmente parlando, mi muovevo in qualche punto tra il deserto e la steppa. Nessun fiume impetuoso in vista. Nessuna vetta scoscesa. Nessun mare grosso. Nessuna giungla impenetrabile. Forse sognavo troppo poco? Di certo, un impianto a energia solare per il raffreddamento del latte era fuori dalla mia portata. Al massimo sognavo di concludere il mio corso specialistico in pratiche di disinfezione con un voto medio. Ero fatta così. Suzuosa. Mi piacevano le cose tranquille.

"Abbiamo chiacchierato abbastanza," Yamamoto mi riscosse dalle mie elucubrazioni. Assegnò gli incarichi del giorno con indole yamamotosa, facendo del suo meglio per essere il più sakaioso possibile.

***

“Allora? Come ve la siete cavata senza di me?”

Quando il signor Sakai ci accolse nel suo ufficio tre giorni dopo, aveva davvero l’aria rilassata di chi rientra dalle vacanze. Da come se ne stava seduto, fumando di gusto una sigaretta, le gambe pigramente accavallate, sembrava fosse tornato da un’isola nei mari del Sud. Tra i suoi denti scricchiolavano ancora uno o due granelli di sabbia, tempo un attimo avrebbe sparso davanti a noi una manciata di conchiglie e iniziato a raccontare dei grandiosi tramonti che aveva visto laggiù. Il disco rosso calava nell’oceano, prima lentamente, poi più veloce, sempre più veloce. Rimaneva solo un fioco scintillio, ma anche quello si spegneva lentamente, poi più veloce, sempre più veloce, nell’oscurità dilagante.

“In tutta sincerità?” domandò Yamamoto.

“Assolutamente sì!”

“Non è insostituibile. Ho ragione, gente? Forza, sentiamo. Sono stato un buon capo, no?”

“Insomma” fu la nostra opinione. “Sarebbe bastata anche un po’ meno frusta.”

“Sul serio, è stato terribile,” ammise Yamamoto. “Non vorrei avere il suo ruolo. Questi tre giorni mi hanno sfibrato. Come fa? A dirigere senza tirare troppo le redini? A comandare senza calpestare nessuno? Dal canto mio, ho capito di non essere adatto a guidare un gruppo. Decisamente non fa per me, capo.”

“È andata così male?”

“Chino la testa davanti a lei.” Yamamoto aveva eseguito una riverenza scherzosa e stava per sbracciarsi pomposamente, quando il signor Sakai saltò su come un fulmine dalla sedia girevole e, prima che lui riuscisse a rialzarsi, lo colpì sulla nuca con la mano aperta.

“Ahia! Ma cosa ho fatto?”

L’atmosfera si era ribaltata alla stessa velocità con cui il sole calava nei mari del Sud. Niente granelli di sabbia. Niente conchiglie. Eravamo inchiodati sul posto, e riuscivo chiaramente a sentirci tacere tutti insieme. Quindi non solo era possibile parlare tutti insieme, era possibile anche tacere tutti insieme. Si distingueva soltanto il respiro affannoso del signor Sakai. Era sprofondato di nuovo nella sedia girevole. La sigaretta pendeva floscia da un angolo della bocca. Fissai ipnotizzata la cenere in cui si era ridotta. Da un attimo all'altro sarebbe caduta.

"È ovvio che non sono insostituibile," disse infine. E lo ripeté: "È ovvio che non sono insostituibile". La sua voce era ferma. Non tremava. "Da quanto lavora per me? Sei anni? O sono già sette? Un tempo più che sufficiente per lasciarsi l'apprendistato alle spalle, non le pare? E invece mi chiede come faccio! Ah! Guidare un gruppo! Non sono certo più adatto di lei. È un ruolo. Ha detto bene. Si impara. Si fa pratica. Si commettono errori. Si chiede scusa. Si vuole mollare. Si va avanti. Sa le volte che avrei voluto mollare? Chiudere bottega. Dire basta. Ne avrei avuto il diritto. Non mi sarei dovuto giustificare con nessuno se chiudevo bottega. Men che meno con lei, che ha dichiarato di voler chinare la testa davanti a me. Se vuole chinarla davvero..." Qui gli cedette la voce. Annaspò per riprendere fiato. Si preannunciava un attacco di tosse. Bevve un sorso d'acqua. La sigaretta l'aveva spenta frettolosamente. Un esile pennacchio di fumo si alzò dal posacenere.

"Se vuole chinarla davvero," proseguì dopo aver inspirato ed espirato a fondo, "allora mi sostituisca."

"Che accidenti significa?" Fu Suga a parlare, e intanto tirava pugni in aria come per abbattere un nemico invisibile. Ma non lo colpiva. Picchiava a vuoto.

"Mi hanno dato tre mesi. Forse quattro. Forse cinque. E no," il signor Sakai anticipò le nostre domande, "non ci sono speranze di guarigione."

"È uno scherzo!" Takada guardò le scale, come se dovesse spuntare qualcuno. Ma non arrivò nessuno a dirci che potevamo ridere.

"Bella fregatura, eh? Alla fine ho seguito le orme di mio padre. Per lui è stato l'intestino. Per me... be', i vizi si pagano. Se potessi scegliere," sarebbe rimasto volentieri. Non lo disse. Ma era chiaro che sarebbe rimasto volentieri. "Il punto dolente è che non posso scegliere. Un altro ha preso il controllo. È lui che detta legge. E io che credevo di poterlo mettere nel sacco semplicemente scappando via." Fece una risatina sommessa. Un rumore simile a quello delle conchiglie che non aveva sparso davanti a noi. Erano sulla spiaggia di un'isola su cui non era mai andato. Non sarebbe mai andato.

"È sicuro?" Suga non voleva darsi per vinto. I pugni serrati, si piantò davanti alla scrivania, pronto a entrare in azione. "Si può sempre fare qualcosa. È suo dovere in quanto capo lottare contro la malattia."

"Sono dello stesso parere." Yamamoto si era messo spalla a spalla con Suga. Avanzammo in blocco, formando un muro intorno al signor Sakai.

"Oggi non si muore più per certe cose. La medicina è..."

"...non deve buttarsi giù..."

Per un po' parlammo tutti insieme. Ognuno conosceva qualcuno che. Il muro che avevamo formato non permetteva di fare breccia. Con il signor Sakai al centro, ci rifiutavamo di credere che presto non sarebbe stato più tra noi. Eravamo schierati compatti contro il nemico invisibile. Avevamo indetto una protesta. Scioperavamo. Poi però – perché il signor Sakai non ci dava contro, perché non condivideva le nostre speranze ma non ce le toglieva, perché ci ascoltava pazientemente? – ci chiudemmo di nuovo nel silenzio.

Il signor Sakai rimase in silenzio insieme a noi.

Dietro di lui erano appesi il calendario a strappo e il disegno a china. Il contadino doveva sbrigarsi, se non voleva essere sorpreso dal temporale che si avvicinava. Passo dopo passo si trascinava avanti. Affrontava un cammino ripido e impervio, ed era curvo sotto il peso che portava sulle spalle. Per chi portava la fascina di riso? Fino a quel momento avevo sempre pensato che lo facesse per sé, ma poteva benissimo essere per un malato o per un moribondo, per un figlio o per una madre. E forse non era nemmeno diretto a casa? Chi gli avrebbe offerto riparo lungo il cammino?

"Avrò bisogno di voi." Il signor Sakai chiese apertamente il nostro aiuto. "Il pensiero di essere solo mi fa paura."

"Le staremo accanto," promise Yamamoto.

"Anche quando..."

"...anche allora!"

Il signor Sakai si asciugò gli occhi. Ci mise un po' a ricomporsi. Più volte iniziò a parlare e più volte si interruppe. "Continuiamo," disse dopo un altro tentativo, e annuì guardando il portablocco di fronte a lui sulla scrivania. "Finché posso, vorrei continuare. Chi è il caso di oggi?"

Yamamoto prese il portablocco. "Il caso di oggi," cominciò, "è una donna di nome Inoue Yoshiko. Nata nel 1939. Ex insegnante di liceo. Vedova. Niente figli."

"Da quanto è morta?"

"Da cinque settimane circa."

"Committente?"

"La città."

"Qualcosa di particolare relativo al luogo del ritrovamento?"

"No."

"Bene. Andiamo, allora. Guidi lei, signorina Suzu."

"Signorsì," esclamai.

"Riesco ancora a camminare," rise, quando Takada gli offrì il braccio come sostegno prima di scendere le scale, "sto solo morendo." E anche se non era divertente, la freddura ci risollevò l'umore. Nell'immediato futuro, ci avvisò il signor Sakai, ne avremmo sentite spesso, di battute che non facevano ridere come quella.

***

Il signor Sakai lavorò con noi per un altro mese e mezzo abbondante, durante il quale ci furono giorni migliori e giorni peggiori. Dimagriva a vista d'occhio, e quando si rimboccava le maniche, cosa che nei giorni migliori non riuscivamo a impedirgli di fare, mi stupivo della forza che aveva ancora. Non si sarebbe mai detto, emaciato com'era. Con le dita ossute si tirava su i cargo perennemente larghi e con il lembo della camicia perennemente fuori, che gli cadevano di continuo. La cintura, nonostante il recente buco in più, non bastava a stringerli in vita.

C'era qualcosa che gli sarebbe piaciuto fare? Ogni tanto glielo chiedevamo. Ma erano piccole cose quelle che desiderava. Un giro in moto, per esempio. Yamamoto lo portò sulla Suzuki, e vederli partire veloci, il signor Sakai dietro aggrappato a Yamamoto, il pesante veicolo tra le gambe, fu come un primo commiato. Ci guardammo bene dal farne parola. Soprattutto Suga fece sfoggio di allegria. Un gran sorriso sulla faccia butterata, lo salutò sventolando il fazzoletto, e andò avanti a salutare anche dopo che la moto aveva svoltato l'angolo da un pezzo.

Piccole cose come mangiare il *tantan-men* erano quelle che desiderava il signor Sakai, e come se quel piatto non fosse già abbastanza piccante di suo, lui aggiungeva spezie e condimenti in quantità. Dall'annuncio della sua malattia, aveva un posto d'onore da Master Shen. Era il posto sotto il drago della fortuna, e chi si permetteva di sedersi lì anziché al proprio veniva prontamente redarguito. "Quello è il posto del signor Sakai." Sull'argomento Master Shen non transigeva con nessuno, e per i clienti abituali, che se ne accorsero presto, "il posto del signor Sakai" diventò un aforisma. Nessuno ci si sedeva tranne il signor Sakai, e quando lui non c'era, il posto rimaneva vuoto.

"Il solito, capo?"

"Il solito."

Insieme alla birra, Master Shen gli serviva petto d'anatra croccante. Aveva letto da qualche parte che mangiare carne d'anatra aumentava le difese immunitarie. Con sguardo vigile, monitorava la masticazione e la deglutizione del signor Sakai. Voleva essere sicuro che le sue creazioni gli finissero davvero nello stomaco. Di vedetta dietro il bancone, si arricciava il pelo sul mento e non gli toglieva gli occhi di dosso finché non aveva ripulito il piatto.

"Andare a morire", lo definì il signor Sakai, quando a metà dicembre si ricoverò in ospedale. Aveva intestato la ditta a Yamamoto. Con la condizione di sentirsi libero di chiuderla in qualunque momento lo avesse ritenuto opportuno, lo aveva designato come suo successore, quindi l'attività proseguì senza interruzioni. Il nuovo attrezzo che il signor Sakai aveva ordinato arrivò. Così pure i nuovi dispositivi di protezione. Fino all'ultimo aveva rimuginato sulla scelta delle maschere, e indossarle adesso, mentre lui annaspava in fin di vita, mi fece capire ancora una volta quanto le due cose fossero intrecciate l'una all'altra. Non esisteva una linea di demarcazione netta.

Poiché gli orari di visita in ospedale erano ferrei, ogni pomeriggio dovevamo darci il cambio per non rimanere indietro con il lavoro. La sera erano ammessi soltanto i parenti stretti. In realtà anche in questo caso non esisteva una linea di demarcazione netta, ma su quel punto la risoluta caposala non si lasciava intenerire. Peraltro aveva già concesso alcune libertà al signor Sakai. Non gli tolse la bottiglia di whisky che gli aveva portato lo pneumologo, e non prese provvedimenti contro le caramelle gommose che Mrs Manolesta distribuiva a piene mani in tutto il reparto. Non commentò né il profumo di cedro che sgorgava da un diffusore per ambienti né la partecipazione straordinaria dei chitarristi, e se qualcuno le avesse chiesto spiegazioni in merito, con molta probabilità sarebbe caduta dalle nuvole. "Non ho sentito nessun profumo e nessuna musica," avrebbe risposto. Era quel genere di persona. Si intendeva alla perfezione con la sorella del signor Sakai, che sarebbe rimasta due giorni per dire addio al fratello. Entrambe avevano qualcosa di energico. Solo il modo in cui gli sistemavano il cuscino era garbato e deciso insieme, e quando gli avvicinavano alle labbra la tazza con il beccuccio che – per salvare le apparenze – usava per bere il suo whisky, lo facevano con un vigore naturale.

Raramente si respirava un'aria di tristezza al capezzale del moribondo. Poteva capitare che fossimo in tanti e qualcuno iniziasse a piangere. Come il monaco, quello che voleva rinascere con i capelli alla paggetto, che quando vide il signor Sakai sdraiato nel letto troppo grande sotto le coperte troppo pesanti pianse come un vitello, malgrado fosse quello da cui mi sarei aspettata la maggior serenità. Neanche per sogno! La morte, mi confessò, era l'unica cosa nella sua carriera di monaco alla quale non si era mai abituato. E sì che i funerali rappresentavano la sua principale fonte di reddito. Si vergognava di essere così debole, ma neppure gli anni trascorsi nella solitudine del suo tempio, neppure starsene seduto a meditare, neppure praticare la calligrafia di *haiku* e *tanka* lo avevano convinto che la morte fosse una liberazione. "Vuole sapere come la penso al riguardo?" Sì, lo volevo sapere. "Morire fa schifo."

Il necroforo era di un altro parere. Per lui la morte aveva un lato estetico. "Si lascia dietro materiale plasmabile," spiegò. "Il mio mestiere consiste nell'imprimere il marchio della vita sul materiale lasciato dalla morte. In un certo senso lo riporto alla sua forma. Un essere umano morto ha il potenziale per diventare un'opera d'arte," ragionò ispirato, il che non gli impedì di versare un fiume di lacrime quando l'orario di visita volse al termine e la caposala ci esortò ad andare a casa. "Per oggi basta!" annunciò. "Tornate domani!"

Noi uscimmo dalla stanza. Noi: non eravamo solo io e i suddetti, erano anche un vecchio cliente con cui il signor Sakai era rimasto in contatto; l'addetta all'accoglienza del *sentō*; un collega di quando era un normalissimo *salaryman*. C'era perfino il proprietario dell'appartamento in cui abitava. La sua parrucchiera. Il suo postino. Una schiera di persone oggi andava a casa e sarebbe tornata domani, al massimo dopodomani.

Il signor Sakai aveva accennato brevemente di aver informato la ex moglie e i figli delle sue condizioni, ma non ebbi il coraggio di chiedere se gli avevano fatto visita. E forse non erano loro che aspettava. Come durante il picnic per la fioritura dei ciliegi, notai l'agitazione crescente con cui nel bel mezzo di una conversazione sbirciava verso la porta della stanza, e anche se talvolta c'erano otto o nove persone intorno al suo letto, avevo la vaga impressione che ne mancasse una. Magari mi sbagliavo, e il suo era semplicemente il desiderio di veder comparire un volto conosciuto in più. Oppure non aspettava nessuno, e sbirciava verso la porta perché voleva abbordare le infermiere che passavano in corridoio chiacchierando sottovoce.

Alla fine, il signor Sakai morì da solo.

Una notte, appena due settimane dopo essere andato a morire, aveva chiuso gli occhi e non si era più svegliato. Ricevemmo la notizia mentre stavamo lavorando, e per un attimo smettemmo di strofinare e posammo gli attrezzi. Avevo finito di pulire una fuga unta e bisunta. Le piastrelle stesse, un antiquato rivestimento in un bugigattolo di bagno senza finestre, all'inizio erano grigie. Piano piano però avevo riportato alla luce il loro colore originario. Una delicata tonalità pesca.

"Continuate!" ordinò infine Yamamoto.

E noi continuammo. Stringendo i denti, riprendemmo gli attrezzi che avevamo posato e sfregammo a più non posso.

***

Il signor Sakai aveva chiesto espressamente che non venisse organizzata nessuna cerimonia funebre.

Chi non lo aveva frequentato da vivo non lo avrebbe fatto neanche dopo, e le dichiarazioni di amicizia espresse a posteriori non avevano alcun valore. Preferiva che lo piangessimo in silenzio, "sempre che vogliate piangermi. Non siete obbligati," aveva scherzato. "Vi esonero ufficialmente dall'obbligo di versare anche solo una lacrima per me."

In silenzio, dunque.

Faceva freddo sulla piattaforma, ma avevo bisogno di stare all'aperto. Al chiuso, dentro il mio appartamento, mi sarebbe mancato il cielo, e per piangere la morte di qualcuno non volevo avere pareti intorno. Volevo aria. Tanta aria. Volevo finestre in cui si muovevano delle persone. Volevo un gatto sul tetto e l'odore della neve che non era ancora caduta. Da qualche parte passò un'ambulanza. La sirena si avvicinò, poi si allontanò di nuovo. Sorsero le prime stelle.

Come dire addio al signor Sakai? Mi sembrava di averglielo già detto decine di volte senza affrontare davvero la questione. Era stata sempre l'idea di un addio, e la pace che ne era seguita era solo astratta. Come con la propria, non si riusciva a immaginare la morte di un altro. Dove andava? Dov'era adesso? Era nell'aria che respiravo? Il signor Sakai e la sua sakaiosità non potevano essersi semplicemente dissolti. Particelle di lui e di ciò che lo aveva reso tale dovevano essere nell'atmosfera, e chi poteva dire, pensai, che respirandole non rivivessero in me? Qualcosa non c'era più. E tuttavia esercitava un'azione sulla stanza. Meraviglioso. Risentii i passi del signor Sakai che si muoveva per l'ufficio misurandolo lentamente. Ma – un momento! Possibile? I passi arrivavano dal basso.

Turbata, guardai il lucernario aperto. E se era il signor Sakai che voleva darmi l'ultimo saluto? Ok piangerlo, però il suo spirito me lo risparmiavo volentieri! Avevo il cuore in gola. I passi si fermarono. Poi iniziarono a salire la scala antincendio. I Fuji? No, avrebbero fatto più baccano.

Spuntò una testa. Seguita da due mani. Due braccia. Il resto di un corpo, che si issò attraverso l'apertura con un unico movimento rapido.

Takada?!

"Non ti spaventare!"

Avrebbe dovuto dirlo prima.

"Scusa, ma non ero sicuro che fossi qui. Ti ho telefonato."

"?!"

"Poi sono venuto a casa tua."

"?!"

"E quando non mi hai aperto, ho pensato di controllare sulla piattaforma."

"Sono i vantaggi di un edificio in demolizione." Avevo ritrovato l'uso della parola. "La porta è sempre aperta."

"Cosa? L'edificio sarà demolito?"

"Sì, ma solo tra un anno, quindi avrò il tempo di guardarmi intorno e cercare un altro posto dove stare. La comunicazione è arrivata il mese scorso. Peccato, eh? Così a ridosso dell'anno nuovo."

"Peccato per la piattaforma."

"Davvero," concordai. I Fuji erano inconsolabili. In fondo avevano trascorso in quella casa oltre metà della loro vita, e contrariamente a me, ci si erano trasferiti poco dopo la fine dei lavori, quando tutto odorava ancora di vernice fresca. Avevano vissuto sulla propria pelle i suoi primi anni, i tempi d'oro e il declino. Doverla abbandonare, e con lei i fiori che avevano spostato di nuovo nell'ingresso in vista dell'inverno, era un colpo che alla loro età non si aspettavano di ricevere. "Ma che ci vuoi fare," la signora Fuji era fermamente decisa a non lasciarsi abbattere, "non si sa mai cosa può succedere, perciò è meglio non mettersi troppo comodi. Chi si ferma è perduto, come si dice, e forse anche questo è un segno del destino. Io e mio marito dobbiamo iniziare a pensare di trasferirci in una casa di riposo."

"Figuriamoci!" Il signor Fuji non era per niente d'accordo con quell'idea. "Con le liste d'attesa che ci sono, quando ci assegneranno un posto saremo già lassù!" Indicò il cielo.

"Laggiù, vorrai dire." La signora Fuji indicò la terra.

"È uguale!" brontolò il signor Fuji. "Cielo e terra si uniscono, quindi sono tutt'uno. Uno vale l'altra!"

"Sarà." La signora Fuji si rassettò il foulard giallo che portava al collo. Aveva gonfiato le gote rosa da cacatua. "Mi auguro che non ci perderemo di vista, Suzu-chan. Ci inviterai al tuo matrimonio, quando sarà il momento?"

"Sì," risposi con leggerezza. Se la cosa la rendeva felice, prego! Non pensavo nemmeno lontanamente a sposarmi, anche per quello, come per litigare, bisognava essere in due, ma ammettendo per ipotesi – solo per ipotesi – che un giorno avessi programmato un matrimonio, avrei senz'altro inserito i Fuji nella lista degli invitati. Di conseguenza il mio sì non era una bugia, rientrava piuttosto nella categoria del "se... allora". Se il cielo fosse sotto e la terra sopra, allora cammineremmo sulle nuvole.

"Possibile che niente possa restare com'è?" Takada emise un profondo sospiro. "Con l'edificio sparirà la piattaforma. E con la piattaforma..."

"...sparirà la vista," terminai io al suo posto.

Lui sorrise disarmato. "Mentre venivo da te sono passato davanti ad almeno dieci cantieri."

"La città è un organismo vivente. Si sviluppa."

"Sì, lo so. Però è triste che ci voglia così poco tempo per demolire un edificio. In confronto al tempo impiegato per costruirlo, basta un attimo per raderlo al suolo. Senza dimenticare il tempo che è rimasto in piedi. Sessanta, settanta, ottant'anni vengono cancellati in un lampo. Crollano i muri. Si alza la polvere. E poi..."

"...la polvere si posa, e inizia qualcosa di nuovo."

"Da che parte stai?"

"Dalla tua, naturalmente!" Anche secondo me era triste che il vecchio dovesse cedere il passo al nuovo. Ma a cosa serviva opporsi? Il vecchio scompariva. Si creava un vuoto. Il vuoto veniva colmato un'altra volta. Era una questione pratica. La gente che si incatenava davanti alle proprie case per difenderle dalla demolizione non aveva alcuna possibilità contro bulldozer che pesavano tonnellate. In confronto a loro erano miseri vermiciattoli. "Al *manga kissa* ti sentivi in gabbia?" domandai per sviare il discorso e parlare di qualcos'altro.

"Parecchio," rispose Takada. "La cabina è troppo stretta per poter ricordare come si deve il signor Sakai. Mi sembrava di aver bisogno di un posto più grande. Di più spazio. Non so, qualcosa di più simile a come era lui. Aperto, generoso."

"È stato lo stesso anche per me."

"Perfetto!" Takada imitò la voce del signor Sakai con l'immancabile sigaretta all'angolo della bocca, e il modo in cui si grattò il mento corrugando la fronte era così buffo che non potei fare a meno di scoppiare a ridere.

"Sei uguale al padrino."

"Intendi Marlon Brando?"

"Sì, lui!"

"È un paragone calzante, non trovi? In effetti il signor Sakai aveva qualcosa di paterno, di sicuro era uno dei motivi per cui era così bello lavorare con lui. Era semplicemente..."

"...il signor Sakai!"

Eravamo davanti al parapetto, come già una volta, e lasciavamo vagare lo sguardo sui tetti immersi nell'oscurità. L'impressione che il signor Sakai fosse nell'atmosfera, nel satellite che seguiva la propria orbita, per esempio, oppure nella finestra con l'uomo affacciato a fumare, era diventata la cosa più tangibile di lui. E non solo di lui. Pensai agli altri che lo avevano preceduto. Pensai a mio nonno. Al mio ex insegnante di educazione fisica. Ai tanti *kodokusha*. Al padre di Takada. Se ne erano andati in punta di piedi, e noi, che eravamo rimasti, potevamo solamente ripensare a loro. Ricordarceli, mentre il vuoto veniva colmato. Tenergli aperto uno spiraglio.

"Ti vanno whisky e salame?"

"Buona idea."

"Forse non sono molto appropriati per una veglia funebre, ma credo che il signor Sakai ci perdonerà."

Poco dopo eravamo seduti nel mio soggiorno e ci scaldavamo i piedi al *kotatsu*. Punsuke correva nella sua ruota per criceti, e mentre lui girava in tondo, noi parlammo dell'azienda e di come avremmo potuto migliorarla, renderla più rapida e più efficiente. Parlammo delle diverse forme di solitudine. Tra quelle, la solitudine di un *futon* per gli ospiti messo sotto naftalina. Parlammo delle serie che guardavo su Netflix. Parlammo del romanzo che forse lui voleva scrivere. Parlammo del collegamento tra noi. E intanto pensavo che quello era il commiato migliore. Sedersi a un tavolino con un parente per caso e combattere la stanchezza insieme a lui. E mangiare patatine, anche quello. Dirgli "Per favore, resta", e srotolare per lui il *futon* per gli ospiti messo sotto naftalina. La pace, quando mi addormentai, era una pace estremamente concreta. Il mormorio immaginario che sentivo nelle orecchie – lo stesso che avevo già immaginato una volta – adesso veniva dal punto esatto in cui il cielo si univa alla terra.

***

Il nostro primo committente dopo la morte del signor Sakai fu niente meno che il signor Sakai in persona.

Prima di morire ci aveva chiesto di occuparci delle sue cose, e quando aveva consegnato a Yamamoto le chiavi del suo appartamento, era stato come se gli avesse passato il testimone con cui avremmo continuato a correre senza di lui.

"Tanto per essere chiari. Non sarete pagati, ma se consideriamo tutto quello che vi risparmierò, in pratica equivale allo stipendio di un mese. Zero odori, zero fuoriuscite di liquidi. Non male come cambiamento, no?" E con queste parole aveva messo le chiavi in mano a Yamamoto.

"Qualcuno di voi è già stato a casa del signor Sakai?"

Come ogni mattina, Yamamoto aveva riunito la squadra intorno a sé e passato in rassegna la lista giornaliera delle cose da fare, utilizzando un tablet anziché il portablocco. Nel frattempo ci eravamo abituati a vederlo seduto alla scrivania del signor Sakai. Il fumo non saliva più verso il soffitto, e ormai il posacenere aveva più che altro una funzione ornamentale. Dentro non c'erano mozziconi. Però era ancora lì, e anche il calendario a strappo e il disegno a china continuavano a essere appesi al loro posto.

"Sì, io!" Poco più di un anno prima il frigorifero del signor Sakai si era rotto, e Suga lo aveva aiutato a smaltirlo.

"E? Parecchio ciarpame?"

"Montagne!"

"Spiegati meglio, amico! Cosa ci dobbiamo aspettare?"

"Be', lo sapete anche voi." Suga nicchiava. "Il signor Sakai era un fervente seguace della filosofia del *mottainai*."

"Altroché! Si credeva il salvatore degli oggetti. Se c'era qualcosa che poteva ancora essere usato in qualche modo, fosse stato anche lo stelo di una lampada senza il paralume, lui lo conservava. Ma qual è il punto?"

Suga esitò. Era visibilmente restio a dircelo. Un conto era parlare alle spalle di un vivo. Un altro parlare alle spalle di un morto. Per giunta il signor Sakai era stato cremato soltanto il giorno prima. "Mi dispiace, capo," mormorò Suga, lanciando una rapida occhiata al soffitto. Poi tossicchiò rumorosamente, fece scrocchiare le dita e ci spiegò la situazione in tono pragmatico. "L'appartamento del signor Sakai è un caso a sé, ecco la verità."

"Un caso a sé?"

Suga annuì. "Dire che è stipato all'inverosimile è dire poco. Quella volta sono riuscito a malapena a entrare."

"Quindi è l'appartamento di un accumulatore compulsivo?"

"Ni. Da quanto ricordo non erano cianfrusaglie buttate lì a caso, ma piuttosto un'infinità di cose a cui il signor Sakai era affezionato. Giradischi. Televisori a tubo catodico. Radio. Vecchi telefoni. Macchine da scrivere. Roba così. Avrebbe potuto aprire un museo. E per quanto riguarda la pulizia... sì, insomma, era un uomo che viveva da solo, e quando vivi da solo non stai dietro a tutto. Lo vedo con me. Perché spazzare il pavimento? Perché pulire il tavolo? Senza un'altra persona ci si lascia andare."

"Significa che sarà una faccenda lunga?"

"A occhio e croce tre giorni."

"Cosa? Addirittura tre?"

"La cucina era bella sudicia, per essere gentili. E il bagno..."

"Ok, ok! Tireremo tutto a lucido. Almeno niente insetti, voglio sperare."

"Non quelli di sempre. Ma non posso escludere qualche scarafaggio."

"Certo però che è assurdo. Uno passa il suo tempo a pulire e sgombrare le case degli altri e stipa la propria! Televisori a tubo catodico!" Yamamoto scosse la testa. "Come se lui fosse stato il tipo che poltriva sul divano! Non importa. In qualche modo faremo. Dovesse volerci anche una settimana! Ci prenderemo il tempo che serve. Siete pronti?"

Sì, lo eravamo.

Yamamoto spense il tablet. "Le tute le lasciamo qui," disse. "Siamo privati cittadini, intesi? Siamo Yamamoto, Suga,

Takada e Suzu. Oggi non ci presentiamo come ditta. Ci presentiamo come famiglia allargata del signor Sakai."

***

Quando, guidati da Yamamoto, ci fermammo davanti alla porta del signor Sakai, ci sembrò insensato attenerci al cerimoniale consueto. La sua morte non era stata un caso di *kodokushi*. Tuttavia decidemmo lo stesso di seguire il protocollo che aveva stabilito lui, perché era quello che ci aveva insegnato.

Recitammo insieme il *sūtra*. Era mattina presto, e le scale erano immerse in un piacevole silenzio, interrotto solo dallo sporadico acciottolio di stoviglie. Dal bar al pianterreno non venivano ancora rumori. Non si sarebbe riempito di clienti prima di sera.

"Capo?" Yamamoto bussò, un unico colpo deciso. "Siamo arrivati. Ho sentito che ci ha lasciato un sacco di lavoro. Ma non si preoccupi. Per noi non è un lavoro. È un favore che le facciamo, e penso di non parlare solo per me se le dico che in realtà è lei che fa un favore a noi."

Ci inchinammo.

"Cominciamo!"

Fu Takada ad aprire la porta. "Oliata di fresco," appurò. In effetti il battente si lasciò spingere senza difficoltà. Entrammo uno dopo l'altro, e uno dopo l'altro trattenemmo il fiato per la forza dell'abitudine. Quando ricominciammo a respirare, ci avvolse l'odore neutro dell'aria. Non sapeva né di polvere né, come ci eravamo aspettati, di fumo stantio. Di colpo spalancammo la bocca, increduli. Ma non fummo capaci di emettere alcun suono, nemmeno un semplice "Ah". Eravamo troppo stupiti.

L'appartamento, un compatto 1K soggiorno-cucina con un piccolo balcone annesso alla zona giorno, era completamente vuoto. Ovunque posassimo gli occhi, sul divisorio mobile che separava le due stanze, sui lampadari o la tappezzeria – tutto era lucido come uno specchio. Nulla indicava che fino a poco tempo prima lì avesse abitato qualcuno. L'appartamento era uno spazio bianco. Nessuna storia attaccata alle pareti, nessun ricordo, e all'infuori della luce che filtrava dalla finestra, niente si muoveva al suo interno. La luce, una lattiginosa luce invernale, danzava sul pavimento. Danzava verso di noi, e così come lei danzava, noi ci riscuotemmo dalla nostra immobilità e avanzammo incerti, un passo alla volta.

Non era forse il sogno del signor Sakai, quello in cui eravamo entrati?

Il suo sogno di ripartire da zero, fare tabula rasa?

Il suo sogno di un nuovo inizio?

Lo spazio bianco che attraversavamo era uno spazio totalmente purificato. Qualunque cosa o persona avesse ospitato, ne era libero. Lì la felicità o l'infelicità non erano di casa. L'angolo cottura non mostrava segni di utilizzo. Le piastrelle del bagno erano state sostituite da poco. Il pavimento di legno era levigato. Perfino gli infissi e le zanzariere erano nuovi. Scorrevano su e giù. Su e giù. Niente si incastrava. Niente faceva resistenza. Tutto era come in attesa di qualcuno che lo ammirasse per la prima volta, che ne prendesse possesso per la prima volta.

"Pazzesco!" Suga diede voce a quello che pensavamo anche noi.

"Assolutamente pazzesco," gli facemmo eco.

"Qui non c'è un capello."

"Come ha fatto?"

"La vera domanda è: perché? Perché scomodarsi?"

Ma la risposta era talmente ovvia che non fu necessario esprimerla a parole.

Vagammo un po' per l'appartamento. Girammo le manopole dei fornelli a gas e guardammo la fiamma azzurra che guizzava. Tirammo lo scarico del bagno, che nessuno aveva ancora usato, e ascoltammo l'acqua che scorreva. Ci sedemmo a turno nella vasca, tastammo i rubinetti, aprimmo l'armadio a muro e lo richiudemmo. Ne era uscito un profumo delicato. Profumo di cedro. Accendemmo e spegnemmo le luci.

"A quanto pare abbiamo la giornata libera," commentò Yamamoto, terminato il giro di ronda. "Potremmo prenderci una pausa. Che ne dite? Mangiare una pizza. Andare al cinema. Sbronzarci. Oppure ci occupiamo del prossimo caso?"

Optammo per il caso.

Uscendo, ci guardammo un'altra volta intorno. La lattiginosa luce invernale si era spostata più a sinistra. Ora danzava per metà sul pavimento e per metà sulla parete. Ci infilammo le scarpe, allineate una accanto all'altra nell'ingresso. Poi – con un ultimo sguardo a quello che ci lasciavamo alle spalle – ci incamminammo.

Glossario

1K: monolocale con cucina.

Ame ni mo makezu: poesia di Miyazawa Kenji (v.) trovata dopo la sua morte in un taccuino nero dentro una valigia.

Anpanman: personaggio di un *manga* (v.) creato da Yanase Takashi, molto amato dai bambini.

Bentō: un pasto pronto da asporto.

Bonsai: albero o pianta in miniatura.

-chan: suffisso aggiunto ai nomi di persona, con maggiore frequenza a quelli femminili, usato come vezzeggiativo o appellativo affettuoso.

Cup Noodles: zuppa di noodles istantanea del marchio Nissin, confezionata in bicchieri di carta.

Dashi: brodo preparato con alghe e fiocchi di tonno essiccato.

Denny's: catena americana di fast food con filiali in Giappone.

Dogeza: forma di inchino eseguita in segno di sottomissione e deferenza, solitamente da parte di chi porge le sue più sentite scuse.

Enka: canzone popolare.

Famiresu: forma abbreviata di *family restaurant*, solitamente un ristorante in stile diner americano.

Freeter: giovane che non ha un'occupazione a tempo pieno e si tiene a galla con lavori occasionali e impieghi part-time.

Futon: letto formato da materassino (*shikibuton*) e trapunta (*kakebuton*).

Gō: antica unità di misura, se utilizzata per il riso equivale a circa una tazza.

Golden Week: settimana a cavallo tra aprile e maggio con quattro giorni festivi, una delle principali ricorrenze del calendario giapponese insieme a Obon (v.) e Capodanno.

Gyōza: ravioli ripieni.

Haiku: componimento poetico, è considerato il più breve del mondo.

Hanami: letteralmente "guardare i fiori". Usanza tradizionale di osservare lo spettacolo offerto dalla fioritura dei ciliegi.

Hanasaka-Jijii: personaggio di una fiaba, un uomo anziano che grazie alle ceneri del proprio cane morto riesce a far fiorire i ciliegi.

Hikikomori: persona, in genere giovane, che decide volontariamente di restare chiusa nel proprio appartamento o nella propria camera per un periodo di almeno sei mesi, riducendo al minimo i contatti con la famiglia e la società.

Hinaningyō: set di bambole ornamentali esposte per la Festa delle bambine.

Hostess: donna, generalmente giovane, che lavora in locali di vario tipo servendo da bere e intrattenendo i clienti.

Jizō: bodhisattva comunemente rappresentato come un monaco e considerato il protettore dei bambini, è associato anche ai bambini nati morti o malformati e all'aborto; le statue che lo raffigurano sono spesso adornate con cappellini rossi.

Kaguya-hime: la principessa della luna, protagonista della più antica fiaba giapponese.

Kaiseki: menu della cucina tradizionale in cui le varie portate sono preparate utilizzando ingredienti freschi e di stagione.

Kanpai: espressione usata per fare un brindisi.

Karaoke: forma di intrattenimento molto amata in Giappone, consiste nel cantare dal vivo con un microfono su una base strumentale registrata.

Katakana: sillabario usato principalmente per trascrivere prestiti lessicali e parole straniere.

Kewpie: bambola prodotta per la prima volta in Germania su modello americano, è diventata molto popolare in Giappone dopo la Seconda guerra mondiale.

Kibidango: dolci simili ai *mochi* (v.), conosciuti per la fiaba di Momotarō (v.), in cui conferiscono i superpoteri all'eroe.

Kimchi: piatto tradizionale coreano a base di cavolo cinese o ravanelli fermentati.

Kinkaku-ji: tempio buddista a Kyōto, conosciuto anche come il Padiglione d'oro.

Kintarō: figura mitologica del folclore, è un bambino dotato di una forza sovrumana che stringe amicizia con gli animali.

Kodokusha: morti in solitudine. Così sono chiamate le persone che muoiono da sole nelle loro abitazioni e il cui cadavere non viene ritrovato per molto tempo.

Kodokushi: morte solitaria. Indica la morte di persone che vivono in una condizione di isolamento sociale e colpisce soprattutto uomini anziani e di mezza età.

Kokeshi: bambole di legno tradizionali.

Konbini: dall'inglese *convenience store*, minimarket dove si possono comprare generi alimentari e prodotti di uso quotidiano; di solito è aperto anche la notte.

Kotatsu: sistema di riscaldamento tradizionale, è formato da un tavolino basso collocato sopra una fonte di calore.

-kun: suffisso aggiunto ai nomi propri maschili, generalmente usato per rivolgersi a ragazzi e giovani uomini.

Line: applicazione di messaggistica istantanea, simile a WhatsApp, molto utilizzata in Giappone.

Love hotel: albergo in cui le coppie possono trascorrere in intimità qualche ora o l'intera notte.

Makunouchi bentō: tradizionale *bentō* (v.) con riso, pesce, carne, uova, verdure, sottaceti e *umeboshi* (una prugna salata).
Manga: fumetto.
Manga kissa: internet café con possibilità di pernottamento.
Miso: condimento a base di pasta di soia fermentata usato per insaporire una grande varietà di piatti.
Mister Donut: catena internazionale di negozi di ciambelle.
Mitsuba: pianta aromatica simile al prezzemolo.
Miyazawa Kenji: poeta (1896-1933). Nato nella prefettura di Iwate, ha composto soprattutto testi di ispirazione buddista.
Mochi: dolce con una particolare consistenza gommosa data dalla farina di riso glutinoso.
Momotarō: protagonista di una fiaba uscito da una pesca, che una volta cresciuto parte per combattere gli orchi con l'aiuto di una scimmia, un fagiano e un cane.
Mottainai: termine che esprime un senso di rammarico per lo spreco.
Nattō: fagioli di soia fermentati.
Netsuke: piccole sculture, generalmente in avorio, che rappresentano figure mitologiche.
Nikka: marca di whisky.
Nō: forma di teatro tradizionale, in cui gli attori indossano maschere caratteristiche.
Obasute: leggenda secondo la quale nel XVIII e XIX secolo le persone anziane venivano abbandonate nei boschi e lasciate morire.
Obon: una delle più importanti ricorrenze giapponesi, ufficialmente celebrata in agosto, che commemora i defunti e gli spiriti degli antenati.
Onigiri: polpettine di riso, generalmente ripiene.
Onsen: sorgente termale di acqua calda.
Origami: arte di piegare la carta.

O-tsukaresama: saluto rivolto in segno di riconoscimento a chi stacca dal lavoro.

Pachinko: un gioco d'azzardo.

Pak choi: varietà di cavolo cinese caratterizzata da foglie carnose e croccanti.

Periodo Edo: epoca della storia giapponese che va dal 1603 al 1868.

Periodo Shōwa: epoca della storia giapponese che va dal 1926 al 1989.

Pocky: lunghi bastoncini di cialda ricoperti di cioccolato.

Sake: bevanda alcolica a base di riso brillato e fermentato.

Salaryman: impiegato.

Samurai: membro della casta militare nel Giappone preindustriale, indicato anche con il termine *bushi*.

-san: suffisso onorifico aggiunto al nome proprio di una persona.

Sayōnara: addio.

Sentō: bagni pubblici.

Shiatsu: letteralmente, "digitopressione". Tecnica di massaggio che stimola i meridiani energetici in corrispondenza di specifici punti del corpo.

Shinkansen: treno ad alta velocità.

Shōchū: un distillato.

Shōgi: gioco da tavolo simile agli scacchi.

Shōji: porta scorrevole rivestita in carta di riso.

Shōtengai: via dello shopping, spesso una galleria commerciale.

Snack bar: locale dove viene servito da bere, spesso dotato di un *karaoke* (v.), gestito da una donna chiamata *mama*.

Suikawari: gioco in cui i partecipanti, bendati, devono colpire con un bastone un cocomero e riuscire a romperlo.

Sūtra: insegnamenti e scritti sacri buddisti.

Tabi: calzini con l'alluce diviso dalle altre dita, ma anche calzature da lavoro modellate sulla stessa forma, tradizionalmente usate da contadini e artigiani.

Tadaima: formula con cui si annuncia il proprio ritorno a casa. Corrisponde all'italiano "sono tornato".

Tanka: componimento poetico da cui ha avuto origine l'*haiku* (v.).

Tantan-men: varietà di *rāmen* (piatto a base di spaghetti di frumento serviti in brodo con l'aggiunta di ingredienti diversi da regione a regione) ispirata ai *dandan noodles* cinesi tipici del Sichuan.

Tatami: stuoia in paglia di riso rettangolare usata per coprire il pavimento. La misura standard di un tatami (90x180 cm) è usata per indicare la grandezza di una stanza.

Yakitori: spiedini di pollo alla griglia.

Yakuza: mafia giapponese.

Ringraziamenti

Ringrazio molte persone che non sono citate qui. I loro nomi sono nel mormorio che viene dal punto in cui il cielo si unisce alla terra.

Un ringraziamento particolare a Deepak & Theodor (grazie per la vostra deepakosità e theodorosità), Mike (grazie per lo spazio in cui è nato questo libro), Setsuko (grazie per i corvi e per il lungo viaggio che gli hai fatto fare), Chiaki (grazie per i venerdì, ci divertiamo sempre), Megumi (grazie per il tuo splendore), Rutsuki & Hibiki (grazie per una magnifica estate), Helmut (grazie per essere stato pronto ancora una volta), Vroni (tu sai per cosa), Natalie, Mau e Avril (grazie per la vostra amicizia), Jacqueline e Peter (grazie per l'abbondanza di amore, natura, forza eccetera), Karin & Manfred (grazie per il nostro incontro a Spitz), Sonja (grazie per i tagli, i lavaggi, le messe in piega e le chiacchierate), Werner (grazie che domandi sempre).

L'elenco è incompleto. Quindi, grazie ancora ai tanti che sono nel mormorio.

Indice